欧洲十大
犯罪推理小说家
作品系列

不到最后·没有真相

欧洲十大犯罪推理小说作家作品系列

（冰岛）阿诺德·英德里达松

《沉默的墓地》*Silence of the Grave*

《罪夜》*Reykjavik Nights*

《瓮城谜案》*Jar City*

《诡异海岸》*Strange Shores*

《暴怒》*Outrage*

《血色天籁》*Voices*

《暗黑无界》*Black Skies*

《干涸的湖》*The Draining Lake*

《低温症》*Hypothermia*

《寒城疑云》*Arctic Chill*

寒城疑云

[冰岛] 阿诺德 · 英德里达松 著
汪桂芬 译

ARCTIC
CHILL

新 华 出 版 社

图书在版编目（CIP）数据

寒城疑云 / (冰) 阿诺德・英德里达松著；汪桂芬译.
-- 北京：新华出版社, 2017.12
书名原文: Arctic Chill
ISBN 978-7-5166-3742-5

Ⅰ. ①寒… Ⅱ. ①阿… ②汪… Ⅲ. ①长篇小说－冰岛－现代
Ⅳ. ①I535.45

中国版本图书馆CIP数据核字（2017）第305156号

著作权合同登记号：01-2015-7185

寒城疑云

作　　者：[冰岛] 阿诺德・英德里达松　　**译　　者**：汪桂芬

选题策划：黄绪国　　**责任印制**：廖成华
责任编辑：李瑞瑞　　**封面设计**：臻美书装

出版发行：新华出版社
地　　址：北京石景山区京原路8号　　**邮　　编**：100040
网　　址：http://www.xinhuapub.com
经　　销：新华书店、新华出版社天猫旗舰店、京东旗舰店及各大网店
购书热线：010－63077122　　**中国新闻书店购书热线**：010－63072012

照　　排：臻美书装
印　　刷：北京文林印务有限公司
成品尺寸：148mm × 210mm　1/32
印　　张：11　　**字　　数**：235千字
版　　次：2017年12月第一版　　**印　　次**：2017年12月第一次印刷
书　　号：ISBN　978-7-5166-3742-5
定　　价：29.00元

1

猜出这个男孩的年龄不难，但要弄清楚他来自世界的哪个地方却没那么容易。

他们推测这个男孩十岁左右。他穿着灰色带有帽子的厚滑雪衫，敞着拉链，配一条军装样式的迷彩裤。书包还背在身上，一只脚上的靴子掉了，露出的袜子上还有一个洞，一个脚趾从洞里戳了出来。男孩没有戴手套也没有戴帽子，黑色的头发已经结冰。他趴在地上，一侧的脸颊朝着他们。他们看见他那暗淡绝望的眼睛正直直地盯着这个冰冷的世界。他身下流出一摊血，现已凝固成块了。

埃琳博格半跪在孩子身旁。

“哦，天啊，”她低声哀叹道，“究竟发生了什么？”

她伸出手，似乎想去触碰男孩的身体。男孩看上去就像躺在地上休息一样。她难以控制自己，不愿相信眼前的这一切。

“别动他！”埃伦迪尔镇静地说，他和西于聚尔·奥利正站在一旁。

“他一定冷极了。”埃琳博格喃喃自语道，收回了手，慢慢站起身来。

这是一月中旬。这个冬天，天气一直很温和，可是到新年的时候，气温开始骤降。此时，整个大地已经坚冰覆盖，凛冽的北风在一幢幢公寓间咆哮呼喊。地面铺着厚厚的一层雪，每阵风吹过，雪地就如细浪般起起伏伏，一层层涟漪四处传开，激起的细小雪粒在空中飞旋。寒风从北极圈一路南下，吹打着人们的脸庞，穿透了衣服，刺进了骨髓。埃伦迪尔把手深深插进大衣口袋，不禁打了个寒战。尽管才刚到下午四点，天空却浓云密布，暗了下来。

“怎么会有人给孩子穿军用迷彩服？”他问。

他们三个人都弓着腰站在孩子身旁。警车上的蓝色警灯照亮了周围的住宅和公寓楼，引来了几位路人。第一批记者已经到达，刑侦取证专家们在案件现场拍摄着，相机的闪光灯与蓝色警灯此起彼伏地闪烁着。他们在纸上勾勒出男孩倒下区域的大体布局和当时周围的场景，这是他们第一阶段的调查工作。

“这种迷彩裤眼下正流行呢。”埃琳博格说。

“你觉得这有些不对劲儿？”西于聚尔·奥利问道，“孩子们穿着这种裤子？”

“我不了解。”埃伦迪尔说。停顿了一会儿，他又补充道：“感觉有点怪。”

他抬头看了看旁边的公寓。人们不顾寒冷，正站在阳台上观望；也有一些站在屋子里，透过窗子往外看。不过，大部分人仍在工作地点，还没回家，那些窗户都是暗的，还没亮灯。警察得进入这幢公寓楼向居民们了解情况。发现这个小男孩的目击者说，这孩子就住在这幢公寓楼里。或许这小男孩独自在家，不慎从阳台上跌落了下来。这样的话，这事便会被记录成一次意外事故。埃伦迪尔宁愿接受这一推论，也不愿意相信这孩子是被谋杀的——他无法循着这一残忍的想法往下想。

他审视了周围一圈。公寓后面的花园没有人打理，中间有一片碎石地，是一个小操场。操场上有两架秋千，其中一架已经破旧不堪，秋千座椅垮了一半，垂到地上，在风中来回打转儿；还有一副破败的滑梯，能看得出原先的红油漆，但现在却是锈迹斑斑；旁边有一个简易的跷跷板，座椅是用木头块做的，一头冻结在地上，另一头昂立在空中，像一门大炮的炮筒。

“我们得找到他的另一只靴子。”西于聚尔·奥利说。

他们三个都盯着那只带有破洞的袜子。

“不该发生这种事啊！”埃琳博格叹道。

警探们正在花园里寻找脚印，但夜幕降临，他们在结了冰的地面上也看不清太多。花园地面上覆盖的冰层很光滑，只有三两丛草戳破了冰层露了出来。该区的卫生官员证实男孩已经死亡，他找了个觉得背风的位置站着，准备点一支烟。他不能确定孩子的具体死亡时间，推测可能是在过去的一小时内。他解释说，法医会根据霜冻程度和体温的相关关系来计算出确切的死亡时间。他初步判断，死亡原因不明。他抬头看着那幢阴暗的公寓，说可能是跌落身亡的吧。

尸体没有人动过。法医已经在路上，正往这里赶来，只要有可能，他总是亲赴案发现场，同警方一起检查周围环境。聚集在街角的人群越来越多，拍照的闪光灯把躺在那儿的男孩的尸体照得清清楚楚，人们都看得见，这让埃伦迪尔颇为担心。路过的车辆都减速慢行，车里的人都被这场景吸引着。警察架起了一个小探照灯，便于进一步仔细地检查案发现场。埃伦迪尔告诉警务人员封锁案发区域。

从花园往上看，楼上没有一扇门是朝着男孩可能跌落的阳台开着的，窗户也都紧闭着。就冰岛而言，这算是一幢大型公寓，六层高，四个楼梯。房屋年久失修，阳台上的金属围栏都生锈了。墙上刷的涂层已经黯然褪色，有些墙面已脱落，露出了里面的钢筋混凝结构。从埃伦迪尔站着的地方望去，两户人家的客厅窗户玻璃上都有一个大裂口。没人费心去换掉它们。

“你觉得这会是一起种族歧视案吗？”西于聚尔·奥利问道，低头看着这男孩的尸体。

“现在还不能妄下结论。”埃伦迪尔说。

“当时，他会不会在攀爬墙面呢？”埃琳博格一边问着，一边抬头望着公寓大楼。

“孩子们总会做些我们大人们想不到的事。” 西于聚尔·奥利回应道。

“我们需要确定他到底有没有可能在两个阳台之间攀爬。”埃伦迪尔说。

“你觉得他是哪里人？”西于聚尔·奥利有些疑惑。

“看上去像亚洲人。”埃琳博格说。

“可能来自泰国、菲律宾，或者越南、韩国，也可能是日本、中国。”西于聚尔·奥利说道。

“在确认他的身份之前，难道不应该把他看成冰岛人吗？”埃伦迪尔说。

他们三人在冷风中沉默着，看着飘飞的雪花逐渐堆积在男孩周围。埃伦迪尔看了眼警车旁边好奇的围观者，然后脱下外套，盖在了男孩身上。

“可以这样做吗？”埃琳博格朝调查取证的那几个人看了一眼，问道。根据法律程序，没有得到取证人员的准许，他们甚至都不应该站在尸体旁。

“不知道。”埃伦迪尔说。

“这不符合职业规范。”西于聚尔·奥利说。

“没人报警男孩失踪吗？”埃伦迪尔没理会他的话，接着问道，“也没有人查询十岁左右男孩走失的事？”

“在赶来的路上我都查过了，”埃琳博格说，“警察还没有接到任何这类消息。”

埃伦迪尔低头看了一眼自己的外套，觉得有些冷。

“发现这孩子的人在哪儿？”

“我们在一个楼道里找到了他，”西于聚尔·奥利说，“他正在等我们。他用手机报的案，现在每个孩子都有手机。他说他放学回家抄近道穿过花园时偶然发现了这男孩的尸体。”

“我要跟他谈一谈，”埃伦迪尔说，“你去问一问他们，能否找到男孩在花园中的行走路线。如果他当时在流血，很可能会留下痕迹。或许，并不是坠楼致死的。”

“那不是调查取证组的事吗？”西于聚尔·奥利小声嘟囔了一句，但埃伦迪尔没理会他。

“看上去他不像是在花园里遭到袭击的。”埃琳博格说。

“看在上帝的份儿上，去找找他掉的那只靴子吧。”埃伦迪尔说着走开了。

“那个发现他的男孩……”西于聚尔·奥利开口说。

“嗯？”埃伦迪尔应声，转过身来。

“他也……”西于聚尔·奥利有些迟疑。

“什么？”

“他也是一个外来移民的孩子。”西于聚尔·奥利说。

*

那个报案的男孩就坐在公寓楼梯的台阶上，旁边坐着一名女警察。他提着一个装有运动用品的黄色塑料袋，两眼狐疑地看着埃伦迪尔。警察没有让他在警车里等，以免让人以为他与小男孩的死有什么牵连，于是有人建议就让他在楼道里等着。

楼道里很脏。一股难闻的气味在空中弥漫，还混杂着香烟味和公寓住户做菜的气味。地上铺着破旧的油毡毯，墙上画着涂鸦，但埃伦迪尔看不出画的是什么。男孩的父母还没下班，不过已经收到了警方的通知。男孩有着深色皮肤，洁白的皓齿，一头乌黑的直发。他刚淋浴完，发梢还有些潮湿，穿着厚滑雪衫和牛仔裤，手上拿着一顶羊毛帽子。

“天气真冷。”埃伦迪尔搓了搓手，说道。

男孩沉默不语。

埃伦迪尔在他旁边坐了下来。男孩说他叫斯特凡，今年十三岁，从他记事起就住在前面的那幢楼里。他说他妈妈是菲律宾人。

“发现那个男孩时，你一定吓坏了吧？” 埃伦迪尔沉默了好一阵后说。

“是的。”

“你认识他吗？你认出他是谁了吗？”

斯特凡已经告诉了警方那男孩的名字和住址。死者就住在这些公寓里，不过是在另外一个单元楼。警察正试图联系死者的父母。斯特凡只知道那男孩的妈妈是做巧克力的，他还有一个哥哥。他说自己和那男孩并不是特别熟悉，也不了解他哥哥，他们家是最近才搬到这里来的。

“他叫埃利，”男孩说，“埃利亚斯。”

“你发现他时，他已经死了？”

“嗯，我觉得是。我摇了摇他，他没反应。”

“所以你就给我们打电话了？”埃伦迪尔说道，觉得自己应该安慰安慰这个孩子。“你做得对，非常好。你刚说他妈妈是做巧克力的，这是什么意思？”

“她在巧克力工厂上班。”

“你觉得埃利这是怎么回事？”

“我不知道。”

“你还认识他其他的朋友吗？”

“不算认识。”

“你摇了摇他之后，还做了什么？”

“什么也没做，”男孩说，“就是给警察打了电话。”

“你知道警察局的电话号码？”

“嗯。我每天一个人放学回家，妈妈很担心我，她……”

“她怎么啦？”

“她总是叮嘱我给警察打电话，一旦……”

“一旦什么？”

“一旦有任何危险。”

“你认为埃利出了什么事？”

“不知道。”

“你是在冰岛出生的吗？”

“嗯。”

“他也是在冰岛出生的？你知道吗？”

男孩刚才一直低头看着地上的油毡毯，现在他抬头看着埃伦迪尔。

“是的。”他回答道。

前门突然开了，埃琳博格被风刮了进来。一扇薄薄的玻璃门把台阶与楼房入口隔开，埃伦迪尔看到埃琳博格把他的大衣带了过来，便微笑着告诉男孩稍后再聊，然后起身，朝埃琳博格走了过去。

“要知道，没有孩子的父母或监护人，或者儿童权益保护局的工作人员在场，你不能盘问他。”她把外套递给他时，语气严厉地说道。

“我不是在盘问他，”埃伦迪尔说，“只是大体了解一下情况。”他看了看他的外套，接着问道：“尸体已经搬走了？”

“正运往停尸房，不是坠楼，他们找到了一个线索。”

埃伦迪尔的脸痛苦地抽动了一下。

“那孩子是从西边进入花园的，”埃琳博格说道，“那有一条路，原来是有路灯的。但一位居民说，那里只有一个路灯杆，而且灯泡还总被砸坏。小男孩是翻过栅栏进入花园的，我们在那儿发现了血迹。他掉的靴子还在那儿，可能是翻的时候掉的。”

埃琳博格深深地吸了一口气。

“有人用刀捅了他，”她说，“他可能死于刺伤，刀是从腹部刺入的，所以他身下有一大摊血，血几乎是一流出来就凝固了。”

埃琳博格说到这里陷入了沉默。

“他可能正要回家。”她终于开口说。

“能追踪到他被刀捅伤的地方吗？”

“正在侦查。”

“联系上他的父母了吗？”

“他母亲正在赶来的路上，名字叫苏妮，泰国人。我们还没有告诉她出了什么事，太可怕了。”

“你去陪陪她吧，”埃伦迪尔说，“孩子父亲呢？”

“还不清楚，公寓的入户对讲机联系簿上显示有三个名字，有一个名字看着像尼冉。”

“我了解到他还有一个哥哥。”埃伦迪尔说。

他替她拉开门，两人一起朝外走进了呼啸的北风里。埃琳博格等待着男孩的母亲，好带她去停尸房看自己的孩子。一名警察陪同斯特凡回家，并会在他家里询问、记录斯特凡陈述的情况。埃伦迪尔穿上大衣，返回花园。男孩倒下的那块草地已经被染成暗红色的了。

我被击倒，坠落大地之上。

这句古老的诗句浮现在了埃伦迪尔的脑海，他站在那里，看着尸体刚躺过的那一小块地方，陷入了沉思。沉默良久后，他最后看了一眼阴郁的狭长公寓楼，然后在冰面上小心翼翼地前行，来到儿童娱乐场，一只手抓住滑梯冰冷的铁柱时立即感觉到一股刺骨的寒流爬上胳膊。

我被击倒，坠落大地之上，

寒冷冰冻，我挣脱无望……

2

埃琳博格陪着小男孩的母亲前往巴隆斯提格停尸房。她个子不高，玲珑娇小，三十五六岁的样子，脸颊圆润，挺面善，浓密乌黑的头发扎成一把马尾。她辛劳了一整天，看起来疲惫不堪。警察了解到她工作的地址，派了两名警员前去接她。他们费了好一会儿工夫向她解释情况，然后带上她一起开车来到事发的公寓楼前找埃琳博格。一番交流后，他们意识到还需要一名泰语翻译。一位警察联系上了多元文化中心，中心表示会派一位女译员到停尸房跟他们汇合。

埃琳博格和孩子母亲到达目的地时，译员还没赶到。埃琳博格陪着她径直走进停尸房，法医正等着他们。这位母亲看到儿子的尸体，一下子就失声痛哭起来，瘫倒在埃琳博格的怀中，用自己的母语哭天喊地。这时，译员走了进来，是一个和那位母亲年纪相仿的冰岛女人。她和埃琳博格一起尽力安慰着孩子的母亲。埃琳博格觉察出这两个女人以前就相识。译员尽量用舒缓的话语安慰孩子的母亲，但这位母亲由于悲恸和无助失去了理智，挣扎着扑到男孩身上，扯着喉咙哭喊着。

最后，她们终于将她拉出了停尸房，带到警车里，直接送她回家了。埃琳博格告诉译员，在这悲痛的时刻，那位母亲需要一个亲密、信赖的家人或朋友陪在她身边。译员照着跟这位母亲说了，但她什么话也没说。

埃琳博格向译员说明了发现埃利亚斯的经过，当时他在公寓楼后花园的位置，又讲述了警方目前的调查，让她将这些译给这位母亲听。

“她有个弟弟在冰岛，”译员说，“我会联系他的。”

“你认识这个女人？”埃琳博格问道。

她点点头。

“你在泰国待过？”

“对，待过好几年，”她说，“当年做交换生的时候第一次去的那里。”

译员说自己名叫古蕾。她身材纤瘦，个头矮小，一头黑发，戴着一副大眼镜，黑色大衣里穿着一件厚毛衣和一条牛仔裤，肩上配着一条白色的羊毛披肩。

一行人回到公寓，孩子母亲要求去看看儿子被发现的地方，于是她们带她去了花园。那儿早已一片漆黑，警察架了灯并封锁了整个区域。谋杀的消息不胫而走。埃琳博格注意到，靠公寓墙边摆放了两束鲜花，还有一群人渐渐聚集在警车附近，默默地在一旁观望着。

孩子的母亲穿过了警戒线。穿白色工服的取证人员这时都停下手头的工作，望着她。很快，她就到了发现儿子倒下的地方，译员古蕾站在一旁。她跪了下去，双手掌伏在地上，哀伤地哭了起来。

埃伦迪尔从漆黑处出现了，望着那悲伤的母亲。

“我们应该去她的公寓看看。”他对埃琳博格说。埃琳博格点了点头。

他们在寒风里站了好一会儿，等待着那两个女人，最后跟着她们走出了花园，朝孩子母亲所住的单元楼走去。埃琳博格向孩子母亲介绍了埃伦迪尔，说他是参与调查她儿子之死的警探。

“也许你现在还不想说话，”埃伦迪尔说，“但事实是，我们越早获取信息越好，时间拖得越久，就越难找到凶手。”

埃伦迪尔停下来，好让古蕾翻译。他正要继续讲的时候，这位母亲看着他，嘴里用泰语说着些什么。

“是谁干的？”古蕾立刻翻译道。

“我们还不知道，”埃伦迪尔说，“我们一定会查出来的。”

孩子母亲转向古蕾，一脸焦虑地继续说着。

“她还有一个儿子。她很担心他。”古蕾说。

“她知道他在哪里吗？”埃伦迪尔问道。

“不知道，”古蕾说，“他们俩应该差不多同时放学。”

“他是哥哥吗？”

“对，大五岁。”古蕾说。

“那么他今年就……”

“十五岁了。”

孩子母亲急忙冲上了楼梯，跑在他们前面，一直到四层才停下。

埃伦迪尔很诧异，这么高的楼里居然没有电梯。

苏妮一边开公寓门，一边喊叫着什么。埃伦迪尔想，她喊的肯定是另一个儿子的名字。门一打开，她就朝家里四处看了一圈，发现屋子里空无一人，便愣在那里，一副不知所措、孤单无助的样子。古蕾走过去，一只胳膊扶着她，把她带到客厅，陪她在沙发上坐了下来，埃伦迪尔和埃琳博格随后进了房间。这时，一个瘦瘦的男人跑上楼，也跟着进屋来，他自我介绍说是当地教堂的牧师，也是一位很有经验的创伤心理咨询师。

“我们必须找到孩子的哥哥，”埃琳博格说，“希望他平安无事吧。”

“希望这件事不是他干的。”埃伦迪尔说。

埃琳博格惊讶地看着他。

“你都在想些什么！”

埃琳博格环视整个房间，看到苏妮住的是一套小两居。前门打开直通客厅，侧边有一条过道，通向卫生间和两个卧室，客厅过去就是厨房。整个公寓里都弥漫着东方香料和异域食物的香味。屋内非常整洁，一尘不染，装点着泰国特色的饰品。墙上和桌子上满是照片，埃琳博格猜想，照片上的人应该都是这位母亲在地球另一端的亲人吧。

埃伦迪尔站在一个红色灯罩下面，灯罩是纸质太阳伞形状的，上面印有一条黄色的龙。古蕾说她要去泡茶，埃琳博格便和她一起进了厨房。苏妮还坐在沙发上，牧师坐在她身旁。埃伦迪尔什么也没说，等着古蕾回来。

古蕾在厨房里窃窃低语着，把她所知道的关于苏妮的事情都跟埃琳博格讲了出来。苏妮来自距离曼谷两百公里的一个村庄，在一个三代同堂的大家庭里出生长大，日子过得很拮据。十五岁时，苏妮就同两个哥哥一起来到了他们的首都曼谷，在那儿做些体力活挣钱，主要是在洗衣店干活，过得很清贫艰苦，二十岁的时候还跟哥哥们挤在一起住。后来，她想独立生活，于是进了一家大型的纺织厂上班，做廉价服装供应西方市场。厂里全是女工，薪水很低。大约在那个时候，她在曼谷一家有名的夜总会里遇到了一个来自遥远国家的外国人。他来自冰岛，比她年长几岁。那时候她从来没听说过冰岛这个国家。

古蕾告诉埃琳博格这些事的时候，牧师正在安慰苏妮，埃伦迪尔则在客厅里踱来踱去。房间里充满了东方神韵，半墙高的小祭坛上供着鲜花、熏香、一碗水以及一幅泰国乡村的美丽图画。埃伦迪尔仔细地看了看房间里的这些廉价装饰品、纪念品和镶框照片，其中很多都是一大一小两个男孩子的照片。埃伦迪尔猜测，他们就是那个死去的男孩和他的哥哥。他从桌上拿起年长的孩子的照片，问苏妮那是否就是她的大儿子。她点了点头。他要求借用一下照片，然后拿到前门，把它给了在那里守着的警察，让他在警察局里分发下去，通知大家寻找这个少年。

埃伦迪尔正握着手机，它就响起来了。是西于聚尔·奥利打来的。

西于聚尔·奥利在花园里发现了男孩死前的踪迹：从花园延伸到一条狭窄的小路，顺着小路下去，与一条寂静的马路交汇，路两旁是一些房子和花园，一直通到一座满是涂鸦的小配电房或者变电站的外墙下面。变电站距离男孩的家大约有五百米，离当地学校也不远。据西于聚尔·奥利初步观察，现场并没有任何打斗的痕迹。越来越多的警察来到那里，打着手电筒在附近的花园、小路、街道和学校附近搜寻作案的凶器。

“有消息随时告诉我。”埃伦迪尔说，“那个地方距离学校远吗，你刚刚说？”

“其实就在附近。孩子的血迹到那里就没了，但并不意味着他就是在那里被刺死的。”

“明白了，”埃伦迪尔说，“得找学校的人了解情况。找找校长，还有教职员工。凡是教过这个小男孩的老师，还有他的同班同学，我们都得面谈，也包括他的邻居，任何认识他或者了解他情况的人。”

“我以前就在这里上学。”西于聚尔·奥利咕哝了一句。

“真的？”埃伦迪尔问。西于聚尔·奥利很少谈起自己的情况。“你原来就住这一片？”

“我家搬来过这里，不过只住了两年就走了，”西于聚尔·奥利说，“后来几乎再也没来过。”

“然后呢？”

“没什么了。”

“你觉得他们还记得你吗？你以前的那些老师。”

“但愿不记得，”西于聚尔·奥利说，“那孩子在哪个班？”

埃伦迪尔走进厨房。

“我们需要知道孩子在哪个班。”他对古蕾说。

古蕾走到客厅，跟苏妮说了几句，然后回来告诉了他答案。

“这一区域发生过种族冲突吗？”埃伦迪尔问她。

“多元文化中心办公室从未接到过这类事件的报告。”

“那种族偏见呢？你看到过吗？”

“我想，没有，一切正常。”

“调查一下，看看这片区域是否发生过种族暴力冲突事件。”埃伦迪尔在电话里首先把埃利亚斯的班级信息告诉了西于聚尔，接着说，“再查查还有哪些地区发生过这种事件。我记得不久前这里发生过骚乱事件，有人还动了刀子。我们得查查。”

茶泡好了。埃琳博格和古蕾跟着埃伦迪尔一起回到了客厅。牧师已经离开。古蕾挨着苏妮坐了下来，埃琳博格从厨房里拿了把椅子过来坐下。古蕾和苏妮谈着什么，苏妮点了点头。埃伦迪尔希望她是在告诉孩子的母亲，警方越早获得小男孩当天活动的详细信息，调查才能越顺利。

埃伦迪尔手里拿着手机，正准备放进口袋里，突然犹豫了一下，若有所思。他的脑海里突然浮现出那个年轻目击者，他也有手机，因为他母亲担心他放学后一个人回家不安全。

“她儿子有没有手机？”他问古蕾。

古蕾转述了他的问题。

“没有。”她说。

“他哥哥呢？”

“也没有。”古蕾说，“这个家里没人有手机，买不起。”“并不是所有人都买得起手机。”她补充道，埃伦迪尔觉得这是她自己的话。

“他是在公寓附近的学校上学吗？”他问道。

“是的，两个孩子都在那里。”

“埃利亚斯什么时候放学？”

“他的课程表在冰箱门上面。”古蕾说，“他周二大概两点钟放学，”她又看了看手表，“所以从他放学回家到现在有三个小时了。”

“放学后他一般做什么？直接回家吗？”

“据她所知，”古蕾在询问了苏妮后说，“她不是很清楚。有时候他在学校操场踢足球，然后自己回家。”

“孩子父亲呢？”

“他是一个木匠，住在雷克雅未克，他们去年离婚了。”

“嗯，孩子父亲的名字叫欧丁，是不是？”埃伦迪尔说。他知道警察正在试图联系埃利亚斯的父亲，他还不知道自己孩子死亡的消息。

“他跟苏妮最近没怎么联系。埃利亚斯有时周末去他爸爸那里住一下。”

“孩子们有继父吗？”

“没有，”古蕾说，“苏妮独自带着两个孩子生活。”

“通常情况下，大儿子这个时候到家了吗？”埃伦迪尔问道。

“他们回来的时间不固定。”古蕾转述苏妮的话。

“她没跟他们立规矩吗？”埃琳博格问道。

古蕾转向苏妮，她们俩聊了好一会儿。埃伦迪尔可以看出，古蕾给了这位母亲莫大的支持。古蕾告诉他们，苏妮其实听得懂别人对她说的大部分话，也基本能表达自己的意思，只是不太准确，所以必要的时候就会叫她来帮忙。

“孩子们白天去哪些地方，她不太确定。”古蕾最后转身对埃伦迪尔和埃琳博格说，“他俩都有公寓的钥匙。如果她加班的话，会在巧克力厂工作到六点，然后才回家，顺便还得买菜。有时候她会加班到更晚些时候，回家也就更晚了。她不得不尽己所能多做工作，因为家里全靠她挣钱。”

“他们难道不该告诉妈妈放学后的去向吗？”埃琳博格问道，“就算她在上班，他们也应该告诉她呀？”

“她上班的时候不可能把时间浪费在接电话上。”古蕾询问苏妮后说道。

“所以她不知道他们放学后的行踪？”埃伦迪尔问道。

“噢，不，她知道他们在干什么。他们会告诉她的，只是要到晚上他们回家之后。”

“他们放学后踢足球或做其他的运动吗？有没有什么课外训练，或者什么兴趣班？”

“埃利亚斯踢足球，但是他今天没有参加训练，”古蕾说。“想必你们也知道，作为一个单身母亲，她过得有多难。送孩子们去兴趣班可不是件容易的事。他们没有钱去报班，也没钱买手机。”她补充说道。

埃伦迪尔点了点头。

“你说她在冰岛还有个弟弟？”他说。

“嗯，我已经联系他了，他已经动身，正在赶来的路上。”

“苏妮还有其他有来往的亲人或者姻亲吗？男孩父亲那边有吗？她大儿子会不会跟他们在一起？孩子的爷爷奶奶还在世吗？”

“埃利亚斯有时候会去看望他的奶奶，他的爷爷已经去世了。苏妮和孩子们的奶奶很亲近。孩子们的奶奶也住在这座城市，你也应该通知她。她叫西格丽迪尔。”

古蕾跟苏妮要来了她的电话号码，然后给了埃琳博格，埃琳博格拿出手机。

“把孩子的奶奶叫来陪她怎么样？”她问古蕾。

苏妮听了古蕾的话，点点头。

“我们会叫她过来的。”古蕾说。

这时，一个男人出现在门口，苏妮一下子跳了起来，朝他跑去。那是她的弟弟。姐弟俩拥抱在一起，苏妮哭着倒在了弟弟的怀里，他极力安慰她。他叫威罗特，比苏妮小几岁。看着他们姐弟俩如此悲伤地抱在一起，埃伦迪尔和埃琳博格彼此看了看。这时，一位记者喘着粗气跑上楼来，埃琳博格没有让记者进来，而是出门招呼记者去了。公寓里只剩下埃伦迪尔、古蕾以及那对姐弟了。古蕾和弟弟把苏妮搀扶回沙发，在她的身边坐了下来。

埃伦迪尔沿着过道朝卧室那边走去。稍微大点儿的卧室一看便是母亲的房间。另一间里面有一张双层床，孩子们睡在那里。映入他眼帘的是一张英国足球队的海报，他曾在报纸上见过。还有一张小点儿的海报，上面是一个帅气的冰岛歌手。一台老式的苹果电脑放在小桌上，课本、电脑游戏盘和玩具散落在地板上，其中有玩具枪、恐龙和剑。双层床铺上乱糟糟的，没有整理。孩子们的脏衣服还搭在椅背上。

这是典型的男孩子房间，埃伦迪尔想，他用脚碰了一下地板上的一只袜子。这时，古蕾出现在房间门口。

“他们是什么样的人？”埃伦迪尔问道。

古蕾耸耸肩。“就是很普通的人，”她说，“就像你我一样的人。

穷人。”

“有人会因为偏见伤害他们吗？你知道他们有过这类经历吗？”

“我觉得这种事不怎么会发生。其实，我对尼冉的情况不太了解，但是苏妮跟邻居们相处挺融洽的。偏见肯定会有的，而且很明显他们一家人也意识到了偏见的存在。生活告诉我们，缺乏自信和教养的人最容易产生偏见，他们可是亲身经历过被当成空气和受人白眼的。”

“她弟弟呢？在这里住了很久吗？”

“嗯，住了好几年了。他是干体力活的，之前在北方工作，在阿克雷里，最近才到雷克雅未克工作。”

“姐弟俩关系亲吗？”

“嗯，非常亲，他们也是很好的朋友。”

“关于苏妮的情况，你还能告诉我些什么吗？”

“她在大约十年前来到冰岛，”古蕾说，“她真的很喜欢这里。”

苏妮曾经告诉她，当她从凯夫拉维克机场坐飞机到雷克雅未克的时候，简直不敢相信这个国家会如此荒凉和寒冷。当时是阴雨天气，她透过机窗只能看到平坦的熔岩地和遥远的蓝色山脉，到处都光秃秃的，没有树木，甚至没有蓝色的天空。她走出飞机，走下舷梯的瞬间就感到迎面撞上一股北极的寒气，仿佛面前是一堵冰冷的墙，立刻起了一身鸡皮疙瘩。室外气温只有 3 摄氏度，当时是十月中旬。而在她离开家乡时，泰国的温度有 30 摄氏度。

她在曼谷认识了一个冰岛男人，然后嫁给了他。他追求她时不断约她出去，显得彬彬有礼。他曾用英语告诉了她一些关于冰岛的事情，而她几乎不会讲英语，也听不太懂他说的那些事情。他看起来很有钱，给她买了一些小玩意儿，比如衣服、小饰品。

他们认识后，他回到了冰岛，但决定彼此要保持联系。苏妮的朋友英语水平比她好，代她给他写过信。半年后，他又回到泰国，在那里待了三个星期，那段时间他们每天都在一起。苏妮对他以及他所说的关于冰岛的一切都颇为心动，虽然万里之遥，天寒地冻，地狭人稀，但它却是世界上最富有的国家之一。他告诉了苏妮冰岛的工资水平，按曼谷的标准来看，那简直就是天文数字。如果她到那里努力工作的话，轻轻松松就能养活泰国的一大家子。

他带苏妮去了他家，那是位于斯诺拉布劳特的一间一居室的房子，是他的房产。他们从罗福特酒店的大巴枢纽站走到那儿，穿过了一条繁忙的道路，后来她发现那条路叫米克拉布劳特，然后迎着冰冷的北风向下走到了斯诺拉布劳特。当时她正穿着泰国夏装，那是他为她买的单薄的丝绸裤子，漂亮的短衫，外面披着一件极薄的外套，脚上穿着一双塑料凉鞋。她的新婚丈夫并没有为她抵达冰岛做任何准备。

那间公寓经她打理后看起来非常舒服。她在一家巧克力工厂找到了工作。一开始他俩相处得很好，但是最终发现，彼此当初都没有向对方说实话。

“怎么了？”埃伦迪尔问古蕾，“他们互相隐瞒了什么？”

“他以前就做过这事，”古蕾说，“有过一次。”

“做什么了？”

“去泰国娶老婆。”

“他以前结过婚？”

“有的男人结过好几次呢。”

“那是合法的吗？”

“法律不禁止。”

“那苏妮呢？她向他隐瞒了什么？”

“他们住了一段时间后，苏妮把儿子接来了。”

埃伦迪尔瞪大眼睛看着古蕾。

“原来她在泰国已经有了一个儿子，但她从来没有跟他提起过。”

“是尼冉吗？”

“嗯，是的。尼冉还有一个冰岛名字，但他自称尼冉，其他人也就这么叫他了。”

“所以他是……”

“他是埃利亚斯同母异父的哥哥，一个十足的泰国人。他很难适应冰岛这个新环境，同样处境的孩子都有这个问题。”

“她的丈夫有什么反应？”

“离了。”古蕾说。

“尼冉，”埃伦迪尔自言自语着，好像在琢磨这个名字是怎么发音的。“这名字有什么特别的含义吗？”

“意思是‘永恒’。”古蕾说。

“永恒？”

“泰国名字都有其含义，就像冰岛名字一样。”

“那苏妮呢？是什么意思？”

“幸运的事，”古蕾说，“好事情。”

“埃利亚斯有泰国名字吗？”

"有，阿冉。我不太清楚这个名字有什么含义。我得问问苏妮。"

"这些名字背后有没有什么传统？"

"泰国人用昵称来迷惑妖魔，这是他们的迷信。洗礼时用小孩儿的真名，平常叫小名，这样就可以把可能伤害孩子的妖魔弄糊涂，它们就无法得知孩子的真名了。"

客厅里响起了音乐，埃伦迪尔和古蕾从孩子们的房间里走出来。苏妮的弟弟在CD机里放了些舒缓的泰国音乐。苏妮蜷缩在沙发上，开始低声地自言自语。

埃伦迪尔望着古蕾。

"她在说她的另外一个儿子，尼冉。"

"我们正在找他，"埃伦迪尔说，"我们会找到他的。告诉她，我们会找到他的。"

苏妮摇摇头，目光呆滞地望着前方。

"她觉得他也死了。"古蕾说。

3

西于聚尔·奥利急忙赶去学校，三名警察陪同前往，他们现在分头搜索校园及周边区域，寻找杀人凶器。学校已经放学，在这寒冬的黑夜里，教学楼显得既阴郁又沉闷。零星几个窗户亮着灯，但教学楼的主入口是锁着的。西于聚尔·奥利敲了敲大门。学校是一幢灰色的、三层楼高的庞然大物，旁边的附属楼里有一个小型的室内游泳池和木工工作间。这时，西于聚尔·奥利的脑海中浮现出寒冬清晨的记忆：孩子们在院子里站成两排，相互挑逗、吵闹，有时候还打起来，然后又被老师拉扯开。秋天大多数日子和整个冬日时光都是在雨、雪和黑暗当中度过的，直到来年春天，天空才慢慢明亮起来，天气逐渐暖和起来，太阳重现。西于聚尔·奥利看着对面的沥青操场、篮球场，还有足球场，仿佛可以听见孩子们的叫喊声。

他开始用脚踢门，终于，学校管理员出现了。一个五十岁左右的女人一边打开门，一边问怎么这么吵。西于聚尔·奥利做了一下自我介绍，便问她五年级班主任是否还在学校。

“出什么事了？”管理员问。

“没什么。”西于聚尔·奥利说，“您知道那个老师还在学校吗？”

“五年级？在二楼304教室，我不知道艾格尼丝走了没有，我去看一看。”

西于聚尔·奥利已经迈开了步子。他知道楼梯在哪儿。他一步跨过好几级台阶。如果他没记错的话，以前五年级就在二楼。或许他读书那会儿的学校制度到现在都还没变过。那是二十世纪七十年代末。当“二十世纪”这个词划过脑海时，他似乎感到自己苍老了十岁。

这层楼里所有的教室门都锁了，然后他迅速跑下楼。与此同时，管理员已经去过那老师的办公室了，正在走廊里等候着他，要告诉他五年级的班主任已经回家了。

“班主任叫艾格尼丝，是吧？”

“是的。”管理员回答。

“校长还在学校吗？”

“嗯，在他的办公室里。”

西于聚尔·奥利马上大踏步朝校长办公室所在的方向走去，差点把管理员撞到一边。他读书时校长办公室就在那个方向，他记得很清楚。校长办公室的门开着，他火急火燎，没敲门就直接走了进去，正好看到老校长脖子上已系上围巾，正准备回家。

“你想干什么？”校长吓了一跳，问道。

西于聚尔·奥利迟疑了一下，不确定老校长是否还认得出来他。

“有什么需要帮忙的吗？”校长问。

“是关于一个五年级孩子的事。”西于聚尔·奥利说。

“噢？怎么了？”

“出事了。”

“你孩子在那个班吗？”

“不是，我是警察。有人发现五年级的一个学生在他家附近死亡，是被杀死的，我们需要向学校的老师了解情况，尤其是能提供这孩子情况的人，我们需要……”

“你说什么？”校长倒吸了一口气，西于聚尔·奥利看到他的脸色突然变得苍白。

“……需要跟他的同学、学校老师，还有其他认识他的人了解一下情况，我们认为他是被谋杀的，他的腹部被刺了一刀。”

管理员在西于聚尔·奥利之后赶来，站在门口，喘着粗气。听了这话，她本能地捂住了嘴巴，睁大双眼看着西于聚尔，仿佛不敢相信自己的耳朵。

“那个男孩有一半泰国血统，”西于聚尔·奥利接着说，“学校里这样的学生多吗？”

“这样的学生？”校长说着，茫然不知所措，缓缓地坐到椅子上。他快七十岁了，当了一辈子老师，还挺期盼退休生活的。他不明白到底发生了什么，一脸惊讶，完全不敢相信。

“是谁呀？”管理员站在西于聚尔·奥利身后说，“谁死了？”

西于聚尔·奥利转过身。

“抱歉，等会我再跟您说。”他边说边把门关上。

“我需要孩子的注册信息，找到他父母的姓名和住址，”他说着，转身面向校长，“我还需要那孩子所有老师的名单。我需要了解学校里一切摩擦冲突事件的详细情况，比如，帮派闹事，或者种族冲突之类，就是任何可能引发这个案件的事情。您能想到什么事吗？”

“我……我一件都想不起来了。我不相信你说的！这是真的吗？怎么会发生这种事？”

“很不幸，是真的。我们需要赶快行动，拖得越久就越……”

“是哪个孩子？”校长打断他。

西于聚尔·奥利告诉他，男孩名叫埃利亚斯。校长打开他的电脑，在内网查到了男孩的班级和照片。

“以前,每个学生的名字我都叫得上,现在都有这么多学生了。这个，是他吗？”

“对，就是他。”西于聚尔·奥利看着照片说。他告诉校长，埃利亚斯有个哥哥叫尼冉，于是他们也找到了男孩哥哥的班级和照片。兄弟俩长得很像，都留着乌黑的直发，头发遮住了眼睛，有着黝黑的皮肤和棕色的眼睛。他们通过电子邮件把尼冉的照片发给了警方。西于聚尔·奥利给警局打了个电话，很快这张照片连同埃伦迪尔提供的那张照片一起立刻被分发了下去。

“学校里面有帮派冲突吗？”西于聚尔·奥利打完电话后向校长问道。

“你觉得这跟学校有关？”校长看着电脑问道。屏幕上是埃利亚斯的照片，他正微笑地看着他们。那笑容有点腼腆，他并不是直接看着镜头，而是在往上看，好像照相的人叫他向上看，或者有什么事情打扰了他一下。他五官对称，高高的额头，明亮的眼睛里充满着好奇。

“我们在调查所有的可能性，”西于聚尔·奥利说，“我不能解释太多。”

“这事和种族歧视有关？你刚说什么？”

“我们只知道男孩的母亲来自泰国，”西于聚尔·奥利说，“没有其他的了，我们也不知道发生了什么。”

西于聚尔·奥利松了一口气，老校长似乎忘了他曾经是这里的学生。以前在这里上学的日子、那些老师，还有班上发生的事情，他现在都不想谈论，所有那些事在他看来都没什么意义。

“没人向我报告什么特别事件，”校长说，“或者说，至少不是什么严重的事情，即便有也不可能会引发这场悲剧。我还是无法相信竟然发生了这种事。”

“你最好相信。”西于聚尔·奥利说。

校长还打印出了埃利亚斯班上的学生名单，上面有住址、电话号码和父母或监护人的姓名。他把名单递给了西于聚尔·奥利。

“这兄弟俩是今年秋天才到这里来上学的。需要我把名单发到刚才那个邮箱吗？”他说道，“简直太糟糕了。”他呻吟着，双眼瞪着自己的书桌，似乎无法动弹。

“当然需要，”西于聚尔·奥利说，“我还需要他班主任的住址和电话。另外，到底发生了什么事？我需要知道。”

“你说什么事？”校长望着他。

“您刚才说不是什么严重的事情，”西于聚尔·奥利问，“而且肯定和这场悲剧没有关系。您说的是什么事？”

校长有些犹豫。

“到底是什么事？”西于聚尔·奥利又问了一遍。

“我们这儿有一个老师对外来移民表现过强烈的反感。”

“反感来自泰国的女人吗？”

“还有其他的亚洲国家，如菲律宾、越南。他态度很强硬。不过，他只是发表看法而已，他绝不会做出这种事，绝对不会。”

“但您还是想到了他，他叫什么名字？”

“这太荒唐了！”

“我们需要跟他谈一谈。”西于聚尔·奥利说。

“他很会管学生。”校长说，“他是这样的，脾气不太好，还有点傲慢，但孩子们都很服他。”

“他教过埃利亚斯吗？”

“当然，他教冰岛语，也教其他的课，几乎教过学校里所有的学生。”

校长说出了那个老师的名字，西于聚尔·奥利记了下来。

“我曾警告过他，学校里不接受任何形式的种族歧视，”校长坚定地说，“想都不要想，我们绝不会容忍种族歧视。和其他地方一样，人们会讨论种族问题，尤其是从移民的角度来看这个问题。但是在我们学校里，各种族是绝对平等的，无论是老师还是学生都无法容忍不平等现象。”

西于聚尔·奥利可以看出，校长仍然在隐瞒着什么。

“具体发生了什么？”他问。

“他们差点打起来，”校长说，“他和另外一个叫费努尔的老师。就在教师办公室里，大家不得不把他们拉开。他说了一些话，把费努尔气坏了，结果两人你不让我，我不让你，打了起来。”

“他说了什么话？”

“费努尔不肯说。”

“还有没有其他我可以了解情况的人？”西于聚尔·奥利问。

“我不能仅仅因为个人观点就告发别人吧？”

“您这不是告发，”西于聚尔·奥利说，“只不过是这个男孩遭遇了袭击，而这并不一定跟个人看法有关。这根本谈不上告发，只是警方的调查而已，我们需要获取信息，需要了解情况，然后侦查出事实真相。这与人们持有什么样的观点无关。”

“埃吉尔，学校的木工课老师，曾在学校里有过激烈的争论，多元文化还是什么的，我不太清楚。他的脾气相当暴躁。他知道得多，也许你应该和他谈谈。”

“学校里有多少孩子是从国外来的？”西于聚尔·奥利一边写下木工课老师的名字，一边问道。

“我想，总共应该有三十多个吧。这学校规模不小。”

“没有引发过什么问题吗？”

“有，我们知道发生过一些事件，但都不那么严重。”

“哦，都是些什么事？”

“起绰号、吵架之类。只是老师们谈起过，不过没有人向我反映。当然，老师们一直在密切关注着事态发展，随时准备干预孩子间的冲突。我们不希望在学校里看到任何形式的歧视，学生们自己也很清楚这一点。所以只要有什么事情发生，他们会立即通知我们，然后我们会采取行动去干预。”

“什么学校都会有问题学生，”西于聚尔·奥利说，“惹是生非的家伙，一无是处，只会滋事捣蛋的男生女生。”

“每个学校都有。”

校长若有所思地凝视着西于聚尔·奥利。

“我觉得我好像认识你,”他突然说道,“你刚才说你叫什么？”

西于聚尔·奥利叹了口气。这国家太小，人太少了啊！

“西于聚尔·奥利。”他说。

“西于聚尔·奥利，”校长沉思了一会儿，然后说道，“西于聚尔·奥利？你以前在这里上过学吗？”

“很久以前，在一九八〇年以前，我在这上过很短的一段时间。”西于聚尔·奥利可以看出校长在努力回忆，他知道过不了一会儿校长可能就会想起来。于是，他赶紧离开了。警局还会派人来学校向学生、老师和工作人员了解情况的。当他走到门口的时候，老校长终于激动起来。

“你不是那个参与了‘七九暴乱’的……” 没有听完最后一个问题，西于聚尔·奥利便大步走出了校长办公室。他四处见不到管理员。这么晚了，教学楼早已人去楼空。他朝外面走着，在即将跨出门进入寒气中时，他突然停下来，看着天花板，迟疑了一会儿，然后转头又上楼，他不知不觉来到二楼，墙上挂着很多以前学生班级的老照片，下面附有班主任的名字和年份。他找了一会儿，找到了那张照片。他看着照片，看着照片中的自己，一个当时十二岁的学生。照片中孩子们站成三排，他站在最后一排，眼睛直直地看着镜头，表情严肃，穿着一件薄衬衫，宽宽的领子上有一个奇怪的图案，留着当时最时兴的迪斯科发型。

西于聚尔·奥利在照片前久久伫立。

“真够差劲的！”他叹了口气，说道。

4

埃伦迪尔的手机响个不停。先是西于聚尔·奥利报告他与校长的谈话结果，并说自己正在路上，赶去与男孩的班主任见面，还要和一个有反移民倾向的老师面谈；接着是埃琳博格打电话来，说与苏妮住在同一单元楼的一位目击者声称，当天早些时候好像看到过男孩的哥哥；后来是调查取证组组长的电话，他转述法医的话说，有人捅了孩子一下，推测用的是利器，很可能是刀。

“什么样的刀？”

“刀刃应该很宽，甚至可以说是刀背厚，但是特别锋利，”那个调查取证组组长说，“刺进身体时并不需要花很大力气，那孩子可能被刺后立刻就倒在地上。孩子的厚滑雪衫背后很脏，被撕破了，但衣服看上去比较新，所以可能与人发生过打斗。不出所料的话，他应该是在自卫抵抗，不过他身上只有一处刀伤，法医说刀刺穿了他的肝脏，他因失血过多致死。”

“你的意思是说，并不需要花太大的力气就能刺得那么深？”

“有可能。”

“小孩也行？比如说，像他这个年纪？”

“这很难说。但看起来他像是被利器杀害的。”

“那么死亡时间呢？”

“从体温上来判断，他应该是在被发现前大约一个小时死亡的。你可以和法医讨论下这个问题。”

“像是他放学后就直接回家了。”

“看上去是的。”

埃伦迪尔在椅子上坐了下来，对面是泰国姐弟俩，他们坐在沙发上，译员古蕾和他们坐在一起。古蕾把埃伦迪尔得知的消息告诉了他们，苏妮静静地听着，停止了哭泣。她弟弟也说了几句，姐弟俩又小声地交谈了一阵。

“他们在说什么？”埃伦迪尔问。

“早上离开家的时候，他的外套并没有破，”古蕾说，“衣服不是很新，但是好好的。”

“很明显，他们打斗过，”埃伦迪尔说，“我不敢说袭击埃利亚斯的人是出于种族偏见。学校里有三十多个孩子都有外国血统。我们需要跟与他接触过的人，包括他的朋友们谈一谈，还有他的哥哥。如果苏妮能提供一份这些人的名单的话，对我们会很有帮助，不过，我知道这不容易。如果她不记得名字，提供一些细节信息也好，如年龄、外貌、住址。时间很关键，但愿她意识到了这一点。”

“你了解她的感受吗？”古蕾冷冷地问。

“我只能靠猜了。”埃伦迪尔说。

*

埃琳博格站在一楼楼道的一扇门前，她敲了一下门，一位穿制服的警察开了门，向她打招呼。原来这是另一个目击者的家里，穿制服的警察刚和这一目击者交谈过了，他们正在客厅里等着埃琳博格。她叫范内伊，六十五岁，丈夫已经去世了，有三个成年的孩子。她已经为那位警察煮好了咖啡，可埃琳博格一进来，那位警察就走了。两个女人坐了下来，各一杯咖啡。

“太可怕了，”女人叹着气说，“竟然发生在我们这楼人的身上！我真不知道这个世界到底要变成什么样子。”

房子里很昏暗，只有厨房的灯和客厅的一盏小台灯亮着。这间公寓的结构和苏妮的公寓一样，地上铺着厚厚的地毯，进门的过道和客厅的墙上贴着绿色壁纸。

“你认识那两个男孩吗？”埃琳博格问，“那对兄弟。”

埃琳博格赶紧进入正题，开展调查，获取关键信息。但尽管时间不多，也不能遗漏信息。

“嗯，多少了解一些。埃利亚斯很可爱。他哥哥不太好接触，得花一段时间。不过，他也是一个好孩子。”

“你说你今天白天还看到过他？”埃琳博格问道，尽量不让人听出她的疲惫。她女儿生病在家，呕吐发烧，她昨晚几乎没怎么睡。她本来打算只是在办公室转转就可以走了，但男孩的案件一来，她就不得不改变计划了。

“有时候我会和苏妮在走廊聊天，”范内伊说，似乎没听见埃琳博格的话。“他们在这里住的时间并不长，她独自撑起全家生活肯定很艰难。她必须拼命工作，但是工资并不是很高。”

“你最后一次看到尼冉是在哪里？”埃琳博格问。

“在药店后面。”

“什么时候？”埃琳博格问，“他是要进药店吗？”

“当时我从镇上回来，大约下午两点钟，我走下巴士，”范内伊说，“我经常经过药店，就是在那时我看到了他。他不是一个人，也不是要去药店，他和朋友在一起，估计是他同学吧。”

“那他当时在做什么？”

“什么也没做，就是在药店后面晃荡。”

“药店后面？”

“对，你在那边街角转个弯就可以看到药店后面的空地。”

“他们几个人？”

“五六个，我不知道他们是谁，一个都没见过。”

“你确定吗？”

“至少我当时没有认出来。”范内伊说着，放下空杯子。

“他们和尼冉一般大吗？”

“嗯，估计年纪差不多，肤色也差不多。”

“但是你不认识他们？”

“不认识。”

“你说你与苏妮聊过天？”

“嗯。”

“你最近跟她说过话吗？”

“说过，就在几天前。我在外面碰到她，她正下班回家，看起来非常疲惫。她用零碎的冰岛语跟我讲了很多关于泰国的事情。她用词不太准，不过听得懂。”

“她都说了些什么？”

“有一次我问她，在冰岛生活或者从泰国搬来冰岛，最难的事情是什么，她说冰岛人比较保守。她说在泰国，人与人之间的关系更加开放。每个人都会和别人说话，即使是完全陌生的人也可以愉快地交谈。就算你坐在路边吃饭，邀请路过的人和你一起吃，也不会感到难为情。”

“还有，天气也相当不一样。”埃琳博格说。

“对。那里的天气那么好，人们当然会待在外面；而我们大部分时间都待在室内，每个人都待在自己的私人空间里，都是一回家就把门给关上，你看看这条走廊就知道了。我不是说哪个好哪个坏，只想说这很不同，是两个不同的世界。如果你认识苏妮，你就会觉得泰国的生活比这里平静轻松得多。你觉得我现在去看望她合适吗？”

“过一两天更好，她现在压力很大。”

“可怜的女人。”范内伊说，“她再也 sanuk[1] 不起来了。”

“什么意思？”

“她试着教过我一些泰语单词，如 sanuk。她说泰国人的一大特点就是 sanuk，意思就是享受生活，做一些美好、愉快的事情。享受生活！她还教过我‘pay nay’这个单词，就是泰国一般打招呼时说的话，就像我们说的‘你好’，但是含义却完全不一样。‘pay nay’的意思是‘你去哪儿啊？’，用一种友好的提问来打招呼是表示尊重。泰国人很注重对人的尊重。”

---

1 sanuk：泰语。感到愉快、感到美好之意。

"所以你们是好朋友？"

"可以这么说，但她也不是什么事都告诉我的，比如她的男朋友。"

"真的吗？"

"我不应该说长道短的，但是……"

"但是什么？"

"她肯定一直有人来找。"

"我们都有人来找嘛。"埃琳博格说。

"当然，我说的不是一般人，可能是她男朋友之类的吧，我有点这种感觉。"

"你见到过他吗？"

"夏天的时候我就有些怀疑了，这个冬天我又感觉到了。我只听到有人走动的声音，夜里很晚的时候。"

"还有没有别的事？"

"没有，也就是这些了，我从来没有问过她。"

"那你们从来都不谈论她的前夫？"

"不谈论，"范内伊说，"他的前夫不定期会过来看看。"

埃琳博格感谢她提供的信息，然后起身离开了。她拿起手机给西于聚尔·奥利打电话，走到楼梯间时，西于聚尔·奥利接通了，她把药店后面那群少年的事告诉了他。

"他们可能是他的同学，"埃琳博格一边急急忙忙地下楼，一边说着，"他有可能跟其中一个人回家了，他们几个年级差不多。"

"我想，埃伦迪尔一直在梳理这对兄弟朋友的名单。"西于聚尔·奥利说，“我要去见埃利亚斯的老师，她叫艾格尼丝。我会问问她药店的事。现在的问题是，我们要不要给药店打个电话，核实一下那些男孩在药店后面晃荡的事？”

“药店可能还没关门，”埃琳博格说，“我去看一看。”

*

西于聚尔·奥利挂了电话，来到一个三家住的独栋，就在学校附近。他迈上台阶，埃利亚斯的老师住在二楼，她下楼开门。他认出了她，在学校见过她的照片。她看了看西于聚尔·奥利，只见他一头短发，发型一丝不乱，领带齐整，内穿白色衬衫和黑色西装，外披一件深色雨衣。他还没来得及做自我介绍，她便抢先开口。

“不需要，谢谢。”她微笑着说，“我不信教的。”

然后，她直接关上了门。

西于聚尔·奥利站着想了好一会儿，摸不着头脑，然后又按响了门铃。

“你还没听说那件事情吧？”这个女人再次开门时，他语气严肃地问道。

“什么事情？”

“我是警察。你的一个学生在他家附近死亡，好像是被人用刀刺死的。”

女人的表情立刻变成一个巨大的问号。

“什么？”她难受地嘀咕着，“死了？谁？”

“埃利亚斯。”西于聚尔·奥利说。

“埃利亚斯？”

西于聚尔·奥利点点头。

“我不相信！怎么会呢？怎么可能？你……你到底在说什么？”

“也许，你应该先让我进屋，”西于聚尔·奥利说，“我们需要了解一些孩子的情况，他交往的同学、朋友，是否在学校遇到过麻烦，是否有仇人。如果你能提供帮助，那就太好了。我们的时间不多，越快收集信息越好。冒昧来访确实很糟糕，但……”

“我……我以为你来自哪个教会，”艾格尼丝叹了口气，“你看起来太……”

“我能进来和你坐着谈一会儿吗？”

“不好意思，”艾格尼丝说，“请进。”

西于聚尔·奥利穿过挂着镜子的玄关，进入老师的家。看到老师一家人正在餐厅吃饭，三个孩子——两个男孩儿、一个女孩儿——好奇地望着他，孩子们的父亲起身和他握手。艾格尼丝把她丈夫带到一边，低声向他解释了这位不速之客的来意，然后把西于聚尔·奥利带进了书房。

“发生了什么？”门一关，她便问道，“那孩子遭人袭击了？”

“看起来是的。”

“上帝啊，这事……可怜的孩子。谁会干这种事？”

“你想一想，学校里或者班上有谁可能有伤害他的动机？”

“绝对没有，”艾格尼丝说，“埃利亚斯是个非常可爱的孩子，他总是努力让每个人高兴，而且他学习很好。你为什么认为这件事和学校有关？你们有没有什么具体的线索？”

“没有，什么都没有，”西于聚尔·奥利肯定地说，“我们总得找个地方入手调查。你注意到他惹了什么麻烦吗？有什么事可能跟这次袭击有关？你有什么担心的事情吗？”

“没有，”艾格尼丝说，“据我所知，学校里没有发生任何会导致这种惨剧的事，一件也没有。”

她深深地叹了口气。

“有一群孩子在药店附近晃荡，你知道吗？可能是埃利亚斯和他哥哥的朋友，可能也是移民。”

“我不知道，我没听说有这么一群人。他妈妈是什么反应？那个可怜的女人！我得去看看她，可是我都不知道该对她说些什么。”

“我想，她正强撑着呢，因为这事。”西于聚尔·奥利说，“你很了解她吗？”

“说不上很了解，”艾格尼丝回答道，“她不太会讲冰岛语，所以给她两个儿子指派了一个监管人当学校联络人，就是那个迷人的女士，古蕾。我们需要跟学生及家长做更深入的交流，这么做就很正常了。有些移民来自克罗地亚，还有些来自越南、菲律宾和波兰。有天主教徒、佛教徒和穆斯林。我见过埃利亚斯的母亲几次，她看起来很亲切。她是单身母亲，生活肯定很艰难。”

“关于那些移民，人们都怎么看？”西于聚尔·奥利问道，“他们适应得怎么样？”

“实际上，最近我们讨论过种族问题。”艾格尼丝说，“有些人需要更长的时间来适应；而那些听得懂且会说冰岛语的人能很快适应这里的生活，他们在这里出生，当然，他们就是冰岛人，就像埃利亚斯一样。尼冉的情况就不一样了，你知道他们是同母异父的兄弟吧？”

“我知道。”西于聚尔·奥利说。埃伦迪尔跟他讲过他与古蕾的谈话。“尼冉的情况怎么样？”

“这个问题，你得跟他的班主任谈谈，”艾格尼丝说，“那群孩子有时真不容易适应这里，他们来到这里时就年纪不小了，而且完全不懂冰岛语。”

“这么说，尼冉就是这种情况？”西于聚尔·奥利问。

“嗯，我不是针对他，但他情况特殊。他看起来对语言学习不感兴趣，几乎看不懂冰岛语，听懂的也不多。两种语言差别这么大，对这些可怜的孩子来说确实很难。那些孩子说的是音调语言，字词的意思随着音调变化，而冰岛语则完全不同了。”

“你说埃利亚斯学习很好？”西于聚尔·奥利说。

“是啊，”艾格尼丝说，“他妈妈很清楚自己想要什么，她希望她的孩子们接受良好的教育，他们俩都很聪明，不过他们俩在很多方面不太一样。”

“怎么不一样？”

“我更了解埃利亚斯，”艾格尼丝说，“不过我也教过他哥哥一阵儿。埃利亚斯惹人喜爱，他经常努力去取悦别人。他总是面带微笑，待人友善，不过我感觉他没有多少朋友，可怜的孩子。”

“他的哥哥就很不一样。”艾格尼丝说。

“怎么个不一样？”

“我不太了解他，我刚刚说了。不过，他给我的印象是他更强硬。他敢于坚持自己的立场，为自己的出身感到骄傲，他对自己是泰国人引以为豪。在孩子中很少能找到像他这样的，在他们那样的人当中真的很少，他们好像大多对自己的出身不是太了解。尼冉有一次谈起他的曾祖父时，我注意到了这一点。尼冉非常尊敬那位老人，还有他在泰国的其他亲人。”

*

苏妮家对门住着一个七十多岁的独居老人。他没有听说这个不幸的消息，他说回家时看到好几辆警车，还有不少人在公寓楼外转来转去，把他吓了一跳。在他准备进公寓时，警察询问他叫什么名字，住哪个公寓。他并不喜欢这种盘问，警察也没告诉他发生了什么，于是他与警察起了口角。埃伦迪尔当时正在上面楼梯的过道里，跟他打招呼时，这男人一听到他是雷克雅未克刑事调查局的警探时，几乎要发狂了。

“这儿出什么事了？”老人问道，因为爬楼梯，他有点喘不过气来。他一只手里拎着一个塑料袋，中等身高，穿着一身破旧的西服，戴着一条与衣服不太搭的领带，披着一件绿色的厚外套。埃伦迪尔觉得他面容憔悴，和他碰到过的许多孤独老人一样。老人身材瘦削，发际线很高，额头上没什么头发，突出的前额很饱满，看着挺精明，眉毛稀疏，双眼大而外突。

埃伦迪尔向他解释了情况，看得出来他听了很难受。

“埃利亚斯！”他痛苦地嘟哝着，看着苏妮家的门。“你说什么？可怜的孩子！谁干的？你们找到凶手了吗？”

埃伦迪尔摇摇头。“你认识这家人吗？”他问。

“我简直不敢相信！这些警车……竟然是因为埃利亚斯……他母亲怎么说，可怜的女人啊，她肯定崩溃了。”

“他们住你对门……”埃伦迪尔接着说。

“谁会干出这样的事？”

“你们两家肯定打过交道吧？”埃伦迪尔说。

“嗯？噢，没错，我认识他们。埃利亚斯有时候会替我出去买东西，多好一个孩子啊，总是楼上楼下跑个飞快。我真是无法相信！”

“不介意的话，我想问您几个问题，”埃伦迪尔说，“就是向邻居了解些情况。”

“我？”

“不会耽误您太多时间。”

“那进来说吧。”老人说着，取出一串钥匙，打开房门，接着打开屋内的灯。埃伦迪尔注意到房子里有个大书柜，旧式三件套，地上铺着一条破旧的地毯。客厅的两面墙上装饰着有凸起花纹的白色墙纸，不过有些地方已经鼓起发黄了。门上的小铜牌显示，这位老人名叫格斯特。老人随后关上门，请埃伦迪尔在沙发上坐下；他则在对面的椅子上坐下，脱下绿色的厚外套，把塑料袋放到厨房里，然后打开了咖啡机。

“关于苏妮和孩子们的情况，您能告诉我些什么吗？”埃伦迪尔问道。

“我想说的全是好话。她工作很卖力。身为两个孩子的妈，还单过，没办法呀。孩子们对我很有礼貌。埃利亚斯常为我跑腿，还有尼冉……尼冉在哪儿呢？他是什么反应？”格斯特关切地问道。

埃伦迪尔迟疑了下。

“他不会也被袭击了吧？”格斯特难过地低语着。

“没有，”埃伦迪尔说，“但是我们不知道他在哪里，您知道吗？”

“他会在哪儿呢？我也不知道。”

埃伦迪尔非常担心受害者的哥哥，但只能寄希望于他会回家或者尽快被找到。他认为现在就让照片上电视还为时过早。

“但愿他只是在哪个地方晃荡，”他说，“这兄弟俩关系好吗？”

“他非常敬重尼冉——我是说埃利亚斯。我觉得他很崇拜他哥。他总是说起哥哥，比如，尼冉是如何如何说的，如何如何做的；尼冉是如何玩游戏赢了的；尼冉的球踢得有多好。还有，尼冉会带他去看电影，和他的朋友们一道玩，不过他们都比他大好多。在埃利亚斯的眼里，尼冉无所不知、无所不能。就兄弟来说，他俩实在是天壤之别。和埃利亚斯交朋友很容易，而尼冉却不是那么容易亲近，尼冉对人比较警惕。他像刀一样尖锐。他很会打球，学东西很快。他不轻易相信自己看到的、听到的任何事情，他总是谨慎小心。”

“你对他们好像很了解。”

“埃利亚斯有点儿孤单，可怜的孩子。他更喜欢他们以前居住的地方。他妈妈经常很晚才下班回家，埃利亚斯就一个人在走廊里、储藏室里或者地下室的过道上玩。”

“那苏妮呢？”

“人们都应该像她那么努力工作才是。苏妮辛勤工作，靠双手养活自己和儿子们。我很欣赏她。”

“她全靠自己一个人吗？”

“据我所知，是这样的。我知道她和她前夫没有什么往来。”

“埃利亚斯跟这幢楼里的其他人接触过吗？”

“我没见过。租户之间没什么太多联系。到处都是出租的公寓，你应该知道出租屋的这类人总是来来去去，有一个人租的，有夫妻俩租的，还有跟苏妮一样的单身母亲租的，甚至还有单身父亲或学生租的。有的没有按时交租被赶出去了，其他住下的是按时交租的。”

“这整个街区都归一个人所有吗？”

“我想，至少这一幢楼里所有的公寓是归某个投机商人所有。我从来没见过他。我住进来的时候，是租房中介的一个女的办的，她还给了我一个账号。如果出现什么问题，我就跟那个中介联系。”

“房租贵吗？”

“可以想象，对苏妮来说，房租很贵，除非她的租房合同和我的不一样。”

埃伦迪尔站起身来。厨房咖啡机里的咖啡没有人去动。咖啡的香味充满了整个房间。格斯特也站了起来，并没有去给埃伦迪尔倒咖啡。埃伦迪尔凝视着昏暗的门厅入口，门上有个猫眼，就在姓名牌的上面。从那里望出去，他可以看到苏妮家公寓的入口。埃伦迪尔看着格斯特的眼睛，向他道谢，然后离开了。

5

埃伦迪尔的手机又响了起来，他不认识这个号码，但一听到电话里的声音，就立刻知道是谁了。

“这个时候给你打电话是不是不合适？”埃娃问道。

“不,没有。”埃伦迪尔说。他已经有一阵子没有女儿的消息了。

“我在电视上看到了那个孩子的事，”埃娃说，“你在调查这个案子吗？”

“嗯，我，还有其他人，我们所有人都在调查，我估计。”

“你查出发生什么了吗？”

“没有，我们了解得不多。”

“这……这太恐怖了。”

“是啊。”

埃娃在电话里不说话了。

“你还好吧？”埃伦迪尔过了会儿问道。

“我想见你。”

“好，到家里来吧。”

埃娃又停了下来。

“她不是一直在你那里吗？”

“谁？”

“和你在一起的那个女人。”

“瓦格迪尔？不是的。她只是有时候在。”

“我不想打扰你。”

“不会的。”

“你们住一起了吗？”

“我们是好朋友。”

“那她还好吗？”

“瓦格迪尔非常……”埃伦迪尔迟疑了下，“你说的‘还好吗’是什么意思？”

“不像妈妈那么糟糕？”

“我想……”

“她肯定没有妈妈那么糟糕，否则你不会跟她在一起，而且她也绝对没有我坏。”

“她并不比其他人好，”埃伦迪尔说，“我没拿她和你做过比较，你也不用跟她比。”

“你离开我们以后，她是不是第一个跟你在一起的女人？她肯定有什么特别的地方。”

“你应该见见她。”

“我想见的是你。”

“那就来吧。”

“拜拜。”

埃娃挂了电话，埃伦迪尔将手机放回口袋里。

埃伦迪尔两天前刚刚见过瓦格迪尔。那天晚上，瓦格迪尔下班后来到他的公寓。埃伦迪尔给她倒了一杯荨麻酒。她告诉他，她已经正式提出离婚了。她的丈夫是一名医生。她还请了一位律师。

瓦格迪尔是公立医院的一名生物技术专家。在一次谋杀案的调查中，埃伦迪尔偶然认识了她，发现她的个人生活不太如意。她虽然结婚了，但是丈夫多次对她不忠，最终她和丈夫分居了。她和埃伦迪尔都觉得他们之间的事要慢慢来，两人并没有住在一起。经历了那么长的一段婚姻后，瓦格迪尔想独自生活一段时间，而埃伦迪尔这几十年来都没有和女人一起生活，也早已习惯独居，所以他们谁也不着急。埃伦迪尔喜欢独处，瓦格迪尔有时会打电话给他，想见见面，有时候他们会一块儿出去吃饭。有一次，瓦格迪尔好不容易把他拉到剧院去看易卜生的戏剧，结果他只看了十五分钟就打盹了，她用肘推他，想把他推醒，不过只是徒劳，埃伦迪尔在剧院的大部分时间都睡着了，一直到幕间休息时才醒过来，于是他们决定回家。“所有那些编出来的戏，”他解释道，权当道歉，“对我来说都索然无味。”

“戏剧也是现实啊。”她反驳道。

“不如这个。”他说着，将一本《乡村邮递员的故事》（第二卷）递到她手中。

埃伦迪尔把自己看过的一些书借给她看过，这些书的主题都是人类在野外面临的生存考验，有些书讲的是历史上冰岛人户外冻死的悲剧，有些讲的是雪崩致死的悲惨故事。瓦格迪尔刚开始读时感到恐惧不安，但读了几本之后，兴趣越来越浓。埃伦迪尔对这样的话题有着抑制不住的兴趣。

“律师认为，我和他的财产基本上可以平分。”她抿了一口酒，说道。

“这很好啊。”埃伦迪尔说。他知道他们曾住在儿童医院附近一座很大的独栋豪宅里，他也好奇两人谁能分得那座豪宅。他问瓦格迪尔那宅子是否对她很重要。

“不重要，”她说，“但他一直对那豪宅感兴趣，很显然，他又找了个女人。”

“真的吗？”

“医院里的，一个年轻护士。”

“双方都不忠诚于自己的婚姻，你觉得他们能建立新的良好婚姻关系吗？”他问道，心里想着他正在处理的一宗人口失踪案。“如果男女双方都曾出轨，你觉得他们能再建立良好牢固的婚姻关系吗？”

“我没骗过谁，我可没出轨。”瓦格迪尔说，“可只要别的女人有意接近，他就跟她们鬼混，对我不忠。”

“我不是说你，我说的是我正在处理的一个案子。”

“那个失踪的女人？”

“嗯。”

“你觉得在她和自己现在的丈夫结婚前各自都有爱人？”

埃伦迪尔点点头。他很少跟别人讨论他正在处理的案件，但瓦格迪尔例外，埃娃也是。

“我不知道，”瓦格迪尔说，“如果双方都曾背叛了自己的爱人，那么再建立良好的婚姻关系显然比较困难，婚后生活肯定有阴影。”

“为什么不行呢？”埃伦迪尔问道。

“当然，也不排除爱情的作用。”

“爱情？”

“你不应该低估爱情的力量，有时候，两个人会为新恋情做好牺牲一切的准备。或许这才是真正的爱情吧。”

“好吧。但是，如果其中一人每隔一段时间就找到一次这种真爱，会怎么样？”埃伦迪尔说。

“她离家出走，是因为他背叛了她？他又出轨了？”

“不知道。”埃伦迪尔说。

“你离婚是因为背叛了你的妻子吗？”

这个问题让他感到惊讶，他笑了笑。

“没有，”他说，“我不知道怎么干这种事。在冰岛，人们谈论偷情就好像谈论爱好或者运动似的。”

“所以你就想知道，男人是否辜负了他妻子的信任？”

埃伦迪尔耸耸肩。

“她为什么跑了？”

“这就是问题的关键。”

“除此之外，你就不知道别的情况了？”

“还真不知道。”

瓦格迪尔停顿了一下。

“你怎么爱上喝荨麻酒的？”她做着鬼脸问道。

“碰巧。”埃伦迪尔微笑着说。

*

埃伦迪尔回到苏妮的公寓时，她的前婆婆已经到那儿了。老太太很瘦，六十多岁，情绪很激动。苏妮在楼梯口等她，她跑上楼，抱住苏妮。有了埃利亚斯奶奶的陪伴，苏妮看起来宽慰了许多。埃伦迪尔能感觉到婆媳间很亲近。他们仍然联系不到埃利亚斯的父亲，他不在家，手机也关机了。这时，苏妮想起来他最近换了工作，但并不知道他新公司的名字。

孩子奶奶低声跟苏妮说着话。她的弟弟和古蕾稍微站远了一些，给了她们足够的交谈空间。埃伦迪尔抬头望着那个印有黄龙的红色灯罩，那条龙看起来像是围着一只小狗，他不知道它是想要保护那只小狗还是想要伤害它。

“多可怕的悲剧！”老太太叹了口气，然后看着古蕾，好像认出了她。“谁会做得出这种事啊？”

苏妮跟她弟弟说了些什么，然后他们和古蕾一起走进了厨房。

孩子奶奶环顾四周，注意到了埃伦迪尔。

“嗯，你是哪位？”她问道。

埃伦迪尔解释说，由他负责调查这件案子。老太太说自己叫西格丽迪尔。她让埃伦迪尔详细地告诉她事情的经过，警察们所做的事情，有哪些猜想，是否找到了线索。埃伦迪尔尽其所能地回答了她这些问题，但他能讲的具体信息也很少。这使她很恼怒，觉得他好像在隐瞒细节。埃伦迪尔向她保证并非如此，调查才刚刚开始，他们目前还没多少可做的。

“没多少可做的！一个十岁孩子被捅死了，而你却说你们没多少可做的？”

“孩子死了，我们也很难受，”埃伦迪尔说，“当然，我们正在尽全力调查，找出凶手。”

埃伦迪尔经历过类似情形。他站在受害者的家里，家人们几近崩溃，无法理解，更不能忍受发生的惨剧。埃伦迪尔明白亲人对所发生事情的抗拒和愤怒。这种事情太可怕了，让人难以承受和面对。他们的脑海中想要抓住任何事情来减轻痛苦，好像事情还有转机。

埃伦迪尔知道这种感受，他在十岁的时候就体会到了，那年他和他的弟弟贝古尔在一场暴风雪中迷路了。曾经有段时间，埃伦迪尔极度盼望着弟弟能和他一样，在被积雪掩埋后能活着被人们找到。在弟弟遇难已成定局后的很长一段时间里，这种希望激励着人们继续寻找，然而并没有什么结果。当希望逐渐渺茫，慢慢被岁月抹灭之后，取而代之的是对生命的一种麻木。有些人会尽力遗忘这种痛苦；其他人，比如埃伦迪尔，则与这种痛苦为友，使其生根发芽，伴随自己一生。

他知道，现在的头等大事是要找到埃利亚斯同母异父的哥哥尼冉。他希望那个男孩尽快回家，给案件带来一线希望。尼冉越晚出现，埃伦迪尔就越觉得他的消失跟小男孩之死有着某种关联。最坏的情况就是，尼冉也遭遇了什么不测，但他不愿朝着这个思路继续往下想。

“有什么我可以做的吗？”西格丽迪尔问道。

“你有孩子哥哥的消息吗？”埃伦迪尔问。

“尼冉吗？没有，苏妮很担心他。”

“我们也在尽一切努力。”埃伦迪尔说。

“你觉得他也出什么事了吗？”西格丽迪尔惊恐地问道。

“我想，不会的。”埃伦迪尔说。

“他一定会回家的，”西格丽迪尔说，“苏妮需要他回家。”

“他会回来的，”埃伦迪尔冷静地说，“你能想象他可能去哪儿了吗？他应该放学后早就回家了。他母亲说他不上课外班，也没有足球训练之类的活动。”

“我真不知道他会去哪里，”西格丽迪尔说，“我跟他相处得不多。”

“他们以前住在斯诺拉布劳特，尼冉的老朋友们在那里，”埃伦迪尔问道，“您觉得他会跟他们在一起吗？”

“我不清楚。”

“兄弟俩在这儿没住多久，对吧？”

“嗯。他们今年春天才从斯诺拉布劳特搬过来。秋天的时候，孩子们才转学过来。我觉得这对于他们来说太难了，先是父母离异，然后搬到城市的另一个地方，接着又上新学校。”

“我需要跟您的儿子谈一谈。”埃伦迪尔说。

“我也想找到他，”西格丽迪尔说，“他老板开了一个新公司，他去那里上班了，但我不知道公司的名字。”

“我听说，苏妮不是他的第一个外国妻子。”

“我搞不懂我儿子，”西格丽迪尔说，“我从来都弄不明白他的想法。你说得对，苏妮是他的第二个泰国妻子。”

“两兄弟相处得好吗？”埃伦迪尔小心地问道。西格丽迪尔能感觉出来他的犹豫。

“相处得好吗？当然好啦，你什么意思？他们当然相处得好。”

她挪了一步，离埃伦迪尔近了一些。

“你认为是他干的，对吗？”她低声说，“你认为是尼冉伤害了他自己的弟弟？你脑子是不是不正常？”

“我没有，”埃伦迪尔说，“只是——”

“这样的话，案情可不就简单了？”西格丽迪尔挖苦地说道。

“您不要误会我的意思。”埃伦迪尔说。

“误会？我误会什么了？”西格丽迪尔咬牙切齿地说道，“你觉得这是一起泰国人自相残杀的案件，对吗？对你来说，这么想不是很正常吗？他们只是泰国人！与我们无关。这就是你的意思吧？”

埃伦迪尔迟疑了一下。或许向最亲近的家人询问两个孩子的关系还为时过早。他不该用自己还不确定的问题来引发怀疑，这样会引起更大的愤怒和混乱。

“如果我的话暗示了某种信息，我很抱歉。”埃伦迪尔冷静地说，“但我们得寻找线索，不论它令人多么不舒服。我从没想过孩子哥哥跟这件事有任何关系，我只是觉得我们越早找到他，对牵扯进来的每个人都越好。”

“尼冉很快就会回家的。”西格丽迪尔说。

“他会不会去找他的继父了？欧丁？”

“我觉得不会。他们相处得并不是很好。我儿子……”

西格丽迪尔有些犹豫。埃伦迪尔耐心地等着。

“唉，我也不知道。”她叹了口气。

西格丽迪尔解释说，她之前一直住在乡下，最近才搬到城里住。

以前她一年只来雷克雅未克几次，每次待的时间也很短。她会去看望儿子一家，虽然斯诺拉布劳特的那个公寓很小，但她有时候也会跟他们住几天。她记得，她儿子过得并不是很开心，即使苏妮从未抱怨过，她也知道他们的相处有些问题。这种情况大概始于苏妮告诉欧丁她在泰国还有一个儿子，并且想把他接过来。

欧丁遇到苏妮时并没有告诉他母亲。苏妮来之前，他曾与另一个泰国女人有过婚史，那个女人三年后离开了他。欧丁让那个女人来冰岛之前，他自己也没有见过她本人，只是看过照片而已。当时，她获得了一个月的居留签证。到达冰岛两个星期后，他们就结婚了。她从泰国来的时候，带齐了所有需要的材料，以便能够合法登记结婚。

“她后来去了丹麦，”西格丽迪尔说，“来这里可能只是为了获得冰岛护照吧。”

西格丽迪尔只知道接下来欧丁遇见了苏妮，并娶了她。她和苏妮一见如故。在发生了之前那样的事情后，西格丽迪尔曾在见到她的新儿媳之前惴惴不安，对她儿子新的婚姻感到很忧虑。她努力不要表现出任何的偏见，不过当她和苏妮握手时，她的那些忧虑便立刻消失了，她马上就发现苏妮是个有主见的姑娘。西格丽迪尔注意到的第一件事就是，苏妮一点点把斯诺拉布劳特那间邋遢的公寓变成了一个漂亮整洁的家，散发着浓浓的亚洲气息。苏妮用她从泰国带来的和寄来的物件装饰家里，有佛像、照片，还有各种各样漂亮的饰物、雕像。

虽然那时候她只是时不时地来雷克雅未克几次，但她尽量让苏妮在冰岛的日子过得容易些。她的儿媳妇不懂当地语言，而且学起来很吃力，也几乎不懂英文，再加上西格丽迪尔知道她的儿子向来不善交际，所以苏妮几乎没什么朋友，也没人可以帮助她去适应新的生活方式以及一个完全不同的社会。渐渐地，苏妮认识了一些其他的泰国女人，她们帮助她适应了新环境，但她没有冰岛朋友，只有她的婆婆一人。

对苏妮来说，陌生的新环境既黑暗又寒冷，但她却努力做好迎接它们的准备。这是苏妮让西格丽迪尔非常欣赏的地方。“多穿点就不冷了。”苏妮总是微笑着这样说，笑容里带着自信；而欧丁却对母亲的干涉感到不悦。苏妮意识到，欧丁会因为自己跟孩子讲泰语而发火，那时他们就会吵起来。当时，她刚能讲一点儿冰岛语。“我不知道她在跟孩子讲什么，”欧丁向他母亲抱怨道，“他必须讲冰岛语，他是一个冰岛人！为了他的未来，这样对他才最好。”

西格丽迪尔说，自己后来发现不少和儿子类似的人。在一些相似的婚姻里，冰岛丈夫禁止他们的亚洲妻子跟孩子们讲她们的母语，因为他们自己也听不懂。如果孩子母亲讲着蹩脚的冰岛语，或者完全不讲冰岛语，那么孩子的语言发展，还有上学就会受影响。在某种程度上，埃利亚斯就是这样的，他数学很好，但其他学科，比如冰岛语，就逊色一些。

欧丁拒绝讨论离婚。他母亲谈到他应该履行的义务时，他也不愿意听。

“这就是一个错误，”他说，“我不应该娶她的！”

如今，西格丽迪尔搬到了雷克雅未克，而且与苏妮和埃利亚斯联系很多，她把他们当作家人。就算是尼冉，虽然不满于自己的命运，两人交往也不多，但也跟她关系和睦。在他儿子离婚后，她尽力让他补偿亏欠苏妮的，包括她应得的一份房产，但是他断然拒绝了，理由是在苏妮来之前，他就已经拥有了产权。埃利亚斯有时会去看望奶奶，并和她住一段时间；他是个听话的好孩子，奶奶说什么都会做。

尼冉一开始就跟继父不和，并且很难适应冰岛生活。他在苏妮的弟弟威罗特的陪同下来到这个国家，那时他只有九岁。威罗特留在了冰岛，在一家水产加工厂里找了一份工作，梦想着开一家泰国餐厅。

“尼冉从来都没有把欧丁当成自己的父亲，不过这也可以理解，”西格丽迪尔说，“他们毫无共同语言。”

“尼冉的父亲是谁？”埃伦迪尔插了一句。

西格丽迪尔耸了耸肩。

“我从来没问过。”她说。

“在那个年龄来到这个陌生的国家，又是这样的家庭环境，孩子肯定不容易啊。”

“那时当然不容易，”西格丽迪尔说，“现在也没好到哪里去，他在学校表现得并不好，游离于社会之外。”

“跟他一样的人还有很多，”埃伦迪尔说，“他们有着相同的背景，相互寻求安慰。他们内部时不时发生冲突，也和冰岛孩子有过冲突，但人数不多，情况也不严重。不过，跟之前相比，他们有了更多的武器，像指节金属套（一种戴在手指上，击打对手的金属器具）、刀具什么的。”

“尼冉不是不良少年，”西格丽迪尔说，“但我知道苏妮一直不放心他。他对弟弟一直很友善，他们的关系很特别，就这种特殊的家庭关系来说，他们的关系算是非常好的了，这全靠苏妮的精心教育。”

古蕾从厨房里走了进来。

“苏妮想出去找尼冉，”她说，“我跟她一起去。”

“当然，”埃伦迪尔说，“不过我认为在这儿等最好，万一他出现了呢。”

“我会留在这儿，万一他回来了。”西格丽迪尔说。

“苏妮没法在这里干等了，”古蕾说，“她坚持要出去做点什么。”

“我完全可以理解。”埃伦迪尔说。

苏妮站在门厅那儿，穿上她带有帽子的粗呢大衣。男孩们的房门开着，她朝里面望了望，走了过去，说起话来。古蕾和埃伦迪尔跟了过去。

“他梦到过一些事，”古蕾说，“埃利亚斯今天早上醒来时，告诉了苏妮他昨晚做的一个梦。他梦到一只小鸟向他飞来，他为它做了一个巢，然后和小鸟成了朋友。”

苏妮站在孩子的房间门口，跟古蕾说着。

“当时他有些生妈妈的气。”古蕾说。

苏妮望了一眼埃伦迪尔，然后继续她的讲述。

“他在梦里感到很开心：他交了一个朋友。”古蕾说，“可苏妮把他叫醒了，他很恼火。埃利亚斯本想在梦里多待一会儿。”

苏妮回忆起当天早上埃利亚斯的情景。当时他正躺在床上，想继续做关于小鸟的梦；他穿着一件短小不合身的睡衣，裹在短小的羽绒被里，两条细长的腿从被子底部伸出去老长。他侧躺着，凝视着黑暗中的墙壁。苏妮打开房间的灯，但是他伸手又把灯关了。他哥哥已经起床了，苏妮上班要迟到了，正在找手提包。她叫埃利亚斯赶紧起床，她知道他喜欢赖在温暖的羽绒被里，特别是在寒冷、昏暗的早晨，但他必须得起床去上学。

“我们需要跟他的朋友们谈谈。”古蕾翻译完她的话后，埃伦迪尔说道。

苏妮回头看了看孩子们的房间。

“他有很多朋友吗？”埃伦迪尔问道，古蕾用泰语重复他的话。

“我觉得在这个新地方，他没有什么朋友。”苏妮说。

“有很多朋友是他的梦想吧？”埃伦迪尔说。

“他梦想着交到一个好朋友，”苏妮说，古蕾翻译，“我喊他起床，然后他又躺了很长一会儿才挣扎着起来去厨房。我冲出门的时候，他终于出来了，我叫他快点。尼冉已经吃过早餐，一直在等他，他俩通常一起去上学。后来，尼冉懒得再等了，我也不得不去上班了。”

苏妮决心撑下去，把话说完。

“‘我甚至都没有跟它好好道个别。’这是我听他说的最后一句话。”

“什么？”埃伦迪尔盯着古蕾问道。

苏妮又说了些什么。她的声音很低沉，古蕾不得不弯下腰来听。然后古蕾直起腰，用冰岛语告诉埃伦迪尔，在苏妮赶着去上班之前，埃利亚斯对妈妈说的最后一句话是：

“我多希望我还没有醒来。”

6

警方终于联系上了埃利亚斯的父亲。他要求去停尸房看看儿子的尸体，停尸房就在巴隆斯提格。警察局位于海维费斯格塔街，他正坐在埃伦迪尔的办公室里等待着。埃伦迪尔将苏妮、她的弟弟，还有古蕾带到了公寓楼的外面。两位警官打算陪他们一起去寻找尼冉。西格丽迪尔则留在了公寓里。埃伦迪尔觉得从埃利亚斯的母亲那里再问不到什么新信息了。当然，苏妮也不清楚她的小儿子为什么会被人袭击，还有尼冉为什么还没有回家。她想象不到他会在哪里。他们才搬过来，她也不太了解他的朋友们，只知道他们大概住在什么地方。可是待在家里干等消息是苏妮无法忍受的，埃伦迪尔对此非常理解。所有的警察都在寻找尼冉，他的照片被分发给了所有警局。他可能身处险境，也可能躲了起来，最重要的就是尽快找到他。

埃琳博格联系到埃伦迪尔，说她已经到过一个目击者提到的那个药店。一个目击者曾说当天看到尼冉和他的朋友们在药店附近晃荡。不过，药店员工们不太记得有哪个男孩进过药店，也没注意当天是否有一群十几岁的孩子在那栋楼后面逗留过。埃琳博格问到关于这群孩子的细节问题时，他们感到很惊讶，学校的孩子们经常在那里晃荡，小后院的墙上满是涂鸦，过道上扔有掐灭了的烟头。埃琳博格说她接下来会找埃利亚斯的同学谈一谈。

“苏妮有个邻居叫范内伊，她提到苏妮家可能有人来访。”

“哪种来访？”

“不是很清楚。她只是觉得有人经常来找苏妮——是个男的。”

“男朋友？”

“或许吧。她也不清楚。她也没亲眼见过，但她觉得是这样，从夏天开始就一直是这样。”

“我们需要问一下苏妮这件事。”埃伦迪尔说，“检查一下她的通话记录：谁给她打过电话，还有她给谁打过电话。”

“好，我去查。”

埃伦迪尔正在警察局外停车，手机又响了起来。是瓦格迪尔打来的。她听说了这个谋杀案，感到非常惊讶，毛骨悚然。他们原本约好晚上见面，但埃伦迪尔表示他可能去不了了，她告诉他没关系。

“你知道到底发生了什么吗？”她担忧地问道。

“还不知道。”埃伦迪尔说。

“我不想耽搁你的时间，晚点儿我们再说吧。”她说，然后两人都挂断了电话。

埃伦迪尔裹紧了身上的大衣，匆忙地走进警察局。他突然想到，北风如此肆虐，尼冉在室外根本待不住。冰冷干燥的风吹打着他的脸，他抬起头，月亮苍白如寒霜，几乎看不见。

在接待处，一个中年男人情绪很激动，正在向执勤警察说他的车被人弄坏了。他大声斥责警察的反应太冷淡，好像觉得毁坏价值数万克朗的东西不是犯罪似的。匆忙之中，埃伦迪尔并没有完全听清是什么事，不过听起来好像是那人的汽车被人划得很严重。

埃利亚斯的父亲正坐在埃伦迪尔的办公室里，低着头。他是一个四十多岁的男人，瘦瘦的，秃顶，前额散落着几缕头发，胡子看上去好几天没刮了。他的嘴巴很小，龅牙，看起来很粗俗。埃伦迪尔进了门，他站了起来，两人互相打招呼。

“我是欧丁。”男人小声地自我介绍，眼睛已经哭红了。

埃伦迪尔把大衣挂到衣架上，在桌子后面坐了下来。

“我对您儿子的遇害表示哀悼，”他说，“确实，这太让人惊骇了，我简直不知道该怎么说。”

说到这里，他停顿了一会儿，上下打量着这个男人。欧丁穿了一条邋遢的牛仔裤，上身穿了一件薄薄的浅色滑雪衫，脖子上围着一条红色的旧围巾，上面有一个外国足球俱乐部的标识。他说，他一个人住在斯诺拉布劳特的公寓里。埃伦迪尔在回办公室的路上已经有人向他报告：警察的到访和埃利亚斯的遇害消息令欧丁感到非常沮丧。

“你知不知道你的继子可能去了哪儿？”埃伦迪尔问道。

“尼冉？他怎么样了？”

“我们找不到他，他没有回家。”

“我不知道，”男人说，“我——”他停顿下来。

“什么？”埃伦迪尔说。

“没什么。”男人说。

“你上次联系家人是什么时候？”

“我们不常联系。我和她离婚了，你应该知道。”

“你不知道孩子们出事了吗？”

“我……太可怕了，真的太可怕了……我从没想过我们国家会出这种事，就这样袭击一个小孩儿！”

“你觉得是什么原因？”

“还不明显吗？难道不是种族偏见？袭击小孩儿还有别的原因？一个小孩儿能对别人做什么？”

“目前还不知道发生了什么，”埃伦迪尔说，“你最近有没有打电话给孩子们，或者去看望他们？”

“没有。不久前，我带埃利亚斯去看过电影，我跟尼冉联系很少。”

“你想象不出来可能出了什么事吗？”

欧丁摇摇头。

“你觉得尼冉会不会也出事了？”

“不知道。”

“我们现在正在找他，你有什么想法吗？”

“他的下落？没，没有，我不知道。”

“你们离婚后，苏妮搬了出去，”埃伦迪尔说，“孩子们好像并没有很好地适应新环境。你关心过这些吗？”

欧丁没有回答。

“你从来都没听说过他们的困难吗？”

“我跟苏妮联系不多，”欧丁终于开口了，“都结束了。”

“我是在问跟这两个孩子有关的问题,”埃伦迪尔说,“或者说,主要是你的儿子。”

欧丁没有回答。

“埃利亚斯一直跟他的母亲更亲近，”他说道，“我俩经常为了他的教育问题争吵。她有她的一套养育方式，甚至给他取了一个泰国名字，她很少叫他埃利亚斯。”

“她背井离乡，想在一个新的国度里保留一些和她的过去有关的东西。”埃伦迪尔说。

欧丁看着他，一言不发。

“你母亲很喜欢她,”埃伦迪尔说,“据我了解,她们处得不错。你母亲一听到消息，就赶去了苏妮的住处。”

“她俩一直相处得很融洽。”

“我知道苏妮是你的第二个泰国妻子。”

“嗯。”欧丁说。

“我还知道，当苏妮告诉你她有一个儿子，还想把他接过来的时候，你很不高兴。”埃伦迪尔说。

“我起初就怀疑过，”欧丁说，“这不是什么新鲜事。可她却告诉我说是单身一人，后来又跟我说想把尼冉接过来。”

“你对这件事是怎么想的？”

“我非常不高兴多出这么个男孩，但我没有插手，完全让她自己做决定。对这件事，我没说什么。”

“所以你当时还没想过马上跟她离婚？”

“苏妮人还不错。”欧丁说。

“她住在这里，不过并没学到多少冰岛语。”埃伦迪尔说。

"是的。"欧丁说。

"你帮她学过吗？"

"你问这些干什么？这跟别的事扯得上边吗？难道你现在不应该去抓凶手吗？相反，你却问我这些愚蠢的、不相干的问题，这到底算什么啊？"

"你儿子可能是在下午遭到袭击的，"埃伦迪尔说，"当时你在哪里？"

"在上班，"欧丁说，"你们人到的时候，我正在上班。你觉得是我杀了自己的儿子？你疯了？"

他说着，既没有提高声音，也没有激动，仿佛这个想法实在太可笑了，反而生气不起来。

"根据我们的经验，这种事情通常与家庭有关。"埃伦迪尔说，并没有改变自己的态度，"我问你今天怎么过的，这没什么奇怪的。"

欧丁保持沉默。

"有没有哪个同事能证明你的行踪？"

"好些家伙都能作证。我无法相信，你认为我与这案子有牵连！"

"这只是调查工作的一部分，"埃伦迪尔说，"我调查的很多案子比这离谱得多。"

"你难道是在说，我袭击了我的孩子，为了报复苏妮？"

埃伦迪尔耸了耸肩。

"你是不是疯了？"

"坐着别动，"当欧丁站起身来的时候，埃伦迪尔说道，"我们需要去调查一切可能性，你为什么要报复苏妮？"

"你什么意思？我没想要报复她！"

"我刚刚没提任何理由，"埃伦迪尔说，"是你自己提的。你自己说的。"

"我刚刚什么都没说。"

埃伦迪尔坐着，没有说话。

"你把我弄糊涂了。"欧丁说，他开始变得焦躁不安，"你引诱我说出一些不该说的事，你要我！"

"是你自己说的。"

"我没有！"欧丁吼了起来，用脚踢着桌子。埃伦迪尔坐在椅子上，抬头看着他，一动也不动。欧丁向后靠着，双臂交叉放在胸前，像是要打埃伦迪尔似的。

"我永远不会伤害我儿子的！"他喊道，"永远不会！"

埃伦迪尔依然镇静自若。

"你跟她男朋友谈过话了吗？"欧丁问。

"她男朋友？"

"她没跟你说吗？"

"他是谁？苏妮的男朋友是谁？"

欧丁没有回答他。他盯着埃伦迪尔。埃伦迪尔坐在椅子上，把身子向前倾了倾。

"他是你们离婚的原因吗？"埃伦迪尔小心地问道。

"不是。我只是最近才听说的。"

"听说什么？"

"她在跟人约会。"

7

埃琳博格站在埃利亚斯的一个同学家里，没有人请她坐下。全家人都在厨房里，男孩的父亲坐在孩子们旁边，他的姐姐和弟弟也都坐在餐桌旁。这是城里的一个小房子，离埃利亚斯和尼冉住的公寓不远。此时是用餐时间，埃琳博格的到来打扰了他们享用晚餐。与此同时，其他的警察也在和埃利亚斯有关的其他孩子家里询问。

她再三向他们道歉。男孩的母亲说，她看了电视新闻，感到非常震惊。男孩的父亲倒是没有什么特别的反应。孩子们也没有。

埃琳博格看了看他们的饭菜：肉末意大利面。油烟味充斥着房间，混合着罗勒和煮土豆的味道。埃琳博格的思绪飘回了自己家，这些天她没去采购食物，冰箱都空了。

“他来过我家，来参加比吉的生日派对。”比吉的母亲坐在餐桌旁说道，“我们邀请了比吉的全班同学。我觉得他是个特别讨人喜欢的孩子。我想不通怎么会发生这样的事。他们说他是被捅死的。有谁会动害他的念头呀。他们暗示说这场袭击像是有预谋的，是真的吗？”

“我们也不知道，”埃琳博格说，“调查才刚开始。我还没看新闻，但我怀疑是记者从警察那里听说的消息。我们现在知道的也不多。所以，我想跟你们谈一谈比吉。”她说着，将话题引向那个男孩。

比吉看着她，眼睛睁得大大的。

“你是他的朋友，对吗？”埃琳博格说。

“算不上，”比吉说，“他是在我们班，但是——”

“比吉并不是很了解他。”男孩的母亲打断了对话，一脸尴尬地笑着。

“嗯，我明白。”埃琳博格说。

孩子的父亲在桌旁沉默地坐着，他的盘子里盛满了食物，但他并不想当着警察的面吃；三个孩子倒是都在大口吃着意大利面。埃琳博格按门铃的时候，是孩子母亲开的门，她有些迟疑，但还是让她进来了。埃琳博格强烈地感觉到她的到来打破了他们家里的平静。

“你经常和他一起玩吗？”埃琳博格问。

“我觉得比吉不常跟他玩。”男孩的父亲说道。

这个男人瘦瘦的，看起来很憔悴，有眼袋，胡子拉碴的。他穿着一身蓝色工作服，在桌边坐下时，将上衣解开到了腰部。体力劳动使他的双手粗糙，脸上和头发上似乎蒙着一层灰，埃琳博格猜测那可能是水泥粉尘。凭直觉，她推断他是一个粉刷工。

“我想——”埃琳博格说。

“我想安静地和家人一起吃个饭，”这个男人说，“如果你不介意的话。”

“我知道，”埃琳博格说，“我再次为打扰到你们用餐感到抱歉。我只想问比吉几个问题，我们需要尽快收集信息。这要不了多久的。”

“你可以待会儿再问。”这个男人说。

他盯着埃琳博格，他的妻子则站在桌旁，什么也没说。孩子们狼吞虎咽地吃着。比吉看着埃琳博格，吸起一根意大利面，弄得嘴巴周围都是番茄酱。

“埃利亚斯今天从家里去上学的时候是一个人吗？”埃琳博格问。

比吉摇摇头，嘴里塞满了意大利面。

男人看了看他的妻子。

“我不认为这件事跟比吉有任何关系。”他说。

“那个孩子真的很可爱，有礼貌又有教养。”这位母亲说道，“我们邀请他们全班来参加生日派对，他是唯一一个向我们表示感谢的孩子，也不像其他孩子那样吵闹。”

说这些的时候，她看着她的丈夫，好像在为邀请埃利亚斯来参加儿子的生日派对做着解释。埃琳博格看了看这对父母，然后看了看孩子们，他们停了下来，战战兢兢地望着大人们，感到一场争吵马上就要开始。

“生日派对是在什么时候举办的？”埃琳博格看着这位母亲，问道。

“三个星期前。”

“圣诞节前后？一切都还顺利吗？”

“对，很顺利。你觉得呢，比吉？”她望了一眼儿子，问道，尽量不去看她的丈夫。

比吉点点头。他看向爸爸，不确定该不该说自己想说的话。

“请问你现在可以不打扰我们吗？”男人说着，站了起来，“我们想吃饭。”

“埃利亚斯来参加生日派对的时候，你见过他吗？”

“我一天工作十八个小时。”男人说。

“他总不在家，”女人说。“对人家客气点！”她看了丈夫一眼，对他说。

“移民会让你感到紧张吗？”埃琳博格问。

“我不排斥。”男人说，“比吉一点都不了解那个男孩。他们不是朋友。我们帮不了你任何事情。你现在可以离开了吧？”

“当然！”埃琳博格说着，低头看了看那些盛意大利面的盘子。她沉思了片刻，没再说什么就走了。

*

“今天很平常，学校里没什么特别的事。”埃利亚斯的班主任艾格尼丝告诉西于聚尔·奥利，“我完全可以这么说。只是我给他换了个座位。最近一直想来着，今天早晨总算做了。”

他们俩坐在艾格尼丝家的书房里。她从一个抽屉里拿出烟，西于聚尔·奥利看到她偷偷地朝门那边瞄了一眼，然后在窗户旁坐了下来，点上烟，开始吞云吐雾。西于聚尔·奥利不能理解吸烟的人，觉得他们简直就是在慢性自杀。在他看来，吸烟的危害比世界上任何事物的危害都大。在工作场所，他经常告诫别人不要吸烟。然而，埃伦迪尔这个烟鬼才不理会呢。他曾回应说，世界上最大的祸害莫过于败大家兴致的家伙，比如西于聚尔·奥利。“埃利亚斯迟到了一小会儿，”艾格尼丝继续说道，“他不常迟到，倒有点拖拖拉拉。他通常是班上最后离校，最后一个拿出课本的学生，等等。他想的和别人想的完全不一样，他有点像‘飞机乘务员’。”艾格尼丝用两手的食指和中指做了个双引号。

“飞机乘务员？”

“维佳拉姆就是这样叫他们的，他是体育老师，来自西人群岛（韦斯特曼纳群岛）。”

西于聚尔·奥利茫然地看了她一眼。

“说是那些下了体育课最后离开的孩子们就像空姐。”

“你把他换到了别的座位？”西于聚尔·奥利说，他对飞机乘务员和西人群岛完全一头雾水。

“很正常，”艾格尼丝说，“换座位有各种缘由。我这样做主要不是因为埃利亚斯。他数学很好，在班上拔尖，比同龄人都厉害，但是坐在他身旁的那个男孩儿，可怜的老比尔吉尔——或者说比吉，大家都这么叫他——连二加二等于四都算不出来。”

艾格尼丝看着西于聚尔·奥利的眼睛。

“我知道不该说这样的话，”她不好意思地说道，“对了，是比吉的母亲找过我，她告诉我，比吉总是抱怨自己太笨。她连哄带骗才弄明白，原来比吉是说埃利亚斯样样都比他强。他母亲非常尴尬，这种情况很常见，简单的办法就是把埃利亚斯换到别的座位。我把他安排在一个可爱的女孩旁边，那个女孩也是个优等生。”

艾格尼丝吸了口烟，然后朝着窗外吐了出去。

“埃利亚斯呢？他就没有什么学习方面的问题吗？”

“有啊，”艾格尼丝说，“他觉得冰岛语非常难。他们兄弟俩以前讲泰语。他们在家就讲泰语。孩子们可能会因此感到很混乱。”

艾格尼丝掐灭了手里的烟。

“我记得你说，埃利亚斯今天早上迟到了一会儿？”西于聚尔·奥利问。

艾格尼丝点点头，指间夹着烟蒂。

“我把学生名单拿出来时，埃利亚斯才出现。他在全班同学的注视中坐到自己的位子上，头发乱糟糟的，看上去很困，好像还没睡醒。我问他还好吗，他只是点点头，不过看上去还是很恍惚。他坐在那儿，把书包放在桌子上，眼睛望着窗外的操场，看起来就像沉浸在自己的世界里。我开始讲课，可他并没听我讲，只是凝望着窗外。我走过去，问他在想什么。”

“在想小鸟。”他说。

“什么小鸟？”

“我梦见的那只小鸟，”他说，“小鸟死了。”

艾格尼丝将烟蒂放到口袋里，然后走过去关上了窗户。屋子里很冷，她站起来时打了个寒战。天气预报说夜间会有一场暴风雨。

“我没再继续问他，”她说，“小孩子经常说这样的事情。直到午饭时间，我才又看到他。那是课间休息也是用餐时间，我没有特别注意他。他们早上有一节美术课，或许你应该跟布莱赫德尔老师谈谈。午餐后两节课，我都和他们在一起。最后一节课是体育课，他们跟维佳拉姆老师在一起。他是今天最后一位给埃利亚斯上课的老师。”

“名单里下一个就是他。”西于聚尔·奥利说，“你能不能跟我说一些关于……”他翻看笔记本，在校长提供给他的名单中寻找那位老师的名字。“贾斯坦，冰岛语老师？”

“贾斯坦是一个不苟言笑的人，”艾格尼丝说，“你很快就会发现的。他从不保留自己的观点，是个讨厌的家伙。他过去是个体育明星，打手球的，后来发生了一些事情，我不太清楚具体是什么事。不过，他不笨。他主要教那些年龄大点儿的孩子。”

西于聚尔·奥利点点头，把笔记本放进夹克里，然后与艾格尼丝道别了。就在他出门往车子那边走去时，他的手机响了。是妻子贝格索拉打来的。她在电视上看到了新闻，知道他会很晚回家。

“太可怕了，”她说，“他真的是被捅死的？”

“是的，”西于聚尔·奥利说，“我现在有很多事要做，不过还不知道从哪着手。你不用等我了。”

“你知不知道凶手是谁？”

“不知道。他哥哥失踪了。他哥哥应该知道些什么，至少埃伦迪尔是这么想的。”

“这么说，是他干的？”

“不，但是——”

“有没有可能他哥哥也被袭击了？埃伦迪尔有没有这样想过？”

“我会把这个想法告诉给他的。”西于聚尔·奥利冷淡地说。有时候，在犯罪调查中，贝格索拉无意间会表现出她更相信埃伦迪尔，而不是她的丈夫。西于聚尔·奥利知道她的本意是好的，不过这还是触动了一下他的神经。

他微微皱了一下眉头，这样回应很有可能让贝格索拉生气。但他累了，脾气不好。他也知道她想他尽快回家，他们得把事情好好商量一下，关于贝格索拉提出的建议。几天前，她提议从国外领养一个孩子，他们俩一直没有生孩子。西于聚尔·奥利对这个想法并不感冒，他很犹豫，觉得维持现状就挺好。这件事让他们的关系有些紧张。西于聚尔·奥利希望贝格索拉在一年内不要去忧虑要孩子或者领养孩子的事情，但贝格索拉有些等不及了，她渴望有一个孩子。

“噢，当然，我不应该插手。”她在电话里说。

“确实有可能他的哥哥也受到了袭击。”西于聚尔·奥利说，“我们在调查所有的可能性。”

电话中沉寂了一会儿。

“埃伦迪尔找到那个女人了吗？”贝格索拉开口问道。

“没有。她仍然下落不明。”

“关于这个案子，你还知道什么消息吗？”

“还真不知道。”

“要是我睡着了，你到家的时候能把我叫醒吗？”

“好，我会的。”西于聚尔·奥利说，然后他们挂断了电话。

8

男孩们在踢室内足球，他们热情高涨，拼命抢球，甚至不惜耍些小花招。西于聚尔·奥利见一人铲球进攻，差点儿踢断了对手的腿。很快，那个遭殃的人猛地摔倒在地上，声嘶力竭地叫了出来，握着自己的脚踝。

“当心，小伙子们！”教练朝足球场叫喊着，“不要那样，格里！过来，拉吉！”他冲那个铲球的男孩喊道，男孩刚爬起来。

教练用一名替补队员换下了拉吉，比赛继续，仍如方才一样激烈。男孩人数太多，每次上场人数有限，教练得频繁换人。西于聚尔·奥利在场边观看着。教练名叫维佳拉姆，是埃利亚斯的体育老师。西于聚尔·奥利找到他家时，他妻子在家门口就说，维佳拉姆有一份兼职——给孩子们当足球教练，并告诉了他体育馆怎么走。

足球训练即将结束，维佳拉姆吹响了挂在脖子上的口哨。一个男孩看起来对比赛结果不太满意，于是一脚把足球踢飞了。不料，球正好打在另一个同学的后脑勺上。一阵骚乱后，维佳拉姆再次吹响口哨，对着那个男孩大声吼叫，叫他不要胡闹，赶紧去洗澡。两个男孩这才停止了争吵。

“这是不是太粗暴了？”西于聚尔·奥利朝维佳拉姆走过去的时候，问道。男孩们盯着这位警察，因为他们从未在足球场上见过穿戴这么整齐的人。

“他们有时候太闹腾了。”维佳拉姆说着，和西于聚尔·奥利握了握手。他是一个个子矮小、胖乎乎的男人，三十多岁的样子。他把门柱和足球收起来，放到储藏室里，然后锁上门。“对这些孩子就得粗暴一点，他们来的时候又胖又懒，都是比萨饼和电脑游戏惹的祸。我带着他们做一些锻炼。你来这里是为了埃利亚斯的事吗？”他说。

“我听说，今天你是最后一个给他上课的老师。”西于聚尔·奥利说。

维佳拉姆已经听说了这场谋杀，并说他简直无法相信这个消息。

“竟会发生这样的事，真让人吃惊！”他说，“埃利亚斯是个非常棒的孩子——他热爱运动。我觉得他真的很喜欢踢足球。我不知道该说些什么。”

“今天，你有没有注意他有什么特别或者异常的地方？”

“今天很平常啊。我让他们跑了一会儿步，然后练跳马，再把他们分成几个小组。他们最喜欢足球，还有手球。”

“埃利亚斯放学后直接回家了吗？你清楚吗？”

“我不知道他去哪儿了。”维佳拉姆说。

“他是最后一个离开的吗？”

“埃利亚斯一直都是最后一个离开的。”维佳拉姆说。

“他是‘飞机乘务员’？”

“你也是从西人群岛来的？”

“不，算不上。你是……”

“我十二岁的时候搬来这里。”

“埃利亚斯逗留了一会儿，还是……”

“他平时就这样，”维佳拉姆说，“他过了好一会儿才走的。他慢慢地换衣服，有点磨磨蹭蹭的，所以你得不停地催他。”

“那他都在干什么？”

“就是心不在焉，沉浸在自己的世界里。”

“今天也是吗？”

“好像是的，不过我没特别留意，我赶着去开会。”

“你有没有看到有人在外面等他？有没有注意他见过谁？他是不是看起来有些害怕回家？你是否觉察出类似的感觉？”

“没有，什么都没有。我没看到外面有什么异常的情况，孩子们都在往家走。我并不觉得有人在等他，不过，我当时也没往那些方面想，一般也不会去思考这些问题。”

“事后才会。”西于聚尔·奥利说。

“对，是的。不过，正如我刚刚说的，我没有发现什么异常的地方。他在上课时也没有表现出恐惧的样子，也没有跟我说什么，都跟平时一样。再说了，这里从没出现过这样的事，从来没有。我弄不明白有谁会想着袭击埃利亚斯，简直不可思议！太可怕了！”

“你认识学校教冰岛语的老师吗？那个叫贾斯坦的男人。”

“认识。”

“很明显，他对移民有些看法。”

“你说得还挺婉转的。”

“你认同他的看法吗？”

“我？不。在我看来，他就是个疯子。他……”

“他怎么了？”

“他那个人相当尖锐，”维佳拉姆说，“你见过他吗？”

“还没有。”

“他以前是体坛明星，”维佳拉姆说，“我记得很清楚，他是打手球的，真的是个好球员。后来发生了一些事情，他受了重伤，不得不放弃打手球。那时他正要转为职业球员，已经跟一个西班牙俱乐部签约了。我觉得这事让他又恼又闷，他的性格并不讨人喜欢。”

走道中传来了男孩们的嬉闹声，他们在更衣室里吵吵闹闹，维佳拉姆起身走过去，让男孩儿们保持安静。

“你知道到底出什么事了吗？”他转过脸问。

“还不知道。”西于聚尔·奥利说。

“希望你抓住那个混蛋！是种族问题吗？”

“我们什么也不知道。”

*

贾斯坦的妻子三十岁出头，比她丈夫年纪稍小一些。她穿着一条拖拖拉拉的运动长裤，很是影响形象。两个孩子站在她身后，公寓里很昏暗，西于聚尔·奥利朝里面瞥了一眼，看起来这对夫妻特别不讲究家里的陈设。于是，他本能地想起自己的公寓，一切都收拾得那么井井有条。这让身在刺骨寒风中的他心里涌起一股暖流。眼前这栋楼房共有四套公寓，这家人住一楼。

女人喊了声她丈夫，然后他来到门口。他也穿着一条运动长裤，还穿了件背心，不过背心看上去似乎小了两个尺码，啤酒肚都露了出来。他看上去一周才剃一次胡须，一副怒气冲冲的样子，西于聚尔·奥利有些不明白他哪儿来的火气。他的眼睛里流露出反感和愤怒，西于聚尔·奥利想起自己以前见过这样的表情以及这样的脸。他想起了维佳拉姆的那些话，关于这个陨落的体育明星。

一张记忆中的脸，埃伦迪尔可能会这样说。埃伦迪尔经常会说一些让西于聚尔·奥利不太喜欢的话，西于聚尔·奥利根本就听不懂他说的是什么。那是些古老故事片段，是埃伦迪尔唯一感兴趣的事。这两个男人有着截然不同的思维。当埃伦迪尔坐在家里阅读那些古老的冰岛民间传说或小说时，西于聚尔·奥利则坐在电视机前看着美国警匪片，腿上放桶爆米花，桌上放着可乐。西于聚尔·奥利刚入职时会模仿警匪片中警察的样子。他认为警察的工作可以提升自身形象。持这种看法的人还不少。新入职的警察偶尔也会在工作中穿得像美国警匪片里的警察那样，身穿牛仔裤，反戴棒球帽。

“是关于那个男孩的事情吗？”贾斯坦说道，站在门口没有动。尽管外面寒风呼啸，但他并没有请西于聚尔·奥利进屋。

“对，是关于埃利亚斯的事。”

“这种事是难免的。”贾斯坦不耐烦地说道，“他们不应该让这些人来冰岛，只会导致冲突。这种事迟早会发生，无论是不是这个时间、这个地区、这所学校、这个男孩，还是其他时间的其他什么人……这都没有区别。它本来就会发生，并且以后还会发生，不信你就等着瞧！”

此刻，贾斯坦双脚分开，一只手抓着左边门框，另一只手搭在右边门上，肚子上的赘肉从背心下面露了出来。西于聚尔·奥利看着眼前的贾斯坦，开始回想起更多关于他的事。西于聚尔·奥利是一个热爱运动的人，不过他对美国的橄榄球和棒球比对冰岛体育更感兴趣。他想起来了，这个男人曾经是冰岛手球的希望，因在比赛中受伤而不得不退出体坛。那时候他才二十岁出头，已经是国家队的一员了。曾经有一段时间，关于他的报道特别多。受伤后，他就迅速从人们的视线中消失了。

“那么你认为这次袭击是种族原因？”西于聚尔·奥利说，心想这个男人当时与职业手球说再见时该是怎样的艰难。如果他没有受伤的话，那他现在应该正迈向那光彩熠熠的职业生涯的尾声，而现在他却在中学里教书。

“还有其他的可能？”贾斯坦问道。

“你教过埃利亚斯？”

“是的，我是一名代课老师。”

“那男孩怎么样？”

“我一点儿也不了解他。只听说他被捅死了，除此之外一无所知，所以你来问我只是浪费时间。我的工作不是照顾那些孩子，我不是儿童游乐园的工作人员。”

西于聚尔·奥利仔细地打量着他。

“他班上有三个孩子跟他很像，”贾斯坦继续说道，“学校里总共有三十多个类似的学生。当发现还有类似的新生进校时，我便没有再去注意他们了。他们无处不在！你去过跳蚤市场吗？就像中国香港的那样！没有人会注意这一点，没人注意到我们的国家变成了什么样子！”

“我——”

“你觉得这都不是问题吗？”

“这不是你该管的事。”西于聚尔·奥利说。

“我帮不了什么忙。”贾斯坦说着，准备关上门。

“回答几个问题对你来说很过分吗？”西于聚尔·奥利说，“要不我们去警局里再谈？欢迎你跟我一起过去，那里可要舒服得多。”

“你是在威胁我吗？”贾斯坦无所畏惧地说道，“我告诉你，关于这件事，我什么都不知道。”

“他也许很怕你，”西于聚尔·奥利说，“你对他似乎很不友好啊，或者说你对你教的每个孩子都这样。”

“嘿，”贾斯坦抗议道，“我没有对那孩子做任何事，学生放学后，我就不再管他们了，那不是我的职责。”

“如果我发现你无论以什么方式威胁过他，而且仅仅是因为你把他视作外国人，那么我们还会再找你约谈的！”

“哇……我好害怕啊，”贾斯坦说，“不要打扰我！我不知道那孩子出了什么事儿。这和我没关系！”

“你和那位叫费努尔的老师之间发生过冲突，有这回事吗？”西于聚尔·奥利问道。

“冲突？”

“在学校办公室里，”西于聚尔·奥利说，“你们之间发生了什么？”

“没什么冲突，”贾斯坦说，“只是点小争执。他觉得越多的外国人涌入冰岛，我们的国家就会变得越好。他除了会胡说八道、讲些过时的激进话语，什么也不会。我当时就是这么跟他说的。他有点生气。”

“你觉得大家都认同你，是吗？”西于聚尔·奥利问道。

“什么？”

“认同你那样子去说别人？你确定这是你该做的事？”

“那你的工作又是个什么玩意儿？到处打探与你毫无关系的人就是你该做的？”

“也许不是。”西于聚尔·奥利说。“你过去不是打手球的吗？”他接着问道，“很有名气吧？”

贾斯坦迟疑了一下，似乎准备说什么来辱骂西于聚尔·奥利一番，好表现出他并不在乎西于聚尔·奥利说的话，也不在乎他的想法，但他什么也没做，只是关上了门，什么也没说。

“你本该是个了不起的榜样。”西于聚尔·奥利对着门说。

*

当晚晚些时候，埃伦迪尔开车返回到了苏妮家。大家还没有找到尼冉。警方的搜寻徒劳无功。苏妮和她弟弟已经回家了，警方仍在继续寻找。警方要求市民配合调查，但凡有消息立马给警察打电话，甚至还要求他们在自家附近的街区去寻找这个东南亚少年——个头很小，身着蓝色滑雪衫，戴黑色羊毛帽的十五岁男孩儿。

埃利亚斯的父亲欧丁积极地参与了搜寻。他见了苏妮，两人单独谈了很久。晚上，他跟埃伦迪尔讲了很多关于两人婚姻的事情，讲到他是多么想在离婚后抚养埃利亚斯，但是孩子想和母亲在一起，所以他就打消了这个念头。他无法向埃伦迪尔提供苏妮新交往的男人的具体信息，而苏妮也没有向警方提及过任何有关她新男友的事情。或许他们已经分手了。欧丁一无所知。

埃伦迪尔把车开到公寓前面停了下来。他的车是一辆三十多年前的福特猎鹰，是今年秋天刚买的。车身全黑，内饰黑白相间。他没有关掉引擎，点了烟盒里的最后一支烟。然后，他把烟盒揉成一团，准备扔到后座上，在以前的车里他经常这么做，但他克制住了，把空烟盒塞进了大衣口袋。他对这辆福特车有着某种特殊的情结。

埃伦迪尔将蓝色的烟雾深深地吸了进去。信任，他心想，他必须得信任别人。他想到了自己寻找了几个星期的那个女人。各种案件堆积在办公桌上，最严重的一个案子是和婚姻背叛有关，至少他是这么认为的。案件涉及失踪人口，埃伦迪尔认为起因是对婚姻不忠，但不是所有人都认同他的想法。

那个女人叫艾伦，圣诞节前不久离家出走，从此再也没有人见到过她。在埃利亚斯的案子发生之前，埃伦迪尔一门心思扑在那个案子上，使得西于聚尔·奥利和埃琳博格觉得他以前的痴迷劲儿又回来了。大家都知道，埃伦迪尔痴迷于悬案，尤其是与人口失踪有关。当其他人都摇头，认为自己已经尽力了的时候，埃伦迪尔却还在深挖案件相关线索，不肯放弃。

那女人的丈夫非常担心她。夫妻俩差不多都是四十来岁，结婚刚两年。不过在遇见对方之前，两人都曾有过婚姻。丈夫的前妻是行政部门的主管，他们有三个孩子，最大的十四岁，最小的三岁；艾伦的前夫是银行经理，他们有两个十几岁的孩子，跟着父亲生活。新组合的夫妻看起来过得很幸福，什么也不缺。男的有一份很好的工作，开了一家计算机公司，发展势头很好；艾伦从事旅游业，主要负责安排冰岛荒野的游猎活动。他们第一次见面是在一次会议上。那时，男人要带一小队瑞典客户去瓦特纳冰川进行探秘之旅，而艾伦正好负责安排那次旅行，开会时他们第一次见到了彼此，然后一行人一起去了冰川。那次旅行让他们有了婚外情——这一秘密保守了一年半之久。

男人说，这起初只是一次令人兴奋的出轨。他们见面很容易，她常去旅行，他也总能找到借口外出，比如打高尔夫球，因为他的前妻也没在意。有时，他甚至会带回一个奖杯，让人刻上字，如“博尔加霍特锦标赛三等奖”，拿给他妻子看。他觉得这事很讽刺，也很有趣，因为他经常打高尔夫，但实际上几乎没得过奖。

埃伦迪尔掐灭了手中的烟。他想起了男人家里的奖杯，它们并没被扔掉。埃伦迪尔好奇他为什么没扔，它们只是过去谎言的掩饰，现在已经多余了。除非他继续撒谎，告诉那些愿意听他撒谎的人这是他赢来的。也可能他留下它们只是为了纪念一次成功的出轨。如果他能虚构一场胜利并刻在奖杯上，那么凭他这样哄骗妻子的能力，他还有什么谎撒不了呢?

自从男人打电话报警说他妻子失踪后，这个问题就一直让埃伦迪尔苦思冥想。男人和女人起初只是渴望猎奇，或者换个口味，甚至是一场盲目的爱情，最终却以悲剧收场。

埃伦迪尔思索着，这时，有人敲了一下车窗，把他吓了一跳。他看不清楚是谁，车窗玻璃上有凝结的水珠。于是他打开了车门，原来是埃琳博格。

“我得回家了。”她说。

“就耽误你一分钟。”埃伦迪尔说。

“你疯了！”她发着牢骚，从汽车前面绕到副驾驶位置，坐了进去。

“你一个人坐在车里干什么？”她沉默了一会儿问道。

“在想那个失踪的女人。”埃伦迪尔说。

“她自杀了，你知道的。”埃琳博格说，“只差发现尸体而已。明年春天，她的尸体就会在雷恰内斯沙滩找到的。她已经失踪三个星期了，没人知道她在哪里，也没人把她藏起来。她也没跟任何人联系过。她身上没带钱，而我们也没查到她在任何地方有过信用卡消费。她也绝对没有离开冰岛。一切线索表明，她只可能沉在海底了。”

埃琳博格停顿了一下。

“除非你觉得是她的新任丈夫杀死了她。”

“他做了些假奖杯，”埃伦迪尔说，“他知道他的前妻对高尔夫不感兴趣。他前妻告诉我，她从来不读任何体育方面的书，也从来没跟任何人讨论过高尔夫。除了他前妻，他没有把奖杯给任何人看过，免得穿帮。直到后来，他一离婚就开始炫耀那些奖杯。如果那与道德无关的话……”

“你现在关注起他了？”

“我们又回到老话题啦。”埃伦迪尔说。

“人口失踪和刑事案件。”埃琳博格说。她经常听到埃伦迪尔把人口失踪说成“冰岛特色犯罪”。他的观点是，冰岛人对人口失踪很冷漠。冰岛的自杀率相当高，在绝大多数案件中，冰岛人都觉得人口失踪案有着很“自然”的解释。但埃伦迪尔却不满足，他会深入分析，把对人口失踪的冷漠和某种普遍的认识联系起来。这种普遍的认识可以追溯到数百年前的冰岛环境，人们会在恶劣的气候条件下冻死或消失，就好像被大地吞噬了一样。对于在糟糕的天气中被冻死这件事，没有人比埃伦迪尔更熟悉了。他认为，在冷漠的掩护下，犯罪行为更容易发生。和埃琳博格、西于聚尔·奥利以及其他警探们一起开会时，他尝试用这种观点来看待那个女人的失踪，但大家却都置若罔闻。

“你快回家吧，”埃伦迪尔说，“照顾好你女儿。苏妮回来了吗？”

“回来了，他们刚刚回到这里，”埃琳博格说，“欧丁刚才和他们在一起，不过估计他已经离开了。尼冉还是没找到。噢，天哪，但愿他没出什么事儿。”

“我想他会出现的。”埃伦迪尔说。

“这些天你和你女儿联系过吗？”埃琳博格说着，打开了车门。

“回去吧。”埃伦迪尔说。

“我刚才一直在跟译员古蕾交谈。她说苏妮强调过，应该好好教两个儿子尊重长者，就像她一样。这是泰国教育的基本原则之一，也是他们终身要奉行的准则。责任是另外一点。年长者，比如祖父母和曾祖父母，是大家庭的首领。年长者把经验传递给年轻一代，等到年轻一代变老时，他们也会这么做，确保自己能安度晚年。这并不是一种专门的义务，而是天经地义。那么孩子们……”埃琳博格想到了埃利亚斯，沉重地叹了口气。

“她说在泰国，巴士上的成年人会站起来，给孩子让座。”

他们都沉默了。

“这对我们来说都太新鲜了。移民、种族问题……我们对这些了解得太少了。”埃伦迪尔终于开口说道。

“确实如此，但我着实认为我们在尽最大的努力。”

“毫无疑问。好了，你赶紧回家吧。”

“明天见。”埃琳博格说着，从车上下来，砰的一声关上了车门。

埃伦迪尔希望他还有一根烟。他害怕回去见苏妮。他想到了自己的女儿埃娃。在圣诞节的时候，她来看望过他，但从那时起，他们就再也没见过面了。和她一起的男人在圣诞节假期前不久被抓进监狱了，她以为埃伦迪尔能在这件事上帮帮她。那男人给她提供毒品。由于从国外走私可卡因和摇头丸，那男人被判了三年刑期。埃娃已料想到，在他服刑的三年里，自己过的会是什么日子。

最近，埃娃和埃伦迪尔的关系越来越糟糕。埃伦迪尔不明白为什么会这样。长时间以来，埃娃都不愿戒毒，和他也主动疏远了。她在戒毒所待过，但并不是自愿的。从戒毒所出来后，她马上又开始吸。她的弟弟辛德理试图帮助她戒毒，但也无济于事。这对姐弟之间的关系一直都很亲密，但埃伦迪尔和埃娃的关系却时好时坏，一般都取决于埃娃的心情。有时她心情好，就和父亲说说话，谈谈她的近况。有时她不和他联系，也不想让他知道关于她的任何事情。

埃伦迪尔锁上了自己的福特车，抬头望着这幢六层公寓楼的最顶部。这幢楼耸立在黑夜里，阴森恐怖。他把要跟苏妮房东说的话在心里打着腹稿，也许房东能提供新的线索，好弄清苏妮和男孩们的情况。然而，他先没上楼，而是绕到公寓楼的后面，走进了花园。犯罪现场的勘查工作已经结束，取证人员已撤走了设备，一切又都恢复到了从前，好像那里什么也没发生过一样。

他朝秋千那儿走过去。寒霜刺痛了他的脸，他把双手插进口袋，一动不动，站了很久。今天早上，他听说他的老上司——雷克雅未克刑事调查局的马里昂·布里姆住进了医院的临终关怀病房。马里昂退休多年了，与以前的老同事逐渐疏远。埃伦迪尔和马里昂的关系很难说是单纯的朋友。马里昂老惹埃伦迪尔生气，可能是因为在他生命里，只有马里昂总是不断地向他发问，没完没了地发问，还迫使他拿出证据来说明自己的答案。马里昂好奇心特别重，也是冰岛刑事案件的“活数据库”。他一直在帮埃伦迪尔，退休之后也是如此。马里昂没有亲人，埃伦迪尔对他来说则是近乎同事、朋友和家人的统一体。

埃伦迪尔站在秋千旁边，那是埃利亚斯死去的地方。一阵冷风刺进他的衣服。他的思绪漫步在高山和荒野上，追思着另一个从他手中滑脱死去的男孩，就像一个悲伤的影子，跟随他的一生。

埃伦迪尔抬头看了看，知道自己不能再拖了，他得跟苏妮再坐一会儿。他转过身，大步走出了花园。走到公寓楼的门口时，他注意到垃圾屋的门开着。门并没有完全敞开着，而是虚掩着。他之前没有留意过这个垃圾屋，门朝里面开，涂漆颜色和公寓楼墙壁的一样。尽管门半开着，然而这并不意味着什么，任何人都可能去那儿倒垃圾。大楼门口的守卫正站在过道里取暖。

埃伦迪尔站了一会儿，走到垃圾屋那儿，把门开大了些，里面漆黑一片。他摸索着找到开关，打开了灯。光秃秃的灯泡悬挂在天花板上，垃圾桶靠着墙壁一排排地立在那儿，滑槽下面还有一个箱子，堆满了垃圾。里面很冷，满是过期食物和垃圾的酸臭味。埃伦迪尔迟疑了一下，然后关灯，掩上门。

就在这时，他听到了一阵啜泣声。

他听了会儿才弄清楚那是什么声音，也许是他听错了，也许，是他理解错了。他打开门，又把灯打开。

“有人在吗？”他喊道。

没人回答他。他走进垃圾屋，挪了挪垃圾桶，在它们中间搜寻着。他把垃圾桶从下面的卡槽推开，发现里面有一个黑头发的男孩蜷缩成一团。男孩把头埋在双腿的膝盖间，竭力不让别人看见。

“尼冉？”埃伦迪尔问。

男孩一动也不动。

“是你吗，尼冉？”

男孩没有回答。埃伦迪尔跪了下来，试着让他抬头，但男孩把头埋得更深了，他把两条腿并紧在一起，就像锁住了一样，一动不动。

“出来吧，到我这来。”埃伦迪尔说。但是男孩还是保持着那个动作，仿佛他并不在那儿。

“你母亲正在找你。”

埃伦迪尔握住男孩的手，孩子的手像冰柱一样冰。男孩把头低到胸口处，好像埃伦迪尔过一会儿就会走开，留他一人在那儿。

过了一会儿，埃伦迪尔慢慢地站起身来，感觉自己穷尽了一切办法。于是他转身走出了垃圾屋，按响了入户对讲机上苏妮家的房号，古蕾接通了对讲。埃伦迪尔说自己应该是找到了尼冉，孩子现在是安全的，但他母亲得下来跟他说说话。苏妮、她的弟弟、前婆婆以及古蕾很快跑下了楼。埃伦迪尔在大楼门口等着他们，然后带苏妮一个人进了垃圾屋。

看到蜷缩着身子蹲在垃圾桶卡槽下面的男孩，苏妮尖叫一声，朝他跑去，抱住了他。男孩这才松开身体，依偎在母亲的怀里。

*

晚些时候，埃伦迪尔回到自己的住处。埃娃给他家打过电话，他想这意味着自己和女儿的关系正在改善。她留言说，他就缩起来，躲在自己的悲痛中，自我享受吧。她的原话不是这么说的，她的词汇量有限，单调而乏味，但大意如此。埃伦迪尔没有开灯，一束苍白的光亮从外面的街道射入客厅。客厅里放着他的书，他在扶手椅上坐了下来。他常常一个人坐在黑暗中，透过客厅巨大的窗户看着外面。每每他像这样坐着望向窗外的时候，窗外什么都没有，只有无尽的苍穹，偶尔几颗星星在冬夜的寂寥中闪烁着。有时，他看见月亮路过窗口，散发着寒冷、遥远的光辉。有时，天空一片漆黑，阴沉沉的，就像现在一样。埃伦迪尔凝视着眼前的这片黑暗，仿佛想把疲惫的思绪驱散到这片苍茫的虚无中去。

他的脑海中满是埃利亚斯躺在公寓楼后花园中的画面。同时，熟悉的画面又一次浮现在眼前，画面里有另外一个男孩儿，他在一场大的暴风雪中死去了。那是很多年前的事了，太遥远了，仿佛是无法测算的永恒之时。这些年对于埃伦迪尔来说如同深渊，难以感知到底过了多久。那男孩儿是埃伦迪尔八岁的弟弟。在这样安静的夜晚，独自坐在客厅，他才意识到公寓楼附近发现男孩的尸体对他产生了多么大的影响，让他情不自禁地想起自己的弟弟。弟弟的死给埃伦迪尔带来了极大的心理创伤，而这创伤从未痊愈。从那时起，埃伦迪尔一直被内疚感折磨着，觉得弟弟的死是他的过错。他应该照顾好他，但他没有。除了埃伦迪尔自己，没有人做出过这个不公正的判决，从来没有人说他本可以救弟弟。如果他在暴风雪中没有松开弟弟紧握的手，那么派来的搜救队就会发现他们俩。救援人员把埃伦迪尔从雪堆里挖出来的时候，他倒没什么大碍。

思绪又飘回到尼冉身上，埃伦迪尔想起苏妮拉着哭泣的尼冉走出垃圾屋的情形。埃伦迪尔思索着，尼冉是否也想过，他本该好好守护着弟弟呢?

埃伦迪尔重重地叹了口气，闭上双眼。脑海中无穷无尽的思绪如同碎玻璃落下一般坠入他无梦的睡眠。

*

他想到筋疲力尽的埃琳博格正依偎在女儿身旁，一副保护着她、不让她受到任何伤害的模样。

他的眼前又浮现出西于聚尔·奥利的一脸忧虑。他正走进家里，小心翼翼地，生怕吵醒贝格索拉。

他又看到埃利亚斯正躺在公寓后面的花园里，穿着划破了的滑雪衫，绝望暗淡的眼睛正望着飘落的雪花。

欧丁在斯诺拉布劳特家里的地板上踱着步子。

尼冉躺在他的房间里，嘴唇痛苦地颤抖着，没有出声。苏妮一人坐在沙发上，在黄龙下静静落泪。

他正在寻找的那个女人随着海浪轻轻地拍打着岸边。

他八岁的弟弟被冻僵了，躺在雪地里，直到永远。

在阳光灿烂的梦里，小鸟正在新巢里轻轻扑扇着翅膀，为它的朋友放声欢唱。

9

第二天早上，埃伦迪尔一行三人来到学校。此时，课间铃声刚好响起。孩子们沿着走廊安静地走着，教师和助理管控着人潮，所有的出口都打开着。雪一直下到今天早上，小一点的孩子们打算抓住休息的每一秒时间去外面玩；大一点的孩子们则满不在乎，有的蜷缩着靠着墙壁，有的三五成群漫步去商店。

埃伦迪尔知道，埃利亚斯同班的孩子可以获得心理创伤咨询师的帮助，部分家长已经去寻求帮助了。他们陪同孩子上学，向老师表达了自己的担忧。校长决定利用午餐时间在礼堂召集全校师生为埃利亚斯举行默哀仪式。当地牧师会安抚学生的情绪。警方代表会讲话，请求任何人，凡是知晓埃利亚斯当天行迹或与案情相关的信息，都可以向老师、校长或者警方报告。大家可匿名拨打警方的紧急举报电话，无论多么微不足道的线索，警方都会追查下去。西于聚尔·奥利和埃琳博格会询问埃利亚斯的同学，了解他生前最后一天的活动。当然，这么做会格外麻烦复杂，因为他们得先取得家长的许可才能询问孩子。埃利亚斯的班主任艾格尼丝帮了不少忙，她先给学生家长们打了电话，得到了大部分家长的允许，同意其孩子在雷克雅未克儿童权益保护局工作人员在场的情况下接受警方的调查询问。艾格尼丝强调说，警方的询问并不是什么盘问，只是为了收集信息。一部分家长希望询问孩子时自己能够在场，另一些则一脸焦虑地站在走廊上。在一间被用作临时询问室的空教室里，西于聚尔·奥利和埃琳博格早已就座，孩子们一一进去接受询问。

埃伦迪尔见到了校长，还特别问到木工课老师。他了解到，木工课老师埃吉尔跟冰岛语老师一样，都曾对移民冰岛的亚洲女性表示过反感。校长相当重视与警方代表一起的午餐会议的准备工作，他把埃伦迪尔带到木工课教室，但那里并没有人。埃伦迪尔回到教师休息室，得知木工课老师可能待在停车场自己的车里。他们跟埃伦迪尔说，课间休息时间很长，他习惯在这个时候到车子里抽上一两根烟。

警方的调查仍然集中在附近区域，比如学校和周边住宅。据称，一个惯犯住在距离埃利亚斯不远的公寓里。当天晚上，他被带走问话，但由于醉酒，他殴打了警官，随后便被拘留。第二天早上，警方搜查了他的公寓，但至今没有发现任何与埃利亚斯谋杀案有关的东西。警方还调查了其他几个可能与该案相关的嫌疑人——几个催债人，他们是曾与移民甚至外国游客发生冲突而被警方盯上的人。

尼冉自从被找到后，一句话也没有说。儿童心理学家和儿童权益保护局的工作人员当晚被叫去帮忙，但尼冉仍旧裹着毯子，不管他们怎样安慰，他还是什么都没有说。人们反复问他问题——昨天去了哪里，是否知道他弟弟的不幸，是否知道到底发生了什么，谁最有可能捅了他弟弟，最后一次见到弟弟是在什么时候，他和弟弟说过什么话，等等。所有这些问题如雨点般向他倾泻而来，尤其是他妈妈问得最多。然而，尼冉只是默默地裹着毯子，眼神茫然地看着空中，一句话也不说，仿佛缩进了一个封闭的世界，去了只有他自己知道的“避难所”。

最后，埃伦迪尔让专家们都离开，他自己也回家去了，让苏妮和尼冉家安宁点。那时西格丽迪尔也走了，译员也回家去了，只有苏妮的弟弟留了下来。

大家似乎还不清楚苏妮有个情人。古蕾告诉埃伦迪尔，她根本就不知道他在说什么；她从来没有听说过什么男人。苏妮的前婆婆同样一无所知。直到问了苏妮的弟弟威罗特，埃伦迪尔才得到了正面的回应。他知道姐姐的生活中有一个男人，但两人相处时间不长。他说他还没有见过那男人，也不知道他是谁。苏妮刚跟大儿子重逢，埃伦迪尔不想在此时打扰她。他让威罗特去问他姐姐关于那男人的详细信息，还有怎么联系他，而威罗特仍没这么做。

埃伦迪尔很快就找到了木工课老师的那辆银灰色轿车。他敲了敲驾驶座一侧的车窗，里面的人摇下车窗，只见白色的烟雾从车里飘到外面的寒气中。

“能和你谈一谈吗？”埃伦迪尔问，“我是警局的。”

木工课老师嘟哝了一声，不情愿地点了点头，好像本来想躲着他一样。很明显，他不喜欢在抽烟的时候被打扰。埃伦迪尔不慌不忙地在副驾驶座上坐了下来，掏出了一包烟。

“埃吉尔，是吗？”

“嗯。”

“介意我也抽一根吗？”埃伦迪尔问，晃了晃烟。

埃吉尔脸上露出了一个古怪的表情，让埃伦迪尔摸不着头脑。

“真是没个清净地方。”木工课老师说。

埃伦迪尔点上烟，两人静静地坐了一小会儿，沉醉在烟雾里。

“你是为了那个小男孩的事来的吧？”埃吉尔开口说道。他又高又胖，五十多岁，坐在驾驶座上，感觉像是座椅偏小了点。他骨骼宽大，头顶光秃秃的，有个大鼻子，高高的颧骨向外凸起，留着胡子。当他的大手把烟送到嘴边的时候，嘴唇几乎都看不见了。在他的秃头前方，有一个很大的、浅红色的肿块。埃伦迪尔总忍不住偷偷瞥一眼——趁着埃吉尔不注意的时候。不知道为什么，他觉得那肿块很是吸引他。

“他的木工学得好吗？”埃伦迪尔问。

“嗯，不错。”埃吉尔说着，伸出大手把烟在烟灰缸里摁灭，残烟在按压之下发出了响声，“你对那事有什么想法？”

“没有，没什么想法，”埃伦迪尔说，“只知道他在学校附近被捅死了。”

“这社会真是每况愈下，”埃吉尔嘟哝道，“你们这些家伙却什么也做不了。难道对犯罪分子如此宽容是冰岛人的本性？你能给我说说吗？”

埃伦迪尔不明白这老师到底在说什么。

“我前几天在报纸上看到，”埃吉尔继续说，“有些混蛋闯入别人家的房子，为了一点小债就把人家家里砸得乱七八糟，还打伤人家。那帮混蛋被当场抓获，但审问后居然全都被释放了！这到底是什么狗屁做法？”

“我——”

埃伦迪尔根本插不上话。

“你们应该逮捕那些混蛋，把他们直接扔进监狱，”埃吉尔继续说，“一旦当场抓到他们，或者他们认罪了，就应该立即判刑，至少得关个十年才能放出来。但是，你们却放了那帮混蛋，当作什么也没有发生一样。一切都这么糟糕。见鬼！难道这不令人惊讶吗？为什么惯犯就判那么两年？惩罚真是轻得荒谬。冰岛社会到底出了什么问题？怎么我们对待犯罪的人渣这么软弱？”

“都是按法律来的，”埃伦迪尔说，“总要依法办事。”

“那么就修改法律。”埃吉尔激动地说。

“我知道你对移民很反感。”埃伦迪尔说道。他听惯了这些言辞激烈的长篇大论，听惯了人们对冰岛重罪轻判的不满。

“谁说我反对移民了？”埃吉尔惊讶地问。

“没谁特别这么说。”埃伦迪尔说。

“难道是因为前些天的会谈？”

“什么会谈？”

“我个人非常喜欢乔纳斯·哈德格里姆松[1]。有一年的家长会上，有人提议和孩子们一起唱他的《冰岛啊，繁荣的土地》。孩子们学过这位诗人的作品。有时候这学校还是教了点像样的东西

1 乔纳斯·哈德格里姆松：冰岛著名诗人，倡导民族独立。

的。结果，好几位家长就开始批评指责，说学校应该是一个多元文化的社会。好像唱了冰岛语歌曲就成了种族主义者一样。大家争论不休。我大声问那几位家长是不是脑子进水了。我记得当时我就是这么说的。当然，有些人就跑校长那里去投诉了，说我粗鲁。那个可怜的老兄一边和我说着这事一边还晃着他的鞋子。我告诉他，他尽管去做，开除我也行。我在这里教了二十五年多的学了，有好些人想把我踢走，我欢迎啊，我自己还没那个胆子把自己弄走呢。”

埃吉尔的大手又夹起一根烟。埃伦迪尔朝那肿块看过去的时候，它好像变红了。他觉得，这表明埃吉尔生气了，要么是因为家长会上的事，或者是想到在这里浪费了二十五年生命教木工课。

“我并不反感移民，”埃吉尔又点了根烟，“但我反对丢弃传统的一切，反对冰岛人一味迎合所谓的多元文化，我甚至不知道‘多元文化’是什么；我也反对保守主义。我还反对只能待在这破车里抽烟呢，但我又能说什么呢？”

“由此我想，不只是诗歌事件吧？你对亚洲女性的某些言论也让不少人难以接受。如果我猜的没错的话，你对移民冰岛的女人表露出了强烈的反感。”

铃声响起来，课间休息结束了，孩子们开始返回教室。埃吉尔还坐在那儿，一动也没动，只是一个劲儿地抽着烟。

“强烈的反感？”他重复了埃伦迪尔的话，“我并不反对移民！那些家伙跟我吵了起来，我就发表了自己的看法，至少每个人发表言论都是自由的。我说许多女性来到冰岛，她们大多是在很糟糕的情况下来的，似乎是为了逃离穷困，以寻找更好的生活。我只说了类似这样的话，并没有批评那些女人。我尊重任何形式的自力更生，我想她们在冰岛生活得不错。”

清了清嗓子后，埃吉尔艰难地往前靠了靠，然后把烟掐灭了。

“我认为每个来到冰岛定居的人都是这样，”他继续说，“但是，这并不意味着我们不应该尊重冰岛的文化，不能推广自己的文化，特别是在学校这种地方。相反，我觉得移民越多，就越需要向他们介绍冰岛的文化遗产，并以此来激励任何愿意在这种寒冷气候里生存的人，而不是丢弃我们的传统文化。我们应该支持宗教活动，而不是像对待尴尬至极的事物一样打击它。我要对给多元社会唱赞歌的人说，在我看来，每个人都有权利住在冰岛，而且我们当然要尽可能地去帮助他们，但这并不是说我们必须失去冰岛的语言和文化。”

“你不是应该——”

“当然，就算其他国家的人搬来这里住，至少应该允许我们培养自己的文化吧。”

“你不是应该回去上课了吗？刚才打铃了。”埃伦迪尔终于说了一句。埃吉尔并没有意识到课间休息早已结束好一会儿了。

“我现在没课，”埃吉尔嘟囔着，“我完全同意这个社会正在发生变化，我们应该积极应对，参与进来，消除偏见才是最重要的。每个人都应该机会均等，如果外国家长在孩子入学和受教育上有困难，那这就需要有所纠正，哪怕是从幼儿园开始。不管怎样，我觉得你不应该仅仅因为我开会说了几句浑话就浪费你的破案时间。从案发到现在，显然，你有更多的事情需要考虑。”

“我正在收集信息，这是我的工作。关于埃利亚斯或者尼冉，你还知道什么细节吗？”

“没有，没什么特别的。他们来这个学校不是很久。我想他们是在春天搬来，秋季才入学的。我教的是埃利亚斯，最后一次课应该是在前天。他很聪明，双手很巧。他们那个年龄不会做太复杂的，只是些锯锯木头之类的。”

“他喜欢这个班级吗？”

“我看到的是，他确实融入班级里了。”

“你知道移民孩子和其他孩子之间有什么冲突吗？”埃伦迪尔问道。

“没那种事儿，”埃吉尔摸了摸胡子说，“当然，孩子们之间有些小帮派。我不喜欢冰岛语老师贾斯坦，我觉得他在这方面制造了不少摩擦。就是半个疯子，可怜鬼！手球事业顶峰时却不得不放弃，那种命运很难能让人心理平衡。这种事，你应该和他谈谈，他了解的比我多。”

他们陷入了沉默。操场上一片寂静。

“所以一切都糟透了？”埃伦迪尔最后说道。

“恐怕是这样。”

他们在烟雾缭绕的车里坐了一会儿，埃伦迪尔想到了西于聚尔·奥利，他曾是这个学校里的学生，埃伦迪尔突然想问问埃吉尔。不过，这木工课老师花了很长时间才想起很久以前在这儿读过书的那个男孩，那是一个非常醒目的学生。

“关于孩子们吧，有些事你记住清清楚楚，有些事却怎么也想不起来，这点真是很让人吃惊。”埃吉尔说，“他父亲好像是个管子工吧。”

“管子工？”埃伦迪尔有点意外。他只是和西于聚尔·奥利一起工作，此外，对他一无所知。尽管他们已经一同调查刑事案件好几年了，但从来没有讨论过各自的私人生活，两人对此也都感觉很幸运。至少，在这点上，两人很像。

“他父亲还是一个狂热的共产主义者，”埃吉尔补充道，“那时候他相当引人注目，总来参加家长会和学校活动，要知道，父亲同孩子一起来学校是相当罕见的。他却经常出现，那个老伙计。他还慷慨激昂地发表过有关保守派的演讲。”

“他母亲呢？”

“从没见过，”埃吉尔说，“他们过去给那个老伙计起过一个外号，用的管子工的行话，我弟弟就是个管子工，一下就认出他来了。他们喊他什么来着？”

埃伦迪尔瞥了一眼那个红肿块，现在它又变白了。

“怎么一下子想不起来了？”埃吉尔说。

“我不需要了解那些。”埃伦迪尔说。

“哦，我想起来了，他们喊他 Permaflush[1]。”

*

费努尔是三年级的班主任，正坐在教研室里。他带的班正在上音乐课，埃琳博格找到他时，他正在阅卷。学校秘书告诉埃琳博格在哪里可以找到他。

“我听说你跟一个叫贾斯坦的老师有些争论？”埃琳博格自我介绍完后说道。

---

1 Permaflush：一个马桶品牌，引申义为狂热的，劲头十足的，此处有嘲笑之意。

“贾斯坦和我当然没什么交情。”费努尔回答道。他三十岁出头，身材瘦小，有着乌黑的头发，穿着羊毛夹克和牛仔裤。

“你们俩之间出了什么事？”

“你也跟他谈了？”

“对，我的同事和他谈了。”

“然后呢？”

“没什么，你们之间怎么了？”

“贾斯坦就是个白痴，”费努尔说，“他没资格当老师，但这只是我个人的观点。”

“他是不是发表了什么不恰当言论？”

“他老是这么干，但又小心不做过头，免得丢了学校的工作，可如果旁边只有一个人，他说话的胆子就大多了。”

“他都说了什么？”

“都是些关于移民及其子女的事，但我认为这跟昨天的惨案没什么关系。”费努尔犹豫地说道，“我知道他是想激怒我，因为我觉得其他国家的人搬来冰岛并不是什么坏事，只要那些人不是罪犯，我一点也不在乎他们为什么会来到冰岛。不管他们是来自欧洲还是亚洲，都无大碍。我们需要他们，而他们也丰富了我们的文化。但是，贾斯坦希望冰岛拒绝外来移民，于是，像往常一样，我们吵了起来，不过当时他的怒气真是一点就着。”

“这是什么时候的事？”

“昨天早上。不过，我们总是吵，这些天几乎一见面就会吵起来。”

“你们经常意见不一？”

费努尔点点头。

“按规定，老师们应对所有孩子一视同仁，不应有其他任何想法。我们照看着学生，确保孩子们不受到任何歧视。这一点我们真是引以为豪，这是孩子们神圣不可侵犯的权利。”

“贾斯坦是个例外？”

“他真的令人无法忍受。我应该去教委会投诉他。我们不能聘请像他那样的老师。”

“是——”埃琳博格说。

“可能是因为我哥哥吧，”费努尔打断了她说，“我嫂子是个泰国人，就为这，贾斯坦总看我不顺眼。我哥哥八年前在泰国遇到了我嫂子，现在他们有两个女儿，他们是我见过的最善良的人。或许是因为我的私心吧，我总受不了他说话的方式，贾斯坦对此清楚得很。”

10

下了埃吉尔的车，埃伦迪尔的手机便响了，是古蕾打来的，她返回苏妮公寓去了。埃伦迪尔请她全天 24 小时都陪在苏妮的身边，为她提供帮助，有事随时跟他联系。她说尼冉昨晚情况很糟，现在醒了，不过状态没有好转，还是拒绝和任何人说话。苏妮坚持让他安静地待在家里，不想任何专家在他身旁，不希望任何拜访者、警察在家里进进出出。埃伦迪尔说他马上就去公寓，然后两人就挂了电话。

埃伦迪尔返回学校的时候，埃琳博格和西于聚尔・奥利还在向埃利亚斯的同班同学了解情况。他在一旁看了一会儿。孩子们都是相互打小报告，很少直接与埃利亚斯有关。有人戏弄了两个女孩；有人受到排挤，不让去踢足球；有人很坏，朝一个男孩的腿上扔雪球，把他打哭了，但都无关埃利亚斯。西于聚尔・奥利看了一眼埃伦迪尔，打了一个手势，意思是他还需要一些时间。孩子们对埃利亚斯的死感到震惊，一些孩子伤心得哭了。

埃伦迪尔打电话给缉毒队的负责人，请他调查发生在附近的毒品犯罪活动，以及可能的校园毒品案件。

校长看上去衣着凌乱，面容憔悴，好像昨晚没睡好。办公室门前站满了等待的人群，有的来自教会，有的来自家长协会，还有准备午餐时间在礼堂安抚孩子的警察。校长被他们围着，对眼下的情形感到手足无措。这时校长秘书走了过来，告诉他需要处理一些紧急电话，但他挥手要她离开。埃伦迪尔看了看那群人，然后转身离开，跟上秘书，想从她那里了解尼冉的班主任信息。

秘书看到了埃伦迪尔，他在她面前犹豫不决。

“还有别的事吗？”她问。

“你们算是多元文化的学校吗？”埃伦迪尔问道。

“可以这么说，”校长秘书说，“超过百分之十的学生都不是冰岛血统。”

“人们对这种状况满意吗？”

“一切都很好。”

“这方面没遇到什么特别的麻烦？”

“没什么麻烦事，我是这么认为的。”她答道。

尼冉的班主任是一个约三十岁的女子，跟大家一样，对埃利亚斯的案件感到十分震惊。媒体上都是关于移民和社会责任的报道，并召集了许多专家来讲之前已经取得了多么大的成就，以及为避免类似情况的发生应该采取的措施。他们是在归咎责任：现行制度对移民不利吗？此次事件只是冰山一角吗？有言论称，潜在的种族紧张局势已经爆发，有必要采取应对措施，如公开讨论和引导——更好地利用学校系统来宣传、告知大众，消除种族偏见。

埃伦迪尔敲门的时候，尼冉所在的班级正在上课，他为自己的打扰道了歉。上课教师勉强微笑着，随即继续上课，她让埃伦迪尔稍微等一会儿。没过多久，她跟着他来到走廊，说自己叫艾妲·拉奥，并同埃伦迪尔握手问好，她的小手几乎被埃伦迪尔的大手整个包住了。她留着短发，穿着厚毛衣和牛仔裤，表情严肃。

“关于尼冉，我也不知道该说什么。”她直奔主题，好像一直在等待着警方的到来，也许她只是赶时间，学生还等着她回去上课呢。

“尼冉有些棘手，我有时需要格外关注他，”她接着说，“他几乎不会写冰岛文，说得也不是很好，所以跟他沟通很难。他家庭作业很少做完，有时干脆不做，似乎对学习完全没有兴趣。我没有教过他的弟弟，但我了解到那个小男孩很可爱。尼冉就不同了，他老是惹别的同学生气，跟别人打架，最近的一次就在前天。我知道换学校对孩子的影响很大，而他从一开始就没想着去适应新环境。”

“他九岁就来冰岛，一直就不适应。”埃伦迪尔说。

“他不是个例，”老师说，“孩子长大了才移民都比较麻烦，这和其他事无关。”

“前天出了什么事？”埃伦迪尔问。

“这事，也许你得跟另一个男孩了解情况。”

“是尼冉同班的吗？”

“今天早上，孩子们就在谈论他们之间的事儿。”艾妲说，“他家境不好，总在校园惹事儿。他同另一帮孩子们一伙，与尼冉和他朋友们发生了些冲突。跟他谈吧，听听他会怎么说，他什么都不跟我讲。他叫格维兹门，也叫格米。”

艾妲返回教室，很快就出来了，身后跟着一个小男孩，艾妲让他站在埃伦迪尔的面前。她的果断让埃伦迪尔印象很深——绝不闲聊浪费时间，直奔主题，并且知道如何更好地协助警方。

“你说过要还我手机的。”男孩一边抱怨，一边看着埃伦迪尔。

“班上学生都以为，我是因为手机的事情才让他出来的。”艾妲告诉埃伦迪尔，“我不想让他在全班学生面前难堪，以为他被警察叫走了。现在，稍有不慎，场面就会失控。需要我的话，请您随时告知我。”她补充道，然后又回教室去了。

“格米？”埃伦迪尔问。

男孩抬起头看着他。格米的上唇稍微肿胀，鼻子被抓伤，看起来比实际年龄显大，一头金发，眼神充满怀疑，谁都不信任的样子。

“你是警察？”他问。

埃伦迪尔点点头，把孩子带到屏风后面。屏风把长条桌子和几台电脑隔开了，形成了一个单独空间。埃伦迪尔撑在桌子边上，男孩在他对面的椅子上坐了下来。

“你有警官徽章吗？”格米问，“我能看一下吗？”

“我没有徽章，”埃伦迪尔说，“你说的是电影里带着徽章的警察吧？不过，他们并不是真警察，只是好莱坞的胆小鬼罢了。”

格米盯着埃伦迪尔，好像并没有听进去他的话。

“前天，你和尼冉之间怎么了？”埃伦迪尔问。

“关你什么事儿——”格米说，声音跟他的眼光一样，充满怀疑。

“我只是好奇，”埃伦迪尔打断他，“不是什么大事儿，别担心。”

格米则继续敷衍。

“他打了我。”他终于开口说。

“为什么？”

“我不知道。”

“他攻击过别人吗？”

“我不清楚，他突然就冲我来了。”

“为什么呢？”

“我不知道。”格米重复说道。

埃伦迪尔琢磨着站起身来，看了一眼分隔区外面。然后又坐了下来，他不希望在格米身上花太多时间。

“你知道欺骗警察的小孩儿会怎样吗？”他说。

“我没有说谎。”格米说，眼睛睁到两倍大。

“我们会打电话给撒谎小孩的父母，告诉他们孩子对警察不说真话，要求他们带孩子来局里交代清楚，再决定把孩子关到哪里去。所以，等你放学后，我们就叫你父母过来，然后——”

“我就骂了一句，他就发狂了。”

“骂了他什么？”

格米支支吾吾，然后定在那儿了。

“我喊他‘狗屎脸’，但他骂我更难听。”他立马补充道。

埃伦迪尔做了个鬼脸。

“他居然打你，你没想到吧？”

“他就是个贱东西！”

“你就不是？”

“他们从不放过我。”

“他们是谁？”

“他的泰国和菲律宾朋友，他们总在药店后面晃悠。”

埃伦迪尔想起埃琳博格昨晚在车上整理案件细节时，提到过一群男孩在药店边上的事。

“他们组成了一个帮派？”

格米犹豫了，而埃伦迪尔正等着他的回答。埃伦迪尔知道格米正在盘算着到底是说出事实以赢得埃伦迪尔的好感，还是假装什么都不清楚，直接说不知道，并期望警察不要再追究下去。

“还不是那种帮派，”格米终究说了，“他们先开始的。”

“先开始什么？”

“贬损我们。”

“贬损你们？”

“他们自认为比我们更好，更重要，比我们冰岛人重要，因为他们来自泰国、菲律宾和越南。他们说那里的一切都比这里好，比这里更优越。”

“然后你们就打起来了？”

格米低下头盯着地板，没有回答。

“你知道尼冉的弟弟埃利亚斯的死是怎么回事吗？”埃伦迪尔问。

“不知道，”格米依旧低着头，“他没跟尼冉一块儿。”

“你是怎么向你父母解释你脸上的伤痕的？”

格米抬起头。

“他们在乎个屁！”

西于聚尔·奥利和埃琳博格出现在走廊里，埃伦迪尔告诉格米他可以走了。他们看着格米进了教室，关上了门。

“进展到哪儿了？”埃伦迪尔问。

“没什么进展。”埃琳博格说，“不过，确实有一个男孩说起过贾斯坦，就是那个冰岛语老师，说他是一个‘混蛋疯子’。我发现他成天惹事，不过具体什么事还不清楚。”

“我这边一切顶呱呱。”西于聚尔·奥利说。

“顶呱呱？”埃伦迪尔咆哮道，“你有必要像个白痴一样讲话吗？”

“什么？”

“没什么好‘顶呱呱’的！”

*

在医院里，不知哪间病房里的医疗器械隔一段时间就发出一阵哔哔声，但马里昂·布里姆的病房里却静悄悄的，他已经到了弥留之际。埃伦迪尔站在床尾看着他。马里昂似乎睡着了。他的脸上只剩下皮包骨头，眼窝凹陷，脸色煞白，形容枯槁。被子上面放着他修长的手指，因为长期吸烟，他手指发黄，指甲也变黑了。他已经躺在病床上好几天了，可是没有人前来探望。埃伦迪尔还曾专门问过这事儿。他想，估计也没有人来参加他的葬礼。马里昂一直都是单身一人，从没想过找个伴。看到马里昂的境遇，埃伦迪尔有时会想到自己孤独寂寞的晚年。

很长一段时间里，马里昂似乎都扮演着“埃伦迪尔的良心”这一角色，从不倦于过问他的私生活，特别是他离婚一事，以及他和他两个没人照顾的孩子之间的关系。埃伦迪尔对马里昂是有几分敬重的，但对他爱打听这点深恶痛绝。他俩的谈话最后常常以大吵大闹告终。马里昂则自认为是自己造就了埃伦迪尔。他是埃伦迪尔的上司，在埃伦迪尔进入雷克雅未克警察局工作的最初几年，他对埃伦迪尔进行了非常严格的培训，今天的埃伦迪尔有一半是马里昂调教的结果。

“难道你不打算为孩子们做点什么吗？”马里昂曾以说教般的语气问过他。

当时他们在一个黑暗的地下室公寓里站着。三个渔民聚在一起吸毒狂欢了一周，之后相互打了起来。其中一人辱骂了同伴的女朋友，结果同伴掏出刀子捅了他三下。那人被紧急送往医院，但伤势过重，最终死亡。两个同伴已被扣押。案发现场到处都是鲜血。当被捅的同伴因失血过多几乎快死掉时，另外两个酒兴正浓。一个送报纸的女人透过地下室窗户发现一个男人躺在血泊中，便打电话报了警。另外两个人都喝得酩酊大醉，醒酒之后都不知道发生了什么事。

“我正在努力，”埃伦迪尔看着地上的血泊说，“这不是您应该操心的事。”

“总得有人操心啊，”马里昂说，“从目前的情况来看，你不能过分感觉良好。”

“我怎么感觉的，这跟您没什么关系吧。”埃伦迪尔说。

“影响到你工作，就跟我有关系了。”

“不会影响到我的工作，我会解决的，您别愁了。”

“你觉得他们以后会怎么样？”

“谁？”

“你的孩子们。”

“请别提这事了。”埃伦迪尔说，盯着地板上满地的鲜血。

“你该停下来，好好想想：成长中没有父亲的陪伴，孩子们是什么感受。”

血淋淋的刀横放在桌子上。

“这不是什么谋杀谜案。”马里昂说。

“这个城市里就没见几桩谋杀谜案。”埃伦迪尔说。

*

现在，埃伦迪尔看着病床上那具已萎缩的身体，才明白当时他没有理解的事情：马里昂在极力帮他。为什么离婚时对两个孩子丢下不管，事后也没有争取过孩子们的抚养权？对于这些问题，埃伦迪尔无法给自己一个满意的解释。他的前妻也因此对他怨恨有加，发誓绝不会让他碰这两个孩子，哪怕一天也不行，而埃伦迪尔也并未争取抚养权。当他意识到自己的两个孩子已长大成年，看到他们的生活状态，他感到这辈子没有比这更令他感到后悔的事了。

马里昂慢慢地睁开眼睛，看见埃伦迪尔站在床尾旁边。

埃伦迪尔忽然想起了母亲的话，她曾谈到去探望一位住在东部海峡的亲戚，那人躺在病榻上，她就在他病榻边坐着。母亲回来时说那人“看起来那么干瘪古怪”。

“可以……给我念念……埃伦迪尔？”

“好的。”

“你的故事，”马里昂说，“还有……你弟弟的。”

埃伦迪尔什么也没有说。

“你说过的……一次……那事就在……你经常读起的一本书里。”

“是的。”埃伦迪尔说。

“你会……念给……我……听吗？”

就在这时，埃伦迪尔的手机响了起来。马里昂看着他。那是一个下雨天，埃琳博格和他坐在区法院羁押犯人的警车上，她把他的手机铃声设置成了贝多芬第九交响曲。

《欢乐颂》回荡在这间小病房里。

“这是什么曲？”马里昂问，强剂量的止痛药让他眼神恍惚。

埃伦迪尔从上衣口袋里掏出手机应答，同时铃声戛然而止。

“喂？”埃伦迪尔说。

他能听到电话那头有人在，但却没人应答。

“喂？”他提高了声音再次问道。

无人应答。

“您是哪位？”

他正要挂断的时候，那头却先挂断了。

“我会的，”埃伦迪尔说着把手机放回上衣口袋里，“我会给把那故事念给你听的。”

“希望……这……早点结束，”马里昂说，他的声音嘶哑，微微颤抖，仿佛用了很大力气似的，“度过……这一切……不好玩。”

埃伦迪尔笑了。此时，他的手机又响了，还是《欢乐颂》的铃声。

“喂？”他说。

电话那头仍没人应答。

“搞什么鬼，”埃伦迪尔呵斥道，“你是谁？”

电话那头依旧沉默。

“你到底是谁？”埃伦迪尔再次问道。

“我……”

“喂？你好？”

“哦，上帝，我不能这么做！”一个微弱的女人声音在他耳边低声说。

埃伦迪尔被这绝望的声音吓了一跳。起初，他还以为是女儿打来的，因为她身陷困境的时候会打给他，哭着寻求帮助，但这次并不是埃娃。

“您是哪位？”埃伦迪尔说，当听到电话那头是个哭泣的女人时，他的语气变得格外温和。

“哦，上帝……”她仿佛连一句完整的话都说不了。

双方沉默了片刻。

“不能再这样下去了。”她说完就挂掉了电话。

“什么？喂？”

埃伦迪尔朝着手机大声喊叫，但只听到电话里的挂断声。他核查了来电显示，但是空白。他看到马里昂又睡着了，然后又看了看手机，突然他的脑海里浮现出一个女人惨白色的脸在波涛里漂浮着，用了无生气的眼睛看着他。

11

埃伦迪尔坐在审讯室里，满脑子想着在医院里接到的那个电话。“哦，上帝，我不能这么做！”那微弱的声音在他的脑海里一遍又一遍回旋，他不由自主地想到，可能是圣诞节前失踪的那个女人。这么多天了，她第一次跟他联系。她很容易就能从警察局总台获取他的手机号码，也就是他的工作电话。有时，他的名字也会出现在与警方调查有关的新闻报纸上，如之前失踪女人的报道，又如现在埃利亚斯的死亡案件。埃伦迪尔还不能确定打电话的就是那个失踪女人，他没听过她的声音，不过他打算一有机会就会和她丈夫谈谈。

他记起曾经在一本书里看到，一开始就不忠的婚姻或爱情仅有百分之五能够维持到最后。这个比例可不怎么高，他甚至不确定，出现了背叛行为后，到底还能不能建立起相互信任的关系。说是背叛可能还有些残酷，也许之前的感情就已经变质了，所以才会在某个敏感的时刻燃起新的爱情。这种事以前就有，从没消失过。根据失踪女人的朋友们所说，她觉得自己找到了真正的爱情，全身心地爱着她的新丈夫。

她离婚后，那些和她密切来往的朋友们反复强调这一点，埃伦迪尔在寻找她失踪理由时就发现了。她同第一任丈夫离婚，然后与现任丈夫再婚，也举行了像样的婚礼仪式。据说，她以前踏实肯干，而后突然就好像变了一个人。朋友们并不怀疑她是真心爱着她的新丈夫的。她的一个闺蜜讲，她常常暗示自己之前的婚姻已经走到了尽头，而她自己则"完全变了一个人"。埃伦迪尔让那个闺蜜说得具体点，于是得知，那个女人离婚后兴高采烈，期待着崭新的生活，好像她从来没有这样开心过。在一个美妙的夏日，他们举行了一场盛大隆重的婚礼，由一个很受欢迎的副主教主持，一大群客人前来祝贺这对夫妇。他们在托斯卡纳[1]度过了三个星期的蜜月，回来的时候轻松悠闲，皮肤黝黑，喜气洋洋。

婚礼美妙极了，唯一的缺憾是她的孩子们没来参加，她前夫拒绝让儿女们参加这场他称之为"马戏表演"的婚礼。

没过多久，相互的期待与兴奋就消退殆尽，失望和沉闷取而代之。她的朋友们描述，她一点一点被悲伤和悔恨折磨得无法承受，对以前的家庭满心愧疚，最后几近崩溃。此外，新丈夫的前妻还指责她破坏了他们的家庭，这更增添了她的痛苦。她忙着争夺自己孩子的监护权时，新丈夫的孩子们却搬来与他们同住，这时时提醒着她对自己孩子的过错，在这期间，她还遭受着严重抑郁症的折磨。

1 托斯卡纳：意大利度假胜地。

这不是她新任丈夫第一次因婚外情而离婚，埃伦迪尔发现他曾有过三段婚姻。埃伦迪尔找到了他的第一任妻子，她住在哈夫纳夫约杜尔，早已再婚并有了一个孩子。离婚的过程如出一辙。他为自己找各种不待在家的理由，要开好多天的会、要去全国各地出差、要参加高尔夫之旅。然后有一天，出其不意地，他宣布两人的关系结束了，彼此有隔阂了，马上准备搬走。所有的一切像晴天霹雳一样击中了他的妻子，她并没有意识到两个人的关系有任何怠倦，只知道他总是不在家。

埃伦迪尔也同他的第二任妻子谈了话，她没有再婚，他觉得她还没有走出离婚的阴影。她很详细地讲述着离婚过程，一直在指责自己不够小心警惕。埃伦迪尔试着安慰她，说她摆脱这种男人是幸运的。她淡淡一笑。“我主要是为孩子们着想。”她根本不知道，那男人在开始追求她的时候就已经是有妇之夫了。他们在一起几个月后，他才胆怯地说有事要告诉她。那天他们去了一家乡村小旅馆，是他邀请她去那儿过夜的。晚上，两人坐在餐厅里，他宣布说自己有一个妻子。她难以置信地盯着他，他很快补充说，他的婚姻已然破灭，离开妻子是迟早的事。那男人就这样讲述着。她斥责他隐瞒自己的婚史，但他还是设法让她平静了下来，并说服了她。

听到他前妻们的说法以及失踪女人朋友们的话语后，埃伦迪尔开始对这个丈夫产生了厌恶。埃伦迪尔知道，时间过去得越久，她已经自杀的可能性就越大，更别说她还患有抑郁症了。但那通意想不到的电话点燃了他心中的一丝希望，他希望事实并非如此，希望她离开新婚家庭，只是不想让丈夫发现她的行踪，不想让他知道她在躲着他，却不知该找谁帮忙。

童话般的婚礼才过去刚刚两年，女人就跟一个闺蜜窃窃私语，说她的丈夫开始参加一个她从来没有听说过的周末高尔夫锦标赛。

*

在审讯室里，埃伦迪尔回过神来，对坐在身旁的西于聚尔·奥利点了点头。现在，审讯可以开始了。坐在他们面前的男子四十岁刚出头。从二十岁起，他就反复与警察打交道了，所犯之罪各种各样，严重程度大有不同：盗窃、抢劫和袭击，有些还很残暴。他住在距离苏妮和孩子们两个街区远的地方。警方拟定了一份可能途经埃利亚斯放学回家之路的惯犯名单，而他位列“榜首”。

早晨一上班，警方盘问他时就申请了搜查令。在他的公寓里发现了大量色情物品，包括儿童色情，这足以再次对他提起控告。

他叫安德瑞斯。他一会儿看看埃伦迪尔，一会儿看看西于聚尔·奥利，做着最坏的打算。他一副老酒鬼的蠢态：昏昏沉沉、睡眼惺忪，一对小眼睛躲躲闪闪、满是狐疑。他的个子矮小，但粗壮敦实。

埃伦迪尔认识这人，他曾多次逮捕过安德瑞斯。

“你们这么折腾我，是为什么？”安德瑞斯问，长期醉酒让他衣衫褴褛，粗陋不堪。他一个接一个地打量着他们。“这是在干什么？”他抬高了嗓门，以让自己更显得男子气一些，但结果却发出了有些尖锐刺耳的声音。

“你认识一个叫埃利亚斯的男孩儿吗？他就住在你家附近。”埃伦迪尔问，“他十岁大，深色皮肤，有一半泰国血统。”

他们之间的桌子上放着一台录音机，磁带轻声地转着。鉴于安德瑞斯被拘时的醉态，他很可能声称没有听说埃利亚斯的谋杀案。不过，他说的话没有一个字可信。

“我不知道什么埃利亚斯，”安德瑞斯说，“你要指控我？指控我什么？我什么都没干，你凭什么盯上我？”

“别紧张。”西于聚尔·奥利说。

“埃利亚斯是谁？你在说什么？”安德瑞斯看着埃伦迪尔说。

“还记得你昨天下午在哪里吗？”

“在家里，”安德瑞斯说，“就在家里，一整天都在，我是说昨天一整天。你说的到底是哪个孩子？”

“一个十岁的小男孩,在距离你家两个街区远的地方被刺死。”埃伦迪尔说，“昨天有人跟你在一起吗？有谁可以证明你不在犯罪现场？”

“一个男孩死了？”安德瑞斯震惊地说，“是谁？是谁捅死的？”

“你知道今天几号吗？”埃伦迪尔问。

安德瑞斯摇了摇头。

“请对着录音机讲。”西于聚尔·奥利说。

“我不知道。我没有伤害过任何男孩。我不知道什么袭击，什么都不知道，我什么错事都没有做。为什么你们就不能放我走呢？”

“你认识那个男孩吗？”埃伦迪尔问。

安德瑞斯摇了摇头。西于聚尔·奥利指着录音机示意他对着录音机讲话。

“我不知道你们在说什么。”

“他有一个哥哥，比他大五岁，”埃伦迪尔说，“那家人去年春天搬到你家附近。而你在那儿住了五年多，一定留心过外地人，你肯定了解周围发生的事，不要打哑谜。”

“打哑谜？我可什么都没干！”

“你认识这个男孩吗？”埃伦迪尔问道，并从上衣口袋里拿出埃利亚斯的照片，将它递给了安德瑞斯。

他仔细打量着孩子的脸。

“我不认识他。”他说。

“你从来没有碰见过他？”埃伦迪尔问。

埃伦迪尔在进审讯室之前就获悉警方彻底搜查了安德瑞斯的公寓，但没有任何迹象表明，埃利亚斯或尼冉曾经去过那里。不过，当警察进入他的公寓时，安德瑞斯就表现得很不正常。当警察敲门时，他没有开门。警察破门而入时，扑面而来的是一股令人难以忍受的恶臭味。当时他的公寓大门反锁着，安德瑞斯在床下躲着。警察拖他出来的时候，他大声呼救，还一个劲地拍打着两旁的人，显然不知道他是在警察手中，而是以为在对抗某个假想的对手，还多次求饶。

“可能在附近看到过他，但不认识，”安德瑞斯说，“我没碰过他。”

他的眼珠来回转着，好像要下定决心，但又犹豫不决。或许他还想讨价还价，趁机摆脱。西于聚尔·奥利正要说话，但埃伦迪尔拉住了他，示意他保持安静。安德瑞斯对此倒是很满意。

“如果那样，你们会放过我吗？”他终于又开口说道。

“如果什么？”埃伦迪尔说。

“如果那样，你就会放我回去吗？”

“你家里满是儿童色情的东西。”西于聚尔·奥利说道，丝毫不掩饰语气中的厌恶之感。西于聚尔·奥利一贯如此，埃伦迪尔也曾经提醒过，让他不要流露出对罪犯的鄙视。一个中年惯犯，还老是干着同一类坏事，这是西于聚尔最恼怒的一类人了。

“如果哪样？”埃伦迪尔又问道。

“如果我都说出来的话。”

“我告诉过你不要打哑谜，”埃伦迪尔说，“有什么话直说，别绕弯子。”

“我猜他搬到这儿有一年了。”安德瑞斯说。

“埃利亚斯是春天搬来的，我说过的。”

“我说的不是那个孩子。”安德瑞斯说着，两只眼睛从他们每个人的脸上扫过。

“那是谁呢？”

“他老多了，成了个‘老饭桶’。这是我注意到的第一件事。”

“你在说些什么？”西于聚尔·奥利呵斥道。

“一个比我更色情的人，在我看来。”安德瑞斯说。

西于聚尔·奥利和埃伦迪尔交换了一下眼神。

“我从来没有杀过人，”安德瑞斯说，“你知道的。你要相信我，埃伦迪尔。我从来没有杀过人。”

“少套近乎。”埃伦迪尔说。

“我从来没有杀过人。”安德瑞斯重复说道。

埃伦迪尔静静地看着他。

“我从来没有杀过人。”安德瑞斯再次说道。

“你扼杀了你所触及的一切美好。”埃伦迪尔说。

“你刚才说的男人是谁？”西于聚尔·奥利问道，“什么人搬了过来？”

安德瑞斯瞪着埃伦迪尔，并没有回答。

“那个人是谁，安德瑞斯？”埃伦迪尔问。

安德瑞斯从桌子那侧探过身来，微微低下头，像一个上了年纪的阿姨亲切地问候小孩儿一般。

“他是我永远无法摆脱的噩梦。”

12

埃琳博格来到了尼冉兄弟俩搬家之前就读的学校。这会儿，她正等着见埃利亚斯以前的老师。得知会议即将结束后，她便坐在离这位老师最近的教室外面，想着自己最小的孩子，她的女儿。她得了胃肠型感冒，正待在家里。她的丈夫是个汽车修理工，上午他先照看女儿一会儿，下午埃琳博格会接替他。

教室的门开了，一个中年妇女向她打着招呼。会议期间，她得到通知说警方想和她谈谈。埃琳博格同她握手，介绍了自己，说需要跟她谈谈关于埃利亚斯被谋杀的事——毫无疑问，她肯定也听说了，并难过地点了点头。

“开会的时候我们也在讨论这事，”她低声说，“简直无法用言语来形容这种……暴行。居然有人做这种事？世上竟还有伤害孩子的人？”

“我们会找到真凶的。”埃琳博格说。她朝四周看了看，希望找到一个不被打扰的地方，两个人好好谈一谈。

这位女老师名叫艾米莉亚，身材娇小，扎着长长的马尾，头发有些灰白。她说可以坐在教室里：孩子们在上音乐课，教室是空的。埃琳博格跟着她进去。教室的墙上贴着孩子们的绘画，从火柴人到肖像画，有的稚嫩，有的已经很娴熟了。埃琳博格注意到几幅传统画作：冰岛农舍，山脚下明亮的蓝色天空，朵朵白云，还有灿烂的太阳。她记得这是自己学生时代绘画的经典主题，又默默地惊讶它的延续之久。

“这是埃利亚斯画的。”艾米莉亚从教室的讲台抽屉里拿出一张画时说道，“他离开这所学校以后没人来取走这幅画，我也不想把它扔了。这幅画展现了他小小年纪却有着非凡的绘画天分。”

埃琳博格接过画。老师说得没错，埃利亚斯的绘画天赋确实少见。他画的是一张女人的脸，有着大得不自然的棕色眼睛，黑色头发和灿烂的笑容。整幅画色彩明艳。

“画上的人应该是他的妈妈。可怜的人儿啊，要经受这种磨难。”艾米莉亚面带微笑说。

“他入学时你就教他吗？”埃琳博格问。

“是的，从他六岁起，我想，也就是四年前。他是一个多么可爱的小男孩啊，一个小小梦想家。有时候，他无法专心功课，我还花了不少精力让他集中注意力呢。他会连续发好几个小时的呆，在他自己的世界里游走。”

艾米莉亚停下来，陷入沉思。

“苏妮一定很难过。”她说。

“是啊，确实够她受的。”埃琳博格说。

“她那么爱孩子们，”老师指着画说，“他们两个我都教过，埃利亚斯和他的哥哥尼冉。尼冉的冰岛语说得一点也不好。有人跟我说，他们在家里主要讲泰语。我曾和苏妮讨论过这件事，告诉她这会给孩子们带来麻烦。她的冰岛话说得也不怎么好，她开家长会的时候还有译员作陪。”

“孩子父亲呢？你认识他吗？”埃琳博格问。

“完全不认识。他从来没有参加过学校的任何活动，没有来圣诞派对或者任何类似的活动，例如家长会。总是他妈妈一个人来。”

“搬新家和换新学校对埃利亚斯来说或许很难，”埃琳博格说，“他不一定适应了新的学校，也没有结交任何新朋友，他总是独自一人打发时间。”

“我完全相信，”艾米莉亚说，“我记得他刚来的时候就那样。我感觉他一步也不能离开他妈妈。我和生活管理员花了好几年的时间才让他放松，让他明白就算苏妮离开，也不会有什么问题。”

“尼冉呢？”

“这对兄弟大不相同，”艾米莉亚说，“尼冉很强悍，哪里都有他，而且从来不会让自己哭鼻子。”

“他们兄弟俩相处得好吗？”

“在我看来，尼冉把弟弟照顾得很好，而且我知道埃利亚斯很崇拜哥哥。他画了很多尼冉的画。他们的区别是：埃利亚斯想要适应，成为班级的一部分；尼冉则更多的是反叛，冲撞同学、老师、学校领导、高年级的学生。班上移民过来的孩子有五六个，尼冉与他们走得很近。他们一直我行我素，很少做作业，因为他们对冰岛历史之类的东西完全没有兴趣。有一次，他们与几个冰岛孩子打起来了，那都是在放学后，在傍晚时候，两伙人用棍子打，还打破了窗户玻璃。你听说过那种事吧，你肯定很熟悉。”

“我们听说过，”埃琳博格说，“一般情况下，那都与女孩子有关。”

“两个斗殴团伙的头儿上个学年就从这里搬走了，因此打架斗殴也消停了，到后来这种情况极少发生。之后埃利亚斯和尼冉换了学校，我也就再没有见过他俩了，直到在新闻里看到这个惨案，我实在想不明白怎么会这样。”

艾米莉亚讲得飞快，急促得几乎有些含糊。埃琳博格不想听一大堆废话，对她连珠炮似的问题避而不答，例如，离开这里之后两兄弟过得怎样，苏妮的情况怎么样。艾米莉亚是一个八卦的女人，而且毫不避讳。埃琳博格挺喜欢她，但却不愿透露任何有关本案的细节，只说目前侦查工作刚开始。艾米莉亚的好奇心也可以理解，媒体都在关注埃利亚斯谋杀案。警方已经约谈了百十来人，包括苏妮的邻居们、公寓大楼附近的住户、学校的老师同学，还有附近的商家。埃利亚斯的照片在他遇难当天便被分发下去，以便追踪他当时的行动迹象。警方呼吁在他放学回家路上可能见到过他的目击者能站出来说明，但至今还没有获得任何具体线索。警方唯一确凿的是，埃利亚斯出事的时候正独自放学回家。

埃琳博格笑着看了看时间，然后感谢艾米莉亚详尽的回答。艾米莉亚陪着她，两人一起沿着走廊来到出口处，握了握手。

“这么说，你们还没什么进展？”艾米莉亚问道。

“还没有，”埃琳博格说，“结案还早着呢。”

“好吧，”艾米莉亚说，“碰巧想起来了，我就……苏妮还和那个男人在一起吗？”

“什么？”

“那是埃利亚斯画过的一幅画，”艾米莉亚赶忙说，“在画里面，他的母亲——他经常画的——身旁还有个男人。那是春天的时候，他们一家刚搬走，但孩子们还在这所学校。我还记得当时顺口问了一句埃利亚斯那是谁。”

“这难道只是顺口问的？”埃琳博格心里这么想着，艾米莉亚似乎也意识到了自己有多八卦。

“他说那男人是他母亲的朋友。”

“是吗？”埃琳博格说，“你问他那男人叫什么了吗？”

“我当然问了，”艾米莉亚笑着说，“埃利亚斯说他不知道，或者他不想告诉我。”

“画里的男人？”

“他很有可能是个冰岛人。”

“冰岛人？”

“没错！我不想多管闲事，但我感觉埃利亚斯很喜欢他。”

*

安德瑞斯靠在审讯室里的一个椅背上。录音带转到了尽头，发出“咔嚓”一声，停了下来。西于聚尔·奥利拿出录音带，转了一面又重新开始录音。埃伦迪尔一直盯着安德瑞斯。

“你永远无法摆脱的噩梦是什么？”他问，“你想要表达什么？”

“我不信你真想听，”安德瑞斯说，“我不相信有人想听这么邪恶的事。”

“那人是谁？”西于聚尔·奥利问道。

“你的意思是，他对你做了什么？”

安德瑞斯没说话。

“你的意思是他是一个恋童癖？”埃伦迪尔问。

安德瑞斯沉默地坐着，看着埃伦迪尔。

“我好多年没看见他了，”他终于开口说道，“很多年了，直到突然……我想是一年前。”他又停了下来。

“然后呢？”

“就像见到了杀死自己的刽子手，”安德瑞斯说，“他没有看见我，也不知道我发现了他的行踪，但我知道他住在哪儿。”

“哪儿？他住在哪儿？他到底是谁？”西于聚尔·奥利向安德瑞斯抛出一连串问题，但他坐在那里完全不为所动，只是看着西于聚尔·奥利，好像这些问题与他毫不相干。

“哪天我很可能会去找他，”安德瑞斯说，“去打个招呼，我想我现在能应付得了他了，我想我能打赢他。”

“你那估计是酒后之勇。”埃伦迪尔说。

安德瑞斯没有回答。

“你会先跑掉躲起来吧？”

“我一直躲着，你应该知道我把自己藏得多好。我一直在找新的藏身之地。越不显眼越好。”

“你认为是他伤了那个男孩？”埃伦迪尔问。

“也许他早就不那么干了，我不太清楚。就像刚才说的，我这些年也没见过他，而突然间他成了我的邻居。过了这么多年，他突然又从我家对面那条街上走过。你无法想象当他从那儿走过时我到底看到了些什么。我的意思是，我这里看到的。”安德瑞斯说着，用食指点了点自己的太阳穴。

“你认为他是有过前科的恋童癖者？”埃伦迪尔问。

“我怀疑他是。我更怀疑他没留下记录。”

“你会告诉我们如何找到他吗？”西于聚尔·奥利问。

安德瑞斯没有回答。

“他是谁？”西于聚尔·奥利换种方式问，“我们可以帮你找到他。如果你想起诉，我们可以在你的帮助下逮捕他。你想要我们这么做吗？告诉我们，他是谁，我们把他抓起来。”

安德瑞斯开始笑了起来。

“这家伙简直在胡说八道。”他说着，看了埃伦迪尔一眼。

然后，他突然不笑了，往前朝西于聚尔·奥利的方向倾过身去。

“有谁会相信像我这样的卑鄙小人呢？”

埃伦迪尔的手机响了起来，《欢乐颂》的铃声在整个审讯室里响起。他讨厌这个铃声，迅速掏出电话，按下了接听键。西于聚尔·奥利看着他。安德瑞斯一声不吭，不肯交代。埃伦迪尔听着电话，脸色瞬间阴沉下来。还没说声“再见”，他就挂了电话，一边咒骂一边迅速站起身来。

“真是的，一团乱麻！还嫌不够乱吗？”他咬牙切齿地说着，冲出了房间。

*

在苏妮家门口站岗的警察在返回公寓楼时又想了想。那个翻译古蕾突然从车窗里探出头来，请他去给那对泰国母子买些面包和牛奶。当时就只有那对母子在公寓里。他在部队待过两年，觉得干警察也糟糕不到哪里去。他曾赶上市中心周末庆祝活动高峰期，堵在路上动弹不得，也曾被派去处理非常惨的交通事故，但他都不介意。大家称他大有前途，他也努力地想在警局里晋升。现在，他又被指派去看护那对泰国母子。整个上午，不同机构里的各种专家们成群结队地爬上楼来到苏妮家，他站在楼下，询问那些人的名字、职业和所来事由，放他们上楼去，然后又看着他们一个个下楼来。泰国女人只想和儿子单独待在家中，他很能理解，她遭受的事太惨了。

接着，古蕾匆匆跑下楼，递给他一些钱和一小张购物清单，请求他给楼上的母子买些东西。他婉言拒绝了，微笑着摇摇头，说他不得离开这里。很遗憾，他帮不了忙，他是名警察，不是跑腿的小孩。

“只要五分钟就好，”译员说道，“我原本想自己去，但我真的赶时间。”

然后她跑了出去，开车走了。

他站在那儿，手里拿着钞票和购物清单，内心挣扎了一番，不过只有一小会儿，然后，他也匆匆离开了。他根本没去多大一会儿，他也是这么对埃伦迪尔说的，可埃伦迪尔把他训斥了一顿，他几乎都要哭出来了。也许他当时应该打电话寻求帮助，他完全不该去办那个可笑的差事。这让他想起自己小时候母亲总是派他到商店里买东西。也许这就是问题的关键：他按习惯行事，竟然忘记了自己当时的身份。在去购物的路上，他还翻了翻写满名人离婚绯闻八卦的烂杂志，但不敢把这事告诉埃伦迪尔警长。这个老家伙为此事操碎了心，他担心说多了会把他气疯。

他和西于聚尔·奥利稍微有点熟。西于聚尔·奥利可得管管这位警察。

他从店里回来，跑上楼梯，按了门铃，接着，他又敲了敲门，但却没人回应。最后，他推门而入，并喊道："有人吗？"门没有锁，也没有人回答他。他在公寓里找来找去，四处呼唤，但没有任何人回应他：公寓里没人了。

他站在那里，手里拎着塑料购物袋，傻了眼，几乎没勇气上报警局：苏妮和她的儿子消失了。

13

虽然那名警察的失职简直让人难以置信，但埃伦迪尔并没有因苏妮和尼冉的消失而归咎于他。他坚信，那对母子是在译员古蕾的帮助下躲藏了起来。她说服警察离开，然后开车送走了他们，去了她绝对不会说的地方。问完那名警察后，埃伦迪尔就去找古蕾了。同时，警方也在寻找苏妮可能带孩子去哪儿的线索。苏妮的电话没有来电显示，但埃琳博格向地方法院申请提取苏妮上个月呼入和呼出的电话记录单。

埃琳博格打电话给埃伦迪尔，讲了她同埃利亚斯转学之前那个学校老师的谈话情况。

“你不觉得她逃跑是在保护他吗？”当听埃伦迪尔说到死者母亲和她大儿子失踪一事时，她说。

“大概也说得通，”埃伦迪尔说，“但现在的问题是，她是在保护他免遭谁的伤害。”

“或许他对她说了什么。”

埃伦迪尔刚挂掉埃琳博格的电话，他的手机就又响了。缉毒队的负责人告诉他，他们发现了一个在学校操场兜售毒品的女孩儿。她此前并没有与缉毒队打过交道，但她姐姐可是“老熟人”了，是个因吸毒而多次被捕的顽固“瘾女子”。这姐妹俩还有一个哥哥，因过失杀人目前正在监狱服刑——他在雷克雅未克市中心袭击了一名路人，结果那人因伤致死。

“多么优秀的一家啊。”埃伦迪尔说。

“都是极品，”缉毒队的负责人说，“你要跟这姐妹俩谈谈吗？”

“可以，把她们带过来吧。”埃伦迪尔说。

就在这时，古蕾出现了。埃伦迪尔挂断了电话，并把手机放进大衣口袋里。

“他们在哪儿？”他朝古蕾走去，语气坚定地说道，“他们为什么要跑掉？你把他们带到哪儿去了？”

“你把这事的责任全推到我身上？”她反问道。

“是你把看守的警察支开，”埃伦迪尔说，“然后回来把他们接走的。我们想知道你对他们做了什么。我能够以妨碍公务罪把你关起来，我绝不会心慈手软。”

“这跟我一点关系也没有，”古蕾说，“我没有把他们接走又藏匿起来，你也不要威胁我。如果你想‘关我’，那么随你的便。”

“我们需要你做出答复，”西于聚尔·奥利听到他俩的对话后，从走廊走到卧室说，“你是最后跟他们讲话的人。他们为什么不见了？”

“我一点也不清楚，”古蕾叹了口气说，“当警察联系到我的时候，我同你们一样震惊。在我离开他们大约——”她看了一眼手表说，“——大约四十五分钟前，没有一点迹象表明苏妮当时正谋划着要逃走。她说她需要买些东西，而我开会快要迟到了。那名警察也够好心，帮忙去买东西。我一点也没料到她在谋划着什么，她没有跟我说起过。信不信由你们。我对此真的是一无所知。”

“你知道他们可能会去哪儿吗？”西于聚尔·奥利问。

“不知道,我什么都不清楚。我甚至不知道他们是否藏起来了。她可能一会儿就回来了。也许只是突然想出去走走，也许她根本没有藏起来。你们想过没有？”

“今天早上她联系过什么人吗？”西于聚尔·奥利问。

古蕾告诉他们，今天一大早，她就来到苏妮家。当时门口有一名警察，大楼前面的停车场停有一辆巡逻车，车里坐着另外两名警察。然后，巡逻车被叫走了。苏妮马上告诉她说希望能与尼冉单独待一会儿，他的状态很糟糕，她想了各种方法让他开口，但都没成功。如果她都没法让他说话，那么警察或任何专家都不可能了。她需要一点时间与尼冉单独相处，这样才能让他从自闭状态恢复过来。他弟弟的死对他的打击显然非常大，她要尽最大努力帮助他，这是此时此刻的头等大事。古蕾和他们坐在一起，尽力协助，但是当苏妮发现她需要离开去开会时，她就说她要从商店买些东西。

“她知道警车已经走了吗？”埃伦迪尔问。

“是的，她看着车子走的。”

“那警车是怎么回事？”埃伦迪尔问西于聚尔·奥利，他早就知道原因。原来几个街区外的一个繁忙路口出了一场严重车祸，那辆警车离事故现场最近，所以就被派去处理交通事故了。紧急出动时，警察们并没有预见到会出问题。

埃伦迪尔无奈地摇了摇头。

“苏妮的男朋友是谁？”他问古蕾。

“我跟你说过我不知道她什么男朋友。”古蕾警惕地说。

“她有可能去他那儿吗？”埃伦迪尔说。

“她看上去并没有多少地方可去。”西于聚尔·奥利说。

“那人是谁？”埃伦迪尔怒视着西于聚尔·奥利，他总有打断别人谈话的习惯，这让埃伦迪尔很生气。

“我没听说过她什么男朋友，”古蕾重复道，“她可能去了她前婆婆家，或者去了她弟弟家，你们查过了吗？”

“这会是我们首先要检查的地方。”埃伦迪尔说。

这个时候埃琳博格赶来了。

“他们怎么不见了！”她问，“不是有人看护着吗？”

“她害怕了，”古蕾说，“处在这种境地，谁会不怕？如果她跑了，那肯定是为了保护她唯一幸存的儿子。那是她当时唯一想要做的。显然，她不信任你们，她相信自己，她总是这样。”

“为什么不信任我们？”埃琳博格说，“她有什么理由不信任我们？”

古蕾看着她。

“我不知道，”她说，“我无法回答你这些问题。”

“她的男朋友是谁？”埃伦迪尔问，“他和苏妮有什么关系？他们是什么时候认识的？苏妮和她丈夫离婚是因为他吗？他和孩子们熟吗？他跟他们相处得怎么样？”

古蕾挨个把他们三个人看了一遍。

“她近来认识了一个人。”她终于说道。

“嗯，然后呢？”埃伦迪尔不耐烦地说。

“我认为她没和他在一起。我对苏妮和欧丁离婚的事一无所知。我也不知道这个男人闯进他们生活的确切时间。”

“那么，他是谁？”

“苏妮的朋友。”

“哪种朋友？”埃伦迪尔问。

古蕾看了看埃琳博格，然后看了看西于聚尔·奥利，最后看着埃伦迪尔，耸了耸肩。

“他有工作吗？你知道他住在哪里吗？”

“苏妮从来没有谈起过他，我甚至还不知道他的名字。”

“为什么你不觉得她去了他那里？你说她不会去找他。为什么你会这样想？”

“我只是感觉会这样。”古蕾说。

埃伦迪尔想起苏妮的前夫说过，她有一个男朋友，但他对那男人知之甚少。威罗特知道他，古蕾最后也承认了他的存在，埃利亚斯以前的老师艾米莉亚还认为他是冰岛人。

“他是冰岛人？”埃伦迪尔问。

“是的。”古蕾说。

“他们这种关系持续的时间长吗？”

“我不太清楚。”

“既然你提到信任，我想谈谈另外一件事。”埃伦迪尔说，“我知道你无法回答我们所有的问题，但是有一个问题我们无法回避，不论我们多想不提它，这就是尼冉的问题。现在苏妮带着他跑掉，这个问题就变得更加紧迫。”

“你到底在说什么？”古蕾问。

西于聚尔·奥利和埃琳博格交换了一下眼神，好像他们也不知道埃伦迪尔要干什么。

“她为什么要带着尼冉逃跑？”埃伦迪尔放低了声音问道。

“我不知道。”古蕾说。

“她想让他离开这个国家？”

“离开冰岛？”

“为什么不呢？”

“我认为她是在试图保护他，我这么想并不是因为我知道什么。我认为她不是试图让他离开这个国家，因为，首先我认为她不知道怎么去那样做。”

“她可能有认识的人。”

“无稽之谈！”

“她是在尽力保护尼冉，这我同意。”埃伦迪尔说，“我想，她跑掉藏起来，是因为尼冉最后跟她说了些什么。尼冉肯定知道发生了什么。”

“我不敢相信你居然认为他参与了谋杀自己的弟弟！”古蕾愤怒地说。

“我们必须查明所有的可能性，而苏妮带着孩子消失是没用的。她这么做可能是为了保护他，但也可能是她知道了些我们不知道的事。我猜，肯定是尼冉告诉了她一些重要的事情。”

“如果尼冉做错了什么事，苏妮一定会告诉我们的。我了解她，她不会替孩子遮掩什么。”

“我们必须考虑一切可能。”

“根本没有这种可能。”译员喊道。

“不要告诉我什么可能什么不可能。”埃伦迪尔说。

“至少你不能把他们软禁在这里，”古蕾说，“你不能把他们关在这个公寓里！他们有自由去自己想去的地方。”

“我不想他们再遭受任何不幸，”埃伦迪尔说，“他们要告知我们去向。我们得知道他们去了哪里。”

“胡说八道。”古蕾说。

“她在那儿！”

西于聚尔·奥利盯着走廊，苏妮就站在那儿，和她弟弟一起，但没有尼冉。

古蕾走过去，用泰语跟他们说着什么，威罗特回答了她。苏妮不安地看着埃伦迪尔。

“尼冉什么坏事也没做。”她说。

“他在哪儿？”埃伦迪尔问。

苏妮跟古蕾说了一会儿。

“苏妮不能保证自己能照顾好他，”古蕾说，“他在一个安全的地方。苏妮知道你要问她，但她说没有必要。尼冉什么也没做，也什么都不知道。他昨天一个人往家走，看到了警察，又看到了死去的弟弟，整个人都惊呆了。他躲藏起来，都无法和自己的妈妈交谈，直到今天早晨才敢开口说话。他对苏妮保证说，他不知道弟弟这是怎么回事。他没有参与其中，那天也没有看到或遇到埃利亚斯。他很害怕。”

“害怕什么？”

“害怕自己也会遭遇这种事。”古蕾说。

“你能告诉苏妮，她把尼冉藏起来没有什么好处吗？而且这样做会很可疑。在我们对案子调查的还不深入的时候，这甚至还有危险。我们还不清楚埃利亚斯是怎样遇害的，如果她认为尼冉有危险，就必须相信我们能照顾好他。目前，她这样做只会让事情变得更糟。”

埃伦迪尔一边说，古蕾一边翻译，但苏妮在她还没翻译完就开始摇头。

“尼冉没做什么。”她瞪了一眼埃伦迪尔，又说了一遍。

“请让她告诉我们，她的儿子在哪儿。”埃伦迪尔说。

“她说你们不用担心他，”古蕾说，“她请求你们还是去找杀害埃利亚斯的凶手。案子还没有任何新的进展吗？”

“没有。”埃伦迪尔说。他试着想象如果他处在苏妮的位置上，自己会做些什么，也许她这么做是对的。他也不清楚。

“我们听说你遇到了一个男人——一个冰岛人，”埃伦迪尔说，“我还没有机会向你问问他呢。”

古蕾帮忙翻译着。

“他跟这事没有任何关系。”苏妮说。

“那人是谁？”西于聚尔·奥利问，“你能告诉我们一些关于他的事情吗？”

“没什么好说的。”苏妮说。

“你知道在哪儿能找到他吗？”

“不知道。”苏妮说。

“他有工作吗？你知道他在哪里上班吗？”

“这不关你的事。”苏妮说道。

“你们之间是什么关系？”埃伦迪尔问。

“他是我朋友。”

“哪种朋友？”埃伦迪尔问。

“我不明白你的问题。”

“仅仅只是一个朋友？”

“是的，仅此而已。”

“你觉得他与你儿子被杀有关吗？”西于聚尔·奥利问。

“没有。”苏妮说。

“问够了吗？”古蕾问道。

埃伦迪尔点了点头。

“晚点我们会再和她谈，要让她明白藏起尼冉一点好处都没有。”

“是没什么好处，也许就只能救他一命，”古蕾说，“请试着站在她的立场上考虑，试着去了解她所遭受的一切。”

*

他们走下楼，上了埃伦迪尔的车。

“这翻译真是个人物，她谁呀？”埃伦迪尔问，并掏出一包香烟。

“你要抽烟吗？”坐在后座的西于聚尔·奥利问。

“古蕾吗？”埃琳博格说，“她在泰国生活了很多年，现在还经常去，她崇拜那里的山水人情，夏季的时候她还会做导游。我觉得她在这么困难的情况下做得还是很好的。我喜欢她。”

“她受不了你。”西于聚尔·奥利对埃伦迪尔说。

埃伦迪尔点燃了烟，抽了一口，把烟雾吹向后排。

“你从安德瑞斯那里问出什么了吗？”他问道。

西于聚尔·奥利在埃伦迪尔起身跑出去之后，继续留在审讯室里。他告诉埃伦迪尔，他想了很多办法让安德瑞斯说出最近搬到他家附近的是谁，但都无济于事。西于聚尔·奥利向埃琳博格描述了整个审讯过程。他认为安德瑞斯鬼话连篇，就是想把警方的注意力从自己身上移开，这都是老把戏。

“他拒绝向我描述，”西于聚尔·奥利说，“或者提供有关那人的任何细节。”

“如果那人在安德瑞斯还小的时候伤害了他，那他现在已经很老了。”埃伦迪尔说，“可能有六十多岁了吧。事实是，我认为这不是一起恋童癖案件。他们不是凶手，最起码没杀过人。”

调查进入第二天，警方仍然缺乏充足的证据来得出任何结论。案发当天，没有人知道埃利亚斯的任何行踪。在他被刺伤的那个变电站，有一条路通往一侧的车库，越靠近车库越窄。在附近街区楼房的顶层上可以俯瞰整个变电站，但没有一个居民看到了什么不寻常或可疑的事情。埃利亚斯遭到袭击的时候，附近居民几乎都不在家。

埃伦迪尔把注意力集中在对学校的调查上。埃琳博格告诉他，在两兄弟之前的学校里，尼冉曾是一个团伙的成员，他们由外来移民组成，参与过打架斗殴。她想了解尼冉是否把当年那一套带到了新学校。埃伦迪尔补充说，一个学生告诉他，尼冉一伙人会在这里的药店周围晃荡，有时还与同学发生冲突。

“所以现在我们知道的就有一个恋童癖、一个惯犯和一个冰岛男朋友，”西于聚尔·奥利说，“不要忘了，还有一个明显憎恨移民并在学校制造不良氛围的老师，真是不错的一帮人啊。”

显然，尼冉应该是这个案子的关键目击者，但他在母亲的帮助下消失了，或者躲藏起来了，这一事实更凸显了他的重要性。太蠢了，就让他这么溜走了。埃伦迪尔一想起来就满腔怒火，言辞激烈。他把一切都归咎到自己身上，全怪他自己，只怪他自己。

“我们怎么能预见这种事呢？”埃琳博格抗议说他反应过度了，“苏妮还是很配合的，没有任何迹象表明她会做那种愚蠢的事。”

“我们需要立刻跟苏妮的前夫、前婆婆和弟弟谈谈，”西于聚尔·奥利说，“他们是她最亲近的人，也是愿意帮助她的人。”

埃伦迪尔看着他们。

“我想，那个女人今天给我打电话了。”他顿了一会儿说。

“那个失踪的女人吗？”埃琳博格说。

“我觉得是。”埃伦迪尔说，然后告诉了他们他在医院里看望马里昂时接到的电话。

“她说‘我不能这么做’，然后就挂了电话。”

“‘我不能这么做’？”埃琳博格重复着这句话，“‘我不能这么做’是什么意思？”

“如果真是那个女人，”埃伦迪尔说，“而不是任何其他我所认识的人，那我现在就需要去找她的丈夫，告诉他她有可能还活着。我很久都没有那个女人的消息了，然后她却出现了，还给我打了电话。除非他知道到底发生了什么。‘我不能这么做’，这句话究竟是什么意思，好像他们在一起密谋着什么，难道他们参与了什么骗局？”

“她有没有巨额人寿保险？”西于聚尔·奥利问。

“没有，”埃伦迪尔说，“根本没有。这不是好莱坞电影。”

“你现在怀疑是她丈夫杀了她吗？”埃琳博格问道。

“那女人不应该还活着啊，”埃伦迪尔说，“所有迹象都表明她已经自杀了。那个电话太突兀了，无论是从哪个方面来讲。”

“你要跟她丈夫说什么？”埃琳博格问。

埃伦迪尔接到那个电话后就一直在想这个问题。他对男人的印象很不好，对他过去的经历了解得更多后，对他的印象就更差了。男人被贪得无厌的欲望驱使，一味地欺骗。他就是这种人，通奸让他着了魔。埃伦迪尔向男人的几个同事和朋友询问过，他们对他的印象都还挺好。好几个人说他很有女人缘，甚至有点风流成性，已经结婚了却还肆无忌惮地引诱其他女性。一位同事讲到一件事，同事们去一个俱乐部喝酒时，他跟一个对他有兴趣的女人调情，还偷偷地取下结婚戒指，将其深深地按进手边的一个花盆里。等到了第二天，他又不得不回到那里去挖回戒指。

这些都是男人遇到失踪女人之前的事了。埃伦迪尔认为这个女人不是风流浪荡的那类。男人给她设了圈套，自然也隐瞒了已婚的事实。后来他们越走越近，女人越陷越深，远远超过了她自己的想象，最后无法回头。他们彼此相困，难以挣脱。女人陷入了内疚、抑郁和孤独之中。埃伦迪尔问他妻子失踪前的精神状态时，他却不肯承认。他说她精神很好，“她从来没有说过感觉不好。”当埃伦迪尔紧紧追问他，说他妻子怀疑他婚后两年就有外遇的时候，他耸耸肩，好像在说那也不关埃伦迪尔的事。当埃伦迪尔进一步刨根问底时，那男人表示这是他的私事。

女人失踪时没有目击者。那天她打电话请了病假，独自一人在家。新任丈夫的孩子们与亲生母亲在一起。那男人下午六点左右回来的时候，她已经不在家了。那天白天他们没有联系过。到了晚上他还是没有收到她的音讯，便开始变得不安，无法入睡。第二天早上他去上班后，隔段时间就往家里打电话，但都没有人接。他联系了她的朋友们、同事们以及他认为她可能会去的各种地方，但都找不到她。一天过去了，他犹豫着该不该报警。第三天早上她还没回家，他才向警方报了案。他甚至不知道她离家时的穿着打扮。邻居们没有注意到她，他们的朋友以及她以前的朋友们全都不知道她的下落。他们共有的两辆车以及她自己的车子还停在屋前，而她也没有打车走。

埃伦迪尔想象着她独自离开家的情景：一个人向前走着，任由自己被冬季的黑暗吞噬。他第一次去他们家时，左右邻里的家门口都挂满了圣诞节的装饰品。埃伦迪尔心里想，那女人可能还不曾注意到那些节日饰品。

“在这种背景下建立的婚姻关系中，两个人永远都不可能建立起所谓的信任。”埃琳博格说，每次当她谈论到这种案件时，语气中总是流露出这种反感。

“这么说，就存在第四个女人的问题，”西于聚尔·奥利说，“真有第四个女人吗？”

“她丈夫断然否认自己有了外遇，我还没有证据。”埃伦迪尔说，“我们只知道他妻子觉得他在与某个女人幽会，烦恼不已。

她似乎后悔不已。”

“然后突然有一天，她看到你的名字和埃利亚斯的谋杀案一起出现在报纸上，她就给你打了电话。”埃琳博格说。

“就像从坟墓里出现一样。”埃伦迪尔说。

他们坐着，都沉默下来，想着那个失踪的女人、苏妮和公寓大楼后花园里的小埃利亚斯。

“你真的这么想吗？”埃琳博格问他，“我是说尼冉的事。他弟弟的事是他的过错？”

“不，”埃伦迪尔说，“我根本没这么想。”

“但她确实是在让尼冉躲避，不然她会把他留在家里。”西于聚尔·奥利说。

“也许他被吓坏了”埃伦迪尔说，“也许他们母子俩都被吓坏了。”

“尼冉可能与威胁他的人发生了口角。”埃琳博格说。

“也许吧。”西于聚尔·奥利说。

“至少他一定说过什么才会引起苏妮如此强烈的反应。”埃琳博格说。

“顺便问一下，马里昂怎么样了？”西于聚尔·奥利问。

“快走到头了。”埃伦迪尔说。

*

在海维费斯格塔警察局的一间办公室里，埃伦迪尔站在窗前，一边抽着烟，一边看着沿街飘舞的雪片。光线渐渐暗淡，城市缓缓步入黄昏，笼罩在渐浓夜寒下，直到沉沉睡去。

办公桌上的电话响了，说是一名年轻男子在前台找他，说自己叫辛德理。埃伦迪尔让他们马上请他进来，很快，他的儿子就出现在了他的办公室门口。

“我来附近开会，想顺路看看你。”他说。

“进来吧，”埃伦迪尔说，“开什么会？”

“匿名戒酒会，”辛德理说，“也在海维费斯格塔街道，在南边一带。”

“不冷吗，穿成这样？”埃伦迪尔指着辛德理穿着的薄薄的夏季夹克。

“还好。”辛德理说。

“坐吧，来杯咖啡？”

“不了，别麻烦了。我听说了那个谋杀案，是你在处理吗？”

“还有其他人。”

“有什么眉目了吗？”

“没有。”

辛德理之前住在东峡湾，在那儿的一个水产品加工厂工作，后来搬到了雷克雅未克。辛德理知道了埃伦迪尔童年时和他弟弟在埃斯基菲约泽荒野中遭遇暴风雪的故事，也知道了每隔几年埃伦迪尔都要重访那个儿时差点冻死他们的东部荒野。辛德理并不像他姐姐埃娃那样与父亲置气；一直以来，他都不太愿意和父亲有什么来往。然而，最近他变了，现在他经常会顺路过来看他，无论是在父亲家里或是在他工作的地方。见面也很简单，通常也就一根烟的时间。

“有埃娃的消息吗？”他问。

“她打过电话，问了问瓦格迪尔。”

“你的女人？”

“她不是我的女人。”埃伦迪尔说。

“埃娃说的可不是这样，她说那女人快搬来和你同居了。”

“瓦格迪尔让她很不开心？”

辛德理点点头，拿出一包烟。

“我不知道，也许她觉得你会把你的女人放在第一位。”

“放在第一位？超过谁呢？”

辛德理吸了一口烟，鼻子里喷出一股烟雾。

“超过她吗？”埃伦迪尔问。

辛德理耸耸肩。

“她跟你说了些什么？”

“没说什么。”辛德理说。

“埃娃已经好几个星期没跟我联系了，就昨天突然打了个电话。你觉得是不是因为这个？”

“有可能。我想，她正在振作起来，重新做人。她已经离开了那个毒品贩子，还告诉我她要再找一份工作。”

“她不总是这么说吗？”

“也对。”

“你呢？在忙什么？”

“还行，”辛德理说着站了起来，把烟头摁灭在桌子上的烟灰缸里，“这个夏天你计划去东部吗？”

“我还没想这事呢，怎么了？”

“只是问问。不知道跟你说过没有，有一次去那儿工作的时候，我去看了看你的老房子。”

“现在都荒废了吧。”

“那地方真让人难过,大概是因为我知道你为什么搬走了吧。”

辛德理打开面向走廊的门。

“如果你确实要去东边，”他说，“也许可以告诉我一声。”

辛德理没等父亲回答，就轻轻地关上门走了。埃伦迪尔坐在椅子上，盯着门口。刹那间，他仿佛回到了那个生他养他的农场老宅。那老宅仍然伫立在旷野，但已荒芜。他重访童年经常去的那些地方时，曾在老宅里过夜，为什么这么做，他自己也不十分清楚。或许是为了再次听到家人的声音，怀念自己曾经拥有的、深爱的一切吧。正是在那栋房子里，在那栋仅剩四壁、任凭风吹雨打的房子里，他第一次听到了那个陌生丑恶的、现在深深刻在他脑海里的词——谋杀。

14

这女孩让他想起自己的女儿埃娃，只是眼前的这孩子年龄更小，更胖，而埃娃瘦得让人心疼。她穿着一件绿色薄T恤，外面套着一件短皮夹克，一条脏了的迷彩长裤，一边眉毛上还有个金属环。她涂着黑色唇膏，只有一只眼睛涂了厚重的黑色眼影。她坐在埃伦迪尔的对面，看上去像一粒“铜豌豆”，脸上的表情流露出她对警察所代表的一切极度反感。埃琳博格坐在埃伦迪尔旁边，看这女孩的神情仿佛要把她丢进洗衣机里冲洗干净。

他们已经问了她的姐姐，看起来，她姐姐成了妹妹的“楷模”。她信口开河，是个顽固的瘾君子，多次因贩卖和吸毒而获罪。由于每次现场抓住时，她身上携带的毒品都不多，所以只是被判短期拘留。照例，她一直不肯说出给她提供毒品的那伙人的姓名。她把妹妹也拖进了毒品圈子，当被问及她是否想过自己对妹妹的所作所为意味着什么时，她冲他们哈哈大笑，说了一句：“还不是混口饭吃。”

问那个妹妹时，埃伦迪尔尽力让她明白，他不在乎她在学校都干了些什么。处理毒品交易事件并不是他这个部门的职责，他不会因此给她找麻烦，但如果她不好好地回答他提的问题，他就让人把她扔到一个前不着村后不着店，连名字都说不上来的小农场里待两年。

“小农场？”小姑娘哼了一声，“那是什么鬼地方？”

“产牛奶的地方。”埃琳博格说。

“我不喝牛奶。”小姑娘说，睁大双眼，好像这样做对她来说会有帮助似的。

埃伦迪尔看着她，忍不住笑起来，尽管眼前还是一团乱麻。在他面前坐着的，可以说是生命沉沦到底谷的实例：一个年轻姑娘，彻底的玩世不恭，道德败坏，对其他一切都一无所知。这姑娘对自己所处的境地无能为力。她出生在一个典型的问题家庭，可以说是自己拉扯自己长大。她的姐姐，那个她人生的“楷模”，本应该是照顾她成长的人之一，却劝说她一起去贩卖毒品，自然也成了带她一起吸毒的人。但这也许还不是最糟糕的事情。他从自己女儿身上明白，这个小姑娘所过着的生活：欠下的债要怎么还，买一克毒品要付出怎样的代价，有时候，她们为了买到所谓的“极乐”要做出什么事。

她的名字叫赫蒂，看起来完全符合警方对校园贩毒学生的描述。她即将完成义务教育，住在附近，整天和她姐姐的狐朋狗友——一群二十岁左右的男青年——混在一起。她是交易的中间人，他们也听说了她在学校里的各种不光彩的事迹。

“你认识埃利亚斯吗？那个死去的小男孩。”埃伦迪尔问。

他们坐在审讯室里。女孩由儿童权益保护局的工作人员陪着，她的父母联系不上。她知道自己为什么会被叫来问讯。儿童权益保护局的工作人员跟她谈过，并告诉她，警察们只是在收集信息。

“不认识，”赫蒂说，“我根本不认识他。我不知道是谁杀了他。反正不是我。”

“没说是你。”埃伦迪尔说。

“本来就不是我。”

“你知道的任何……你听到他和什么人……”埃伦迪尔顿了会儿。他本想问埃利亚斯在学校里是不是跟什么人发生过龃龉，但又担心她听不懂“龃龉”这个词。于是，他改问：“你知道埃利亚斯在学校里有什么死对头吗？”

“不知道，”这女孩说，“我不知道，我对那个叫埃利亚斯的小孩什么都不知道。我没在那儿做买卖。都是胡扯！”

“你卖过毒品给他吗？”埃琳博格问。

“你是从哪儿冒出来的婊子！”这女孩咆哮道，“我不跟你这样的婊子讲话。”

埃琳博格笑了。

“你卖过毒品给他吗？”埃琳博格又问，“有人说你强迫比你小的孩子给你钱，甚至逼迫他们买你的毒品。也许你姐姐教过你怎么处理这些事，她经验丰富。让小孩害怕，她有的是办法。你也挺怕你那个姐姐吧。当然，我们一点也不在乎这事，对你这样的女孩我们根本不会放在眼里的。”

“嘿，怎么说话呢！”儿童权益保护局的工作人员插话道。

“你听到她是怎么骂我的。”埃琳博格慢慢地转过头，看着那个工作人员——一个三十来岁的女人。“刚才你一声不吭，现在也请你闭上嘴巴。”她又回过头来看着赫蒂，“埃利亚斯是否也怕你？你是不是追赶过他，恐吓过他，用刀子捅过他？我们知道你喜欢欺负小孩子，那可是你这可怜虫唯一在行的事情。你欺负过埃利亚斯，对吧？”赫蒂盯着埃琳博格。

“没有，”她沉默了许久后说，“我从来没有接近过他。”

“你认识他的哥哥吗？”埃伦迪尔问。

“我倒是认识尼冉。”她说。

“你怎么认识尼冉的？你们是朋友吗？”

“怎么可能，”她说，“才不是朋友。我讨厌他们，从来不会接近他们，包括那个埃利亚斯。我从来没有接近过他们。我不知道是谁攻击了他。”

“那你为什么说你认识尼冉？”

女孩笑了,露出与她的小嘴巴和娃娃脸很不协调的一排恒牙。

“他们才是卖家啊，”她说，“他们卖那可恶的毒品。”

*

傍晚，埃伦迪尔去医院看望马里昂·布里姆。他睡着了。临终病房里一片安宁。不知哪里的收音机开着，正在广播天气预报。气温已经降到零下十度，干冷的北风更加凛冽。很少有人会在这样冷的天走出去，人们一般会待在家里，打开所有的灯，调高中央供暖的温度。电视上播放着阳光明媚的电影，是西班牙和意大利拍的，画面都是蓝色的天空、温暖的地中海和明艳的色彩。

马里昂睁开了眼睛，埃伦迪尔已在床尾旁边站了好几分钟。放在羽绒被上的一只手慢慢举起，埃伦迪尔迟疑片刻赶忙上前，抓住马里昂的手，在床边坐下。

“现在感觉怎么样？”他问。

马里昂闭上眼,大大的脑袋左右摇了摇,仿佛一切都已不重要。该是离别的时候了，剩下的时间不多了。埃伦迪尔注意到马里昂的床边桌子上有一个小型的手持式镜子，想着它怎么会在那里。他知道马里昂从来不在意外表。

“案子？”马里昂说，“案子怎么样了？”

埃伦迪尔就知道他想干什么。即使徘徊在死亡之门，马里昂仍惦记着最新的案情。从他盯着自己的那双疲惫的眼睛里，埃伦迪尔读出了他想问的问题，那也是埃伦迪尔无论是睡觉还是醒着都一直在问自己的问题：谁会干这样的事情？这样的事情怎么可能发生呢？

埃伦迪尔开始报告调查进展。马里昂听着，再次闭上了双眼。埃伦迪尔不知道自己的老上司到底睡着了没有。想到自己的来访并非纯粹是出于同情，他感到一丝良心上的不安。他想要问问眼前这个垂死的病人，向他打听点警察局档案中永远无法查到的事。埃伦迪尔不紧不慢地讲着。这样慢慢地捋捋案情，对他来说也挺好的。在他讲述的过程中，马里昂一度睁开了眼睛，埃伦迪尔以为自己该停下来，结果马里昂只是表示让他继续说。

当讲完盘问安德瑞斯的事情之后，埃伦迪尔说：“有一点，我想问你。”马里昂闭着眼，呼吸很轻，似乎睡着了。埃伦迪尔握着的手松弛无力。但马里昂好像意识到埃伦迪尔此番到来并非只是来探病，那疲惫的双眼便睁开了一条缝儿，紧握了一下埃伦迪尔的手，示意他继续说。

“关于安德瑞斯。”埃伦迪尔说。

马里昂又紧握了一下。

“安德瑞斯跟我们说了一个他认识的男人，并暗示那男人有恋童癖，但没有透露他的身份。那男人对幼年的安德瑞斯做过些什么。我们只知道那男人住在凶杀案发的附近，不知道他的名字，也不知道任何关于他的情况。我认为这人不在警方的登记名单上。安德瑞斯告诉我们，那男人太狡猾，根本不会被警方注意到，我想你是否能帮助我们。目前，我们正在对这个地区进行彻底调查，不放过任何可疑的事情。我不必告诉你这个，你肯定知道。我们时间紧迫，往常也是一样，但这次更是如此，我想也许你的信息能帮我们走条捷径。”

埃伦迪尔讲完后，病房里沉寂了许久，他觉得马里昂打起了盹。他握着的手松了，老上司的脸上无比平静。

“安德瑞斯……”马里昂终于开口，声音更像是呻吟或叹息。

“我查过了，”埃伦迪尔说，“他出生在首都，也在这儿长大。如果有什么事，最大可能就是在雷克雅未克，不过我们不知道。安德瑞斯什么都不肯说。”

马里昂没说话，埃伦迪尔感到没什么希望了。他本就没有指望什么，只觉得不妨一试。他知道马里昂·布里姆的才能，他具有罕见的记忆力和天赋，能在一瞬间从一堆信息中建立起最出人意料的关联。也许他这是在利用自己的老上司，也许自己做得太过分了。他决定不提这事了。应该让马里昂宁静地离开人世。

“他有……”马里昂吃力地说，用力抓紧了埃伦迪尔的手。

“有什么？他有什么？”

埃伦迪尔觉得自己察觉到了马里昂脸上掠过一丝隐约的微笑，起初，他以为是自己的想象，但很快就确信马里昂的确在笑。

“……继父。”马里昂喘息说，然后再次沉默。

“埃伦迪尔。”马里昂半晌后说。他的眼睛仍然紧闭，但脸上慢慢有些痛苦。

“我在这儿呢。”埃伦迪尔说。

“没……没有……时间了。”马里昂低声说。

“我知道，”埃伦迪尔说，“我……”

他说不出话来，不知道如何去说再见，也不知道该怎么表达最后的告别。有什么可说的吗？马里昂仍然握着他的手。埃伦迪尔很想说些什么，说些他觉得马里昂想听的事情，但他发现他没什么可说的，便默默地坐在那儿，握着马里昂那只被香烟染黄、指甲没剪、枯槁瘦弱的手。

“念给我……听。”马里昂说。

马里昂用尽最后的力气说出了这句话。埃伦迪尔俯身向前，好让他听得更清楚。

“念……”

马里昂无力地摸索着床头柜上的镜子。

埃伦迪尔拿起镜子，放入马里昂的手中，让他撑着，直面死亡。

埃伦迪尔拿出随身带的一本书，书角都已卷起，有些破烂。他翻到经常看的那一页，开始念给他听。

几个世纪以来，从埃斯基菲约泽地区到弗约特斯达谢瑞地区的内陆主干道都要穿过埃斯基菲约泽荒野。埃斯基菲约泽河的北面有一条年代久远、不同车辆的马道。内陆沿着朗格瑞格尔山脉，往上是英瑞－斯坦萨河的左侧，穿过维纳达尔峡谷，走上维纳布瑞克尔山坡到达米德达伦迪，接着再往上到达乌达尔弗洛特，沿着乌达莱特峭壁往前，直到出了埃斯基菲约泽地区。路的北侧是斯维瑞达尔峡谷，两侧是安德里山和哈德斯卡菲山，一路往北，就到达了霍拉弗杰尔和塞尔海迪。

过去，这里有一座名为巴卡塞尔·克罗夫特的农场，位于通往弗约特斯达谢瑞地区的老路边，弗约特斯达谢瑞是埃斯基菲约泽峡湾地区的中心。农场现在已经废弃了，但是在二十世纪中期，巴卡塞尔曾是农民斯温·埃伦德松、他的妻子亚丝拉琪·贝格斯多蒂尔和两个儿子，八岁的贝古尔和十岁的埃伦迪尔的家。斯温家里养了一些羊……

埃伦迪尔停了下来。“马里昂？”他轻声唤着。

寂静在病房里弥漫开来。冬日的黄昏已在这座城市降临，整个市区正慢慢变成一片闪烁的灯海。埃伦迪尔看着医院靠花园一侧的窗户玻璃上出现的自己的面庞。这扇巨大的玻璃窗就像一幅无声的油画，一幅静物画，描绘了他俩这最后的一刻。他久久地盯着玻璃，直接面对着自己的脸，直到这张脸渐渐模糊，变成了他脑海中那首诗的最后几行：

……我是那个幸存者，还是那个已逝者？

小镜子掉在地上，碎了，埃伦迪尔这才回过神来。他攥紧那松垂的手，摸了摸脉搏。马里昂已经离开了这个世界。

15

埃伦迪尔开着自己的福特猎鹰，一直开进自己公寓大楼前的停车场。发动机响了好一会儿，他才拔掉车钥匙。车很老了，跑起来时像时钟一样咔嗒作响，低挡位时还嘟嘟响，可埃伦迪尔非常喜欢这辆车。没有别的事情可做时，有时他会开车去城外兜风，以前他从没这样过。有一次，他还邀请马里昂去兜风，一路开车到克莱瓦湖。他把车开到湖边，和马里昂谈起自己一直在调查的一个案子，还有自己对案件的结论。这个湖里曾发现过一具骷髅，据说与二十世纪六十年代去东德学习的一批冰岛人有关，马里昂对此格外有兴致。埃伦迪尔想为自己老上司的病做点什么，因为他知道，当死亡来临时，这个癌症病人没什么人可以依靠。

埃伦迪尔一脸忧郁，抚摸着细细的象牙色方向盘陷入了回忆。以后他再也看不到马里昂了，留存的都是往事的记忆，好的坏的混成一团。他想到自己在这世上的时间也不多了，很快下一代就会接替他，未来还有下下一代。他还没注意到，自己的时间就这么溜走了，除了工作就没接触多少其他事情。等他意识到时，他就会躺在病床上，像马里昂一样直面死亡了。

埃伦迪尔发现没有人来认领马里昂的尸骨。马里昂曾请他处理葬礼事宜，他和护士讨论过下一步的安排。

从医院回家的路上，埃伦迪尔给苏妮打了电话。她弟弟和她在一起，还有译员古蕾，埃伦迪尔到达时她正要离开。古蕾接受埃伦迪尔的提议，留了下来。

"发现什么特别的事没？"古蕾问，"有新消息吗？"

"没，还没有。"埃伦迪尔说，古蕾向苏妮传达了这一点。

"她想告诉我尼冉在哪儿吗？"他问。

古蕾给苏妮翻译了，苏妮摇了摇头，直勾勾地盯着埃伦迪尔。

"她认为他还是待在那儿为好，她想知道什么时候能把埃利亚斯的遗体接出来。"

"很快，"埃伦迪尔说，"这案子是重中之重的事，调查期间他的遗体将由警方保管。"

埃伦迪尔坐在黄龙灯罩下方的扶手椅里。公寓里的气氛比之前平静多了。那对姐弟在沙发上并排坐着，都吸着烟。埃伦迪尔之前从没见过苏妮抽烟的样子。她看起来不怎么好，眼袋很大，显得伤心欲绝、焦虑不堪。

"你住在这里，感觉周围怎么样？"埃伦迪尔问。

"这里是居住的好地方，"苏妮对古蕾说，"这片儿非常安静。"

"你认识住在其他公寓的邻居们吗？"

"认识一些。"

"有没有因为你是泰国人而和别人产生过矛盾或冲突？感受

到任何种族偏见或敌意？”

“一点点吧，如果我去酒吧的话。”

“孩子们呢？”

“埃利亚斯从来没有抱怨过，但是有一个老师，他不喜欢。”

“贾斯坦吗？”

“是的。”

“为什么？”

“他喜欢上学，但不喜欢贾斯坦教的冰岛语课。”

“尼冉呢？”

“他想回家。”

“回到泰国？”

“对，但我希望他和我在一起。过来这里对他来说很不容易，但我想要他跟我在一起。”

“你们结婚之后，欧丁才知道尼冉的存在，他很不高兴。”

“是的。”

“这是你们离婚的原因吗？”

苏妮听着古蕾翻译这个问题，然后，她看着埃伦迪尔。

“也许吧，”她说，“也许这是原因之一。他们俩处得不好。”

“我想了解一下你的男友，”埃伦迪尔说，“你能告诉我关于他的一些情况吗？他是在你和欧丁离婚前进入你们生活中的吗？”

“不是，”苏妮说，“是欧丁和我结束后，他才出现的。”

“他是谁？”

“他是我的好朋友。”

“为什么你就是不肯告诉我们一些关于他的情况呢？”

苏妮没有回答。

“因为他不想让你说吗？”

苏妮仍没有回答。

“他有点羞于公开你们的关系？”

苏妮看着他，似乎准备回答，但还是什么都没说。

“尼冉跟他在一起吗？”

“不要问他了，”她说，“他跟这事没有任何关系。”

“跟尼冉谈谈对我们很重要，”埃伦迪尔说，“不是因为我们认为他做错了什么，而是因为他可能知道一些对我们有用的事情。明天之前考虑一下吧？”

古蕾传达了这一请求，但苏妮没有回答。

“你有想念过泰国吗？”埃伦迪尔问。

“在埃利亚斯出生后，我回去过两次，”苏妮说，“我的家人会过来参加葬礼。能再见到他们真好，但我并不想念泰国。”

“你打算把埃利亚斯葬在这里？”

“当然。”

苏妮沉默了下来。

“我只是想在这里平静地生活，”她停了好一会儿后说，“我满怀希望地来到这里，想要过更好的生活，我以为我梦想成真了。在来这儿之前，我对冰岛一无所知，甚至不知道有它的存在。它是我梦想的国家。然后，这事就发生了，这么可怕……或许我会回去的，还有尼冉。也许我们并不属于这里。”

“有一个并不可靠的消息，所以我们也没有太在意，听说尼冉与涉毒的男孩们走得很近。”

“太荒唐了。”

“你知道催债人是干什么的吗？”苏妮点点头。

“尼冉跟他们有什么矛盾吗？”

“没有，”古蕾在苏妮说完后翻译，“尼冉从不沾染毒品。不管是谁说的，都是假话。”

*

公寓大楼外，埃伦迪尔关掉汽车引擎，踏入寒气里。他裹紧了身上的大衣，慢慢地走进大楼。屋里黑漆漆的，他打开一盏灯。月亮还没爬上窗台，天空阴沉沉的，北风呼啸着刮过墙壁。

他坐在那儿，想着马里昂，不知过了多久，突然听到敲门声。他以为自己睡着了，分不清是梦境还是现实。他站起身来，打开了门。一个身影悄悄地从阴暗的走廊里出现，同他打了个招呼。是埃娃。

埃伦迪尔有些慌乱，他很久没有见到女儿了。他们父女关系紧张，陷入谷底很久了，他甚至没指望还能再见到她。他已经决定不再为她奔波，不再从毒品窝点解救她；如果她被发现，警方调查她，他也不再插手了；他不再努力把她拴在身边悉心照料；不再想着送她去戒毒所。他所做的一切除了让两人的关系恶化之外，其他都没改变。他们父女见面的次数越多，两人相处得就越糟糕。埃娃曾在流产后陷入抑郁状态，而他也无计可施。他一切的努力都与她的意愿相左，她指责他干预她。他做了最后一次尝试，劝她接受戒毒戒酒的康复治疗，可并没有起什么作用，他也因此放弃了。在他的警探生涯中，这样的案例太多了，他非常熟悉。那些吸食毒品越陷越深的孩子们毫无理性，没有丝毫意愿与父母一起努力改掉恶习，最后许多父母只好选择放弃。

他打算不再管她，让她依靠自己，这种感觉是相互的。他意识到其实自己很少关心女儿本身。他几乎完全不了解她。他一直在较劲的对手是毒品，而不是女儿，是毒品让她变成了另外一个人，这是一场无望的战斗。毒品并不是埃娃。他意识到了这点，尽管女儿从没自甘堕落到拿毒品当成任何事的借口。毒品是一回事，埃娃是另一回事。通常这两者很难区分，但可以做到。虽然这么想并没有多大的安慰，但他却意识到这是事实。

“我能进来吗？”埃娃问。

能见到女儿，他心里太高兴了，可嘴上却不会承认。她穿的不再是那件丑陋的黑色皮夹克，而是一件红色长大衣。她头发干净，扎成马尾，脸上化了素雅的淡妆，而且没戴任何的穿孔饰物。她以前总是涂着黑色唇彩，今天倒是什么也没涂。她在大衣里面穿着一个御寒的厚厚的绿色毛衣、一条牛仔裤和一双黑色及膝皮靴。

“当然可以啦！”他说，为她打开了门。

“这里总是黑黑的。”她走进客厅。埃伦迪尔关上了门，跟在她后面。她把一摞报纸推到沙发另一边，坐了下来，拿出一包烟，一边塞给他，一边察言观色。他做了个手势示意她在公寓里随意，但他并没有接她的烟。

“怎么，有什么新鲜事儿？”他在扶手椅上坐了下来，仿佛一切都不曾变过，就像她昨天才离开，今天又碰巧路过一样。

“老样子。”埃娃用英语回答。

“是不是冰岛配不上你？”他问。

“你永远不会改变，是不是？”埃娃看了看身边的书架和摆起来的书，之后走进厨房，看到餐桌边放着两个高脚凳，炉子上放着一个平底锅，橱柜上放着一个咖啡机。

“你呢？你变了吗？”

埃娃耸了耸肩，没有回答，也许她不想谈论自己。通常情况下，他们总是以争吵和发火收尾。他不想惹她生气，所以没敢问她这些天都待在哪儿，过得怎么样。每当他问起这些时，她总是说，少管她的事，她怎么样都不关他的事。而且，这都要怪他。

“辛德理来看过我。”他看着女儿的脸说道，有时，她的面容让埃伦迪尔想起了自己的母亲，她的眼睛和高颧骨跟她奶奶很像。

“我跟他聊过，大概一个星期前。他在科帕沃于尔卖木材。你们都谈了些什么？”

“没什么，”埃伦迪尔说，“他正赶着参加戒酒会。”

“我们聊的话题是你。”

“我？”

“我们一见面就会聊起你，他跟我说你们一直保持着联系。”

“他有时候会打电话来，”埃伦迪尔说，“有时候也会过来看我。你们都说我什么了？怎么会聊起我？”

“什么都聊，”埃娃说，“你真奇怪，你是我们的爸爸。我们聊起你有什么好奇怪的。辛德理总说你好话，比我想得还好。”

“辛德理还行，”埃伦迪尔说，“至少他有一份工作。”

这句话并没有称赞的意思，他并不打算评论谁，但说漏了嘴，他看得出来这话刺激到了埃娃。他甚至不知道她有没有工作。

“我来这里不是跟你争吵的。”她说。

“嗯，我知道，”他说，“反正跟你争吵也没什么用。这一点已多次证明了，和你吵就像对牛弹琴。我不知道你现在做什么，也不知道你之前做了些什么，不过，无所谓。你说得对，不关我的事。要来一杯咖啡吗？”

“行啊！”埃娃说。

她掐灭了烟，立马又掏出另一根，但没有点燃。埃伦迪尔去了厨房，把咖啡粉和水倒进咖啡机。不一会儿，热气开始冒出，棕色的咖啡滴入壶中。他还找到了一些饼干，不过已经过期一个多月了，就扔掉了。他取出两只杯子，拿进了客厅。

“案子调查得怎样了？”

“就那样。”埃伦迪尔说。

“你有什么想法吗？”

“还没有。”埃伦迪尔说。“毒品交易可能会在学校附近进行，甚至在操场上。”他又补充了一句，然后说出了那对姐妹的名字，但埃娃从来没有听说过她们。尽管如此，她熟知校园毒品交易，几年前她自己就那么干过。

埃伦迪尔去拿来了咖啡，倒了满满两杯，然后坐回自己的椅子上。透过咖啡的热气，他看着女儿。他感觉她比上一次见面时长大了很多，更加成熟了，虽然他不能马上看出她到底哪里变了。埃娃似乎不再是那个蠢话连篇、胡吹乱侃、桀骜不驯的小太妹了，好像只要她愿意，就能和他谈谈心，说说话了。她穿着那件外套，看起来更像一位年轻的女士，昔日浑身上下的青少年气息都难觅其踪了。

“辛德理和我也聊了不少关于你死去的弟弟的事。”埃娃点燃了烟。

她直截了当地说了出来，好像它只是个新闻报道，而不是他们家的私人事情似的。在那一刻，埃伦迪尔对自己的女儿很是生气。她管得可真宽！他弟弟已经死了几十年了，可埃伦迪尔对此依然非常敏感。他从来没有和任何人讨论过弟弟的死，直到有一天埃娃把这个故事问了出来。他有时会后悔跟她说了太多。

“你们都怎么说他呢？”

“辛德理告诉了我他在东部渔场听到这事的过程。人们还记得你、你弟弟、我们的爷爷奶奶以及我们从没听过的一些人。”

辛德理也跟埃伦迪尔讲过。那天，他儿子刚来这个城市。两人见面时，辛德利说起听别人讲，埃伦迪尔父子三人在没有预警的情况下在荒野上遭遇了暴风雪侵袭，还有人死了。

“我们谈论了他听到的事。”埃娃说。

“他听到的事？”埃伦迪尔说，“你和辛德理——”

“也许这就是我做梦的原因了，”埃娃打断他的话，“因为我们在谈论他，你的弟弟。”

“你梦见了什么？”

“要知道，有些人把自己的梦记录在日记里。我可不记，但我的朋友记下了她梦到的一切。我从来没梦到过什么，或者至少我不记得自己梦到了什么。我听说每个人都会做梦，但只有少部分人能记住自己的梦。”

“跟我说说你和辛德理都说了些什么。”

“你弟弟叫什么？”埃娃问，忽视了他的问题。

“贝古尔，”埃伦迪尔说，“我弟弟叫贝古尔。辛德理在东部听到了什么？”

“怎么就找不到他？”

“为了寻找他，人们做了能做的一切。”埃伦迪尔说，“救援队和当地的农民都加入了搜寻队伍。暴风雪把我们分开了，我被找到了，但他没有。”

“我明白，但我的意思是，连他的遗体也没找着？”埃娃说，她声音里的那股固执劲儿也跟埃伦迪尔母亲的很像，“四肢？骨头？”

埃伦迪尔很清楚埃娃想谈什么，但他假装不懂。辛德理可能在东部听到了这个事，东部的人们仍在谈论多年前父子三人在暴风雪里走散的事。埃伦迪尔在同父母搬来雷克雅未克之前听过许多种说法。现在，他的女儿，对整件事一无所知，除了埃伦迪尔告诉她的一丁点，却正坐在他面前，想要讨论有关他弟弟失踪的各种猜测。突然间，她就出现在他的公寓里，想讨论他的弟弟，那些从十岁之后就折磨他的记忆。

“没什么必要，”埃伦迪尔说，“谈点别的吧？”

“为什么你不想讨论这个问题？为什么讨论这事就这么难呢？”

“你来这儿是为了这个？”埃伦迪尔问，“来告诉我你做的梦？”

“为什么一直都没找到他？”埃娃问。

他无法理解女儿的固执。过了这么久，什么也没找到，弟弟的遗体没找到，甚至是一顶帽子、一只手套或一个围巾都没有，这让人们起了兴致，也让人们有了各种各样的假想和推测。他一直回避，不愿过多思考这事。

“我不想谈这个话题，”他说，“下次吧。说说你自己。我们好久没见了，你最近都在做什么？”

“你也在那儿，”埃娃说，不想让她父亲跳过这个问题，“你在我的梦里，我从没梦得如此清晰，从很小的时候起，我就没有梦到过你，我都不知道那时候你长什么样子呢。”

埃伦迪尔什么也没说。他的母亲曾教过他解梦，但他一直不愿意学，也不感兴趣。只是最近几年，他的态度变了许多，也慢慢有了兴趣。埃娃告诉他，她之前从来没有梦到或想到他们。他的母亲也曾说过类似这样的话。可是三十岁后，他的母亲开始做一些梦了，然后很突然，她的梦就有了神秘的预言性，能准确地预测生死、客人的到来等很多事，但她却没有做梦预测到自己小儿子的死。不过，小儿子确实到过她的梦里，只不过那是他死之后的事了。她向埃伦迪尔说起过这个梦。

那是个夏天，她的小儿子贝古尔站在农舍门口，靠着门柱。他背对着母亲，她只能认出他的轮廓。他就那样站在那儿，许久，但她却不能靠近。她觉得自己在努力地向他伸出双臂，但他却完全没有注意到。然后他站直了身体，低下头，像往常一样把手插进裤兜里，慢慢地走入夏天的阳光里，直至消失。

那是贝古尔死后第六年的事，那时他们已经搬到了雷克雅未克。

埃伦迪尔很少回想起自己的梦境，除非他太投入自己所调查的案子。如果是这样的话，他可能会做一个噩梦，尽管他也不记得梦到了什么。过了好一会儿，他才明白过来埃娃这么久没来见他，现在突然来了，是要告诉他她做的一个梦——她梦见了他和他的弟弟。

“你梦见了什么，埃娃？”他支支吾吾地问，“你的梦里发生了什么？”

“你先告诉我，他是怎么死的。”

“就是你听说的那样，”埃伦迪尔说，“暴风雪来了，我们被埋在雪堆里，他冻死在了荒野上。”

“为什么从来没有找到他？”

“你干吗要弄明白这些，埃娃？”

“你还没告诉我整件事，不是吗？”

“什么？”

“辛德理告诉我的那些可能性。”

“东部的那些人究竟在叽叽喳喳地说些什么蠢话？”埃伦迪尔说，“他们以为自己知道什么啊？”

“在我的梦里并没有看到他死于荒野，你看，这与辛德理说的正好吻合。”

“换个话题吧，”埃伦迪尔说，“不要再谈这个了。我现在不想谈。以后我会跟你谈的，埃娃，我保证。”

“但是——”

“你肯定看得出来，”他打断了她，“我现在不想谈。你该回去了吧。我……我很忙，今天特别累。下次我们再好好谈。”

他站了起来。埃娃看着他一言不发，她无法理解他的反应。这事对他的影响很大，就如当年一样，好像这事刚发生没过多久似的。他已经证实了这些年来他还是没办法去触碰这个伤疤。

“难道你不想听我做的梦？”

“换个时间吧。”

“那好。”她说着，站了起来。

“见到辛德理的时候代我向他问好。”埃伦迪尔说，用手捋了捋头发。

“我会的。”埃娃说。

“见到你，我很开心。”他笨拙地说。

“我也是。”

*

当她走后，他长时间面对书架站着，仿佛置身在另一个世界。埃娃知道怎样激怒他。她的手段别人学不来。他还没有准备好重提弟弟失踪的事。他曾答应告诉埃娃整个故事，但却没了下文。她现在还不能闯入他的生活，由着她的性子，想要知道什么就非要得到答案。

他从客厅桌子上拿起那本书，就是他曾为马里昂大声朗读的那本。这本和他的其他书一样，里面都记录着致命的事故；但与其他书不同的是，书中简短地记述了一件陈年旧事：一位父亲和他的两个儿子在埃斯基菲约泽荒野上遭遇了暴风雪。

埃伦迪尔又开始翻看这一故事了。多年来他已经做了无数次。书里的各篇详略不同，但结构基本一样：先是标题和副标题或者资料来源。故事开篇一般会先来一段情景描写，接着是叙事，最后是一个简短的后记。在他一生中，这篇故事他读得最多，一字不落，牢记于心。尽管讲的是一个八岁孩子的死亡事件，但整个叙述却不偏不倚，不带任何个人感情色彩。文章里只字不提经历了整个事件的幸存者可能遭受的毁灭性的伤害。这种感受永远没人能写出来。

16

从前一天到现在都没有尼冉的消息，警方当前工作的重中之重就是要找到尼冉。在学校教职人员的帮助下，警方已经搜集到了尼冉朋友们的信息，是几个和尼冉来往密切的男孩，只要在学校，他们大都待在一块。对安德瑞斯继父的追查也在低调而秘密地进行着。这件事只有埃伦迪尔知道，而且完全基于马里昂·布里姆的回忆。之所以秘而不宣，是他感觉安德瑞斯没跟他们说实话——他以前撒的谎太多了。

受害者的母亲苏妮秘密地将自己的大儿子送到一个“避风港”。消息一传开，便立刻成了冰岛的头条新闻和人们谈论的焦点。警方受到了失职的严厉指责。要么是警方疏忽，让关键目击者从眼皮底下溜走；要么是无能，使得关键目击者选择自己逃走，第二种情形更糟糕。民众怀疑警方曾试图隐瞒这一消息，就像隐瞒其他与调查相关的信息一样。大家无比愤慨，对警方隐瞒信息、不与媒体合作的行为难以容忍。

埃伦迪尔最鄙视的莫过于向记者和媒体公布所谓“调查进展”之类的事。长期以来，他一直坚持警方调查与媒体无关，不断公布调查的最新进展有害无益；西于聚尔·奥利则不这么想，他认为只要保证不妨害调查利益，告知媒体案情进展也是可以的。

“调查利益？”埃伦迪尔发怒了，“谁发明的这个词？那帮家伙应该把这词贴在太阳照不到的地方去。根本就不该公布什么鬼信息，除非我们知道是怎么回事。不然，这么做没有任何意义。”

他俩正坐在埃伦迪尔的办公室里，埃琳博格也在。应媒体的要求，新闻发布会将在当天晚些时候举行，但埃伦迪尔表示拒绝参加，惹得顶头上司和他争论了一番，最终的结果是西于聚尔·奥利将和雷克雅未克刑事调查局的副局长一起作为警方的发言人和媒体联络员出席新闻发布会。埃伦迪尔觉得把人力浪费在这种无意义的活动上实在是愚蠢至极。

前一天，尼冉再次失踪，而苏妮拒绝透露儿子的去向。事后，埃伦迪尔去见了埃利亚斯的父亲欧丁，拜访了他位于斯诺拉布劳特的住处。欧丁已经请了好几天假，白天没去上班，看上去晚上也没有休息好，整个人蓬头垢面，面容憔悴。

西于聚尔·奥利则去了苏妮的前婆婆西格丽迪尔的家里，她也停了工作。她说，当听到这消息时，她正在去往苏妮家的路上，实在不明白究竟是怎么回事。她那晚曾提出在苏妮家留宿一夜来陪她，但苏妮婉拒了。西格丽迪尔不了解苏妮的行踪，也想不出尼冉究竟怎么样了。她不明白为什么苏妮会采取这么极端的行动。西于聚尔·奥利暗示，她可能有些事不想让警方知道，但西格丽迪尔认为这一想法很荒谬，苏妮就是在设法保护自己的儿子。

最有可能的情况是，苏妮接触了雷克雅未克市泰国团体中的什么人。为此，埃琳博格在苏妮的弟弟威罗特身上耗了很多时间，而他却宣称自己一无所知，埃琳博格一时也判断不出他是否在说谎。他为姐姐和尼冉感到深深的担忧，同时责备警方让这种情况发生。其实，他的冰岛语并不比苏妮强，埃琳博格没带译员，独自一人到了威罗特的住处。她再三询问尼冉的下落，但他就是不说。

“你不想告诉我们尼冉的下落，这我很理解，”埃琳博格说，“但是你得相信，让尼冉从藏身之处走出来才是对他最好的保护。”

“我不知道，”威罗特说，“苏妮没告诉我。”

“你一定要帮我们。”埃琳博格说。

“她做什么，我真的不知道。”

“苏妮为什么要这样做？”埃琳博格问道。

“我不知道她在做什么。我不知道。她很担心，担心尼冉。”

“为什么？”

“不清楚。”

苏妮的弟弟始终没有松口，埃琳博格只好放弃询问，然后离开了。

“我们必须要找到尼冉，并告诉他，我们是可以信赖的。”埃伦迪尔说道，“苏妮也必须明白这一点。”

“他藏不了多久。”埃琳博格说，“先不说别的事，苏妮肯定想让他参加埃利亚斯的葬礼。”

“她可能是想让尼冉摆脱这一切。”西于聚尔·奥利说，“这次节外生枝让大家都来关注尼冉了——他知道什么，他做过什么。

我们不能忽视这点。”

“我不敢想象是他杀害了自己的弟弟，”埃琳博格说，“我根本无法想象那是怎样的情景。也许他确实了解一些情况，感到害怕了，但是我不相信他和这起谋杀有什么关系。”

“要是可以照你能想象的来结案，埃琳博格，”西于聚尔·奥利说，“那岂不是皆大欢喜了？”

“这里没什么‘皆大欢喜’。”埃伦迪尔打断了他们。西于聚尔·奥利咧嘴笑了笑 。

“我告诉了苏妮，由于刑事调查的需要，我们还不能确定归还遗体的时间。”埃伦迪尔说，“另一个可能是她在尽量拖延时间。但是，拖延时间干什么呢？”

“她是不是等着我们把案件侦破呢？”西于聚尔·奥利问道，“无论如何，我们都该这么做。”

“在学校及周边发生过一些小规模的种族冲突事件。”埃伦迪尔说，“尼冉不知为何也牵涉其中，还发生过一起小争吵。埃利亚斯不一定参与了，但尼冉肯定是其中一员。埃利亚斯被袭击的时候，尼冉消失了或者说没有回家。当他最后出现的时候，很明显能看出他遭到过很大的打击。可能他看到了事件的始末，也可能他听到了什么。当我在垃圾屋发现他时，他看起来惊魂未定，整个精神世界都封闭在自以为安全的内心深处。不管怎样，现在尼冉把自己知道的告诉给了他母亲，而他母亲的反应则是将他匆忙送走并藏起来。这告诉了我们什么呢？”

“他们知道案件的真相，”西于聚尔·奥利说，“尼冉知道并且告诉了自己的母亲。”

埃伦迪尔看向埃琳博格。

“尼冉和他母亲单独相处时发生了一些事情，”她说，“这是我们唯一可以确定的一点，除此之外都是推测，他们不一定知道什么。她已经失去了一个儿子，她不想再失去剩下的唯一一个儿子了。”

“那个小毒贩说，尼冉和他的朋友在卖毒品。这又是怎么回事？”埃伦迪尔问道。

“那个小姑娘说的话，一个字都不能信。”埃琳博格说。

“会不会因为这些话，苏妮感到在我们这里不安全呢？”埃伦迪尔说，“在冰岛？那能解释她为什么把儿子藏起来吗？我们对移民的真实生活根本不了解。我们根本就无法理解从地球的另一边搬过来，定居这里，组建家庭，努力融入冰岛社会，到底是怎样的感受。过程肯定充满了艰辛，我们很难感同身受。种族歧视可能不是每天都出现，但我们清楚，总有些人对目前的社会现状不满。”

“调查表明，大部分的冰岛年轻人觉得现在已经过头了，”西于聚尔·奥利插话道，“这表明他们一点儿也不热衷于多元文化主义。”

“我们想要外国人来冰岛，在发电站或者水产品加工厂干一些脏活累活或者当清洁工；当我们不需要他们的时候，他们就该卷铺盖走人。”埃琳博格说，“‘谢谢帮忙，慢走不送！’上帝保佑别让我们跟他们掺和在一块！但如果他们坚持要来，他们可以离我们远点，就像基地上的美国佬一样，安全地待在栅栏后。他们不是还颁布了一项政策多年来不允许黑人进入基地吗？我觉得大家普遍还是认为：外来者应该待在栅栏后。”

“你不能排除另一种可能，也就是，外来者或许会自己竖立起栅栏，”西于聚尔·奥利说，“这不是单方面的问题，你考虑得过于简单了。也有移民不想融入当地社会。他们只和自己同种族的人结婚。他们只要内部团结，而对更广大的社会不屑一顾。”

“我听说，西峡湾区的这个问题解决得特别好。”埃琳博格说，“那里住着好多不同的种族，来自几十个不同的国家，住在一个小地方，尊重彼此的文化差异和风俗习惯，同时努力在冰岛谋生。”

“我要接着讲了，”埃伦迪尔说，“我认为事实可能是这样的：苏妮在同胞中寻求庇护。她不相信我们，所以她把尼冉带到了某个她认为更能保证尼冉安全的地方。我想我们应该在这个基础上组织我们的调查。她转向自己最信任的人来寻求保护，那些人是她的同胞。”

埃琳博格点了点头。

“非常有可能，”她说，“所以这不一定是尼冉知道或做过什么的问题了。”

“时间会揭晓一切。”埃伦迪尔说。

*

中午的时候，学校教职员工给他们提供了一份名单，他们认为尼冉在学校及周围的时候大部分时间都和这群男孩子待在一起。西于聚尔·奥利和埃琳博格拿着名单出发了。名单上面列了四个名字，他们都来自住在学校周边的移民家庭：一个来自泰国，两个来自菲律宾，还有一个来自越南。他们中除了泰国男孩外，都出生在亚洲，十岁后搬来冰岛，不太能适应冰岛社会。

上午后来的时间里，埃伦迪尔去安排马里昂·布里姆的葬礼了。他联系了殡仪馆馆长办公室，工作人员告诉埃伦迪尔这事都交给他们来办。确定葬礼日期后，埃伦迪尔再安排在报纸上刊登讣告和葬礼信息。他不指望会有多少人出席，也不想花很多时间接待来宾。马里昂之前交代了自己的身后事，包括找哪位牧师，选哪首赞美诗；埃伦迪尔严格地按这些指示来办。

埃伦迪尔尽全力做好葬礼的准备工作后，就开始调查安德瑞斯的继父，那个马里昂提到的人。他很可能就是安德瑞斯说的在附近偶然发现的那个人。埃伦迪尔查到了安德瑞斯母亲的名字，并找到了他的出生日期，然后调查在他成长阶段里雷克雅未克的居民登记记录。根据埃伦迪尔的调查，在安德瑞斯四岁的时候，他的父亲去世了，此后母子二人相依为命。埃伦迪尔可以确定的是，他母亲只有他一个儿子。如果她长期和什么人同居，只能说那个人或那些人肯定没有在她的住处登记。记录显示，只有一个十三年前死了的男人登记过。埃伦迪尔找到了这个女人曾住过的地方的所有地址。她不断地搬家，甚至在同一个区里也会搬家，她曾在斯库加维菲一带住过，在市中心住过，布雷德霍特在建期间曾在其郊区住过，后来又从那儿搬到了沃加尔，最后搬到了格拉法沃于尔。她死于二十世纪九十年代初。一开始，埃伦迪尔没有发现马里昂死之前提到的继父的相关线索。

埃伦迪尔正在翻阅档案，于是决定顺便看看与种族歧视或仇恨犯罪相关的报案记录。埃伦迪尔明白，雷克雅未克刑事调查局已经对本案各方面做了详尽的调查，但是他不想因此就罢手。他总是喜欢我行我素，完全不管上下级别。在埃利亚斯的案件中，总共有超过二十位警员参与调查，每个人都被指派搜集相关信息。有人负责检查本国出入境者，也有人负责检查本市及周边地区的汽车租赁公司和酒店的登记情况。雷克雅未克刑事调查局也联系上了曼谷警方，询问苏妮的亲属是否可能出入泰国。调查局每天都快被相关信息淹没了，尽管这么做非常费时，但大多数信息都被记录跟进。一些民众看了新闻或读了报纸之后打来电话，声称有重要信息可以提供，其中有一些荒谬绝伦，毫无干系：酒鬼们声称已经以一己之力破了案。他们甚至告发说自己那“一群蠢猪似的”亲戚或熟人是凶手。每条信息都没被忽视。

据埃伦迪尔所知，警方档案中并没有多少危险的活跃分子，出于种族偏见而可能去犯罪的人也不多。小部分暴徒早就被逮捕了，有些是在自己家施暴的情形下被抓。各种各样攻击性的武器——球棒、刀具和指节铜套等——被收缴，还有堪称“新纳粹”的物品及材料：互联网资料、小册子、书本、复印资料、纳粹旗帜和其他种族主义象征的物件也被清理了。这些种族仇恨的煽动活动并非是有组织的，警方几乎没有逮到什么人，尤其没有发现对移民有敌意的人。大部分种族偏见的投诉案都是偶发事件。

埃伦迪尔仔细地检查起存放档案的盒子来。在其中一个里，他发现了一面精心折叠起来的美利坚联盟国旗帜和一面纳粹万字旗，还有各种各样的英语出版物，从书的标题来判断，似乎是想洗白犹太大屠杀，将它说成是犹太复国主义者的阴谋。最后，还有些印着非洲原始部落图片的种族主义小册子。他从一堆东西中发现了英美杂志中煽动仇恨的文章，最后是一本年代久远的自称“冰岛之父”协会的备忘录。

备忘录上记录了发生在一九九〇年的几次会议，讨论的问题包括希特勒对魏玛共和国覆灭后德国重建的贡献。其中有一段提及了冰岛的移民问题，并且讨论了阻止方法。它预言，如果异族通婚持续存在，一百年后的冰岛将会面临种族灭绝的危险。书中所列的应对之策包括，推行更严格的公民资格申请法律，甚至封锁边境，不让外国人进入冰岛，不管他们是来冰岛找工作，还是投靠亲人或寻求庇护。记录到此为止，很显然，这个协会毫无预兆地解散了。埃伦迪尔发现做记录的书写笔迹很优雅，行文风格简明扼要，毫无赘述。

尽管没有附上成员名单，但记录中有一个名字埃伦迪尔感觉很熟悉。就在他坐在那里苦苦思索究竟在哪里听过时，手机突然响了。他立刻听出了里面传来的是谁的声音。

“我知道我不该打这个电话，但是我不知如何……”电话里的女人开始哭泣。

“……不知如何是好。”

“别怕，和我聊聊。”埃伦迪尔说。

“不行，我不能这么做！太可怕了……”

“什么？”埃伦迪尔问道。

“我想这么做，”那个声音说，“我真的很想，但这是不可能的。”

“你在哪儿？”

“我……”

女人说了一半，又不说了，电话里一片沉寂。

“我可以帮你，”埃伦迪尔说，“告诉我你在哪里，我会帮你的。”

“我不能，”那个声音说道，埃伦迪尔可以听到电话里传来的女人哭声。“我不能……像这样活着……”她的声音再次弱了下来。

“但你不断打电话来，”埃伦迪尔说，“你老这么给我打电话，肯定是有什么不好的事。我会帮你的。你是因为他才躲起来的吗？是不是因为他你才躲起来的？”

“我可以为他做任何事情，这就是为何——”女人说到这里停了下来。

“我们需要跟你谈谈。”埃伦迪尔说。

沉默。

“我们可以帮你。我知道这肯定很难，但是……”

“这件事本不该发生的，从没……”

“告诉我你在哪儿，我们需要谈一谈。”埃伦迪尔说，“不会有事的，我保证。”

埃伦迪尔屏息等待着电话那头的回应，但只能听到电话那头传来的女人的啜泣声。很长一段时间过去了。埃伦迪尔不敢发声，那个女人在权衡。埃伦迪尔的脑子高速运转，试图找到可以跟她聊的事，跟她的问题相关的事，关于她的丈夫、她的家庭、她的两个孩子。

“你的孩子肯定想知道——”

埃伦迪尔还没说完。

“上帝啊！”那个女人哭喊起来，挂断了电话。

埃伦迪尔盯着自己手中的手机，来电显示和上次一样也是空白。

他推断那个女人用的是公共电话；电话那头的背景声音也给出了很多提示。根据她第一次打电话的线索，他查出了她是从斯玛拉林德购物中心打来的。通常说来，这信息没有多大价值。因为用公共电话跟警方联系的人通常都是有原因的，所以他们不会使用居住地或工作地附近的电话。获取电话的地址对警方来说没有用处。

埃伦迪尔若有所思地将手机塞回口袋里。那个女人为什么要给他打电话？她没有透露任何信息，没有告诉自己她藏起来的原因，没有提及她的丈夫或者透露她的任何想法。或许她觉得让埃伦迪尔知道自己还活着就够了。她甚至有可能在设法阻止他找到她。她隐瞒了什么呢？她为什么要离开自己的丈夫呢？

埃伦迪尔询问了她丈夫同样的问题，但也没有得到什么答案。男人摇着头，似乎对发生的事完全不理解，这基本上就是他对这起失踪事件的唯一反应。直到新年后，他的反应才有所不同，埃伦迪尔见了他的前妻们，问了她们对此事的看法。其中一个女人的丈夫正好在国外出差，于是她在哈夫纳夫约杜尔的家中接待了埃伦迪尔。这个女人积极配合埃伦迪尔的调查，忙不迭地倾诉自己的前夫有多混蛋。埃伦迪尔听完这些谩骂，然后问她是否觉得前夫有可能伤害他的新妻子。她脱口而出。

“那还用问？”她说，“他肯定会的。”

“为什么？”

“像他那样的男人，”她轻蔑地说，“什么事情都做得出来。”

“你这么说有什么依据吗？”

“没有，”女人回答，“我就是知道，他就是那类人。我敢打赌，他肯定又开始在外面拈花惹草了。这种男人总是死性难改，就像得了一种病，那些混蛋得的都是这种病。”

另一名前妻提供了更多的信息。她主动要求在警局见面，她不想让他去自己的住处。他向她描述了案情，她聚精会神地听着，特别是当他开始暗示她的前夫有可能与新妻子的失踪有关系时。

“她到底怎么啦，你什么都不知道吗？”她问，同时打量着他的办公室。

“你认为他对她做了什么，是吗？”埃伦迪尔问道。

“你们怎么想？”

“我们没什么看法。”埃伦迪尔说。

“你就是这么看的，否则你也不会问。”

“这只是例行询问，”埃伦迪尔说，“我们要从各个角度考虑，这与我们怎么做或者怎么看没有关联。”

“你认为是他杀了她？”女人说，看起来来了精神。

“我不持任何看法。”埃伦迪尔更加坚定地说道。

“他什么都敢做。”女人说道。

“你为什么这样说？”

“他曾经威胁过我，”她说，“威胁要杀了我，因为我拒绝离婚。如果我跟他离婚了，那他就可以跟你正在找的这个贱人举行他的第三次婚礼了。我告诉他，我绝不跟他离婚，他休想再去结婚。我十分愤怒，或者说歇斯底里。我们的一个朋友告诉我他有了外遇，她听到人们在工作时八卦这件事，然后告诉了我。除了我，每个人都知道。你能理解那有多么羞辱吗？每个人都知道，只有被出轨的人一直被蒙在鼓里。我气疯了，他就打了我，然后告诉我他会杀了我，如果我敢坏了他的好事。”

“他威胁要杀了你？”

“他说他会慢慢地勒住我，看着我断气。”

埃伦迪尔从沉思中缓过神来。他看着那本他认真读过的书，回想起会议记录中出现的那个名字。他想起这个人可能是谁了。西于聚尔·奥利曾经提到过这个名字，说这人脾气很坏，令人讨厌。如果这是同一个人，那么埃伦迪尔可能要将与贾斯坦面谈的计划提前了，那个冰岛语老师。

他的手机响了，是埃琳博格打来的。她把苏妮过去一个月的来电名单打印了出来。有一些来自她的前婆婆，其他的来自巧克力工厂或朋友，还有两次来自学校。

“然后，一个相同的号码突然出现了八次。”

“是谁打来的？”

“是个公司电话号码，一家保险公司的。依我看来，这是名单上面唯一一个意想不到的号码。本来打进来的就不多。”

“你问过苏妮吗？”

“她坚称不认识这个号码，只说隐约记得有人打电话过来试图推销保险。”

“会是她男朋友打来的吗？”

“我们会尽快查明的。”

17

埃利亚斯谋杀案如野火一般在全国蔓延开来，人们络绎不绝地来到公寓楼前，在尸体发现地点摆放鲜花和卡片；有时也可以看到玩具，比如泰迪熊和汽车模型。晚上人们将在花园里为埃利亚斯举办一场追思会。

埃琳博格和西于聚尔·奥利在附近忙来忙去。他们两次开车经过这里，看到人们往地上摆放花朵。大多时候，他俩都在一个个单独约见尼冉的朋友们。男孩们讲述的大部分细节都互相吻合，一致声称对尼冉在埃利亚斯被害的那个下午的行迹一无所知，也说不出苏妮可能会把尼冉带到哪里。他们矢口否认在学校里兜售毒品，说这是污蔑，虽然他们承认在操场上斗过殴，但坚称自己没有错。没有人在那天见过埃利亚斯。两个男孩放学后跟尼冉一起晃荡了一会儿，但在埃利亚斯被发现的时间前后，他们已经和尼冉分开了。他们一伙在药店附近逗留过，那两个孩子后来一直待在一起，再没见过尼冉。没人感觉到埃利亚斯在学校里面有什么特殊问题。据他们说，这兄弟俩的关系非常要好。

那个喜欢说话又乐于助人的男孩叫卡里，他似乎真心想要给警方提供帮助。相反，另外三个男孩都很不情愿，除非问得很确切，他们才回答，否则不会主动说任何东西，回答也是简单草率。卡里的态度则不一样。西于聚尔·奥利最后见的他，原本准备简单问问就算了，结果却谈了很长时间。男孩由他父母陪同，母亲是泰国人，父亲是冰岛人，他们认识苏妮和她弟弟，也谈论过这起悲剧——这起无法理解的事件。

“大部分人都不会做什么伤害移民的事。”男孩父亲说。他是一名工程师，特意请假来给儿子鼓劲。他身材高大，有些发福，正和妻子一起坐在厨房的餐桌旁；他的妻子身材娇小苗条，面带微笑，十分和善。警察事先联系过他们，他们显然对此事非常关注——在制药公司做部门经理的孩子母亲甚至提前下班。这位丈夫正在讲迎娶外国妻子的冰岛人会有一些什么样的感受。

西于聚尔·奥利边听边点头。他独自一人前来，埃琳博格被一通电话叫走处理别的事了。

“我们平时总说不反对亚洲移民，不反对他们从亚洲搬来这里定居。去泰国餐厅就餐，体验异国文化，聆听不同的音乐，这些都令人兴奋，但一到紧要关头，我们又说不该让‘太多’的人进来。”男人边说边举起双手，分别竖起两个指头做出引号的形状。

“我们经常讨论这些。”女人看着自己的丈夫说，“我想，在某种程度上，这是可以理解的。冰岛人口很少，冰岛人为自己的传统感到自豪，想要保护它。可由于人口较少，本国传统很容易因人口变化发生改变。然后移民涌入，破坏了一切。很多搬到这里的人都封闭自己，不管是来自亚洲还是其他地方，他们从未好好学习过冰岛语，始终都是局外人。其他人则较好地融入了冰岛社会，他们认识到这很重要，而且真的下了很大功夫，掌握冰岛语是绝对的关键。”

她的丈夫点头表示同意。卡里坐在那里盯着地板，等着回答问题。

“前几天的新闻里不是有一些这方面的报道吗？”男人说，“在丹麦生活的冰岛人出现了一些问题，他们的孩子拒绝学习丹麦语。这种情况在哪里都差不多，对吧？”

“移民肯定会带来问题。”女人看着自己的丈夫，接着说道，“这不是什么新鲜事，全世界都有发生。重要的是要帮助人们去适应，当然，如果他们真的想在冰岛拥有未来，也要表现出适应的意愿。”

“你听过的最难听的话是什么？”西于聚尔·奥利问道。

“给我滚回去，泰国婊子！”

她脱口而出，没有丝毫迟疑，也看不出这话对她有什么影响，好像之前就被问过这个问题一样。对这样的辱骂已经无所谓，脸皮早就练厚了，好像这只是生活中的另一个事实。卡里向他母亲瞥了一眼。

“你能感受到这种歧视在不断升级吗？”

“我不知道。”男人说。

“你在学校里感受过这种歧视吗？”西于聚尔·奥利问男孩。

卡里犹豫了。

“没，没有。”他说的时候没什么把握。

“我觉得你还是别指望他承认有这事，”男人说，“没有人喜欢搬弄是非，特别是在这么可怕的事情发生之后。”

“有学生很肯定地说，卡里和他的朋友们在学校里兜售毒品。”

“哪个学生说的？”女人问道。

“我们只是听说，”西于聚尔·奥利说，“眼下可能还不需要太认真地讨论这事。我可以告诉你，目击者并不那么可靠。”

“我从没卖过毒品。”卡里说。

“那你的朋友们呢？”西于聚尔·奥利问道。

“没，他们也没干过。”

“尼冉呢？”

“我们当中没有谁干过这事，”卡里说，“都是瞎说的，我们绝对没有卖过什么毒品。那是他们在撒谎。”

“卡里不吸毒，”他父亲说，“这根本不可能，当然，他也不卖毒品。”

“要不然，你们肯定会知道的，对吧？”西于聚尔·奥利问道。

“是的，他瞒不了我们。”男人回答。

“说说学校里的那些麻烦事吧！我们听了不少。”西于聚尔·奥利问，“究竟发生了什么？”

卡里低头盯着地板。

“把你知道的告诉他，”他的母亲说，“这个冬天，他在学校里过得不是很开心，有几天他都不想去学校。他觉得有人埋伏着要攻击他，有几个男孩看他不顺眼，要打他。”

“妈妈！”卡里瞪着母亲，抗议似的喊道，好像她泄露了一个尴尬的秘密一样。

“卡里的一个朋友被人打了，”她的丈夫说，“学校似乎解决不了这事。出了麻烦，他们就束手无策。一个男孩被停了几天课，这事就过去了。”

“学校声称校内没有明显的种族偏见或紧张态势，”西于聚尔·奥利说，“在一个大的校园里，总有些小麻烦和冲突的，但目前仅此而已。根据卡里告诉你的事情，你大概不会同意校方的说法吧？”

男人耸了耸肩。

“说说尼冉吧？”

“像尼冉这样的男孩通常要经历一段艰难的时期，”女人说，“要他们去适应一种完全陌生、遥远的文化，学习一门困难的语言，这是很不容易的，更何况还要面对敌意。”

“他们会遇到些麻烦。”她的丈夫补充说。

“卡里，你能告诉我们会有什么麻烦吗？”

卡里尴尬地清了清嗓子。西于聚尔·奥利心想，跟孩子谈话，没有家长在一旁效果通常会更好。他可不是第一次这么想了。

“我不知道你是否明白问题的严肃性。”西于聚尔·奥利说。

“我想他完全理解这其中的利害关系。”男人说道。

“如果你能帮忙，我十分感激。”卡里看了看自己的父母，然后又看了看西于聚尔·奥利。

“我不知道他是怎么死的，”卡里说，“我根本不了解埃利亚斯，他很少跟尼冉待在一起。尼冉不愿意让他跟着自己。他太小了。但是尼冉会照顾埃利亚斯，不准别人欺负他。他是怎么死的我一点都不知道，我不知道是谁袭击了他，我们都不知道，没人知道发生了什么。而且我们也不知道尼冉那天的遭遇。”

“你是怎么认识尼冉的？”

卡里叹了口气。他讲了跟这个新来男生在学校里的首次会面。尼冉和他长相颇似，因为彼此都是移民的孩子，两人很快就相互认识了。卡里也是最近才搬到附近的，尽管他有一些好朋友是冰岛当地人，还有两个菲律宾裔朋友，一个越南裔朋友。之后他们又和尼冉原来学校里的同伴成了朋友。尼冉很快成了这群人的头儿，不断向他们灌输自己知道的关于移民子女地位的各种事实。他们脱离了祖国的母体，也不是冰岛人，即使他们想成为冰岛人，那也是不可能的。大多数人认为，他们都是外来者，即便他们出生在冰岛也还是外国人。大多数移民都体会过针对自己或家人的种族歧视：怒视、谩骂，甚至彻头彻尾的敌意。

尼冉不是冰岛人，也无意成为冰岛人，但在北极区生活也意味着他几乎不可能称自己为泰国人。他意识到自己两者都不是，他不属于任何一个国家，任何一个地方，只能归属某个看不到的、无形的无人岛。以前他根本不必思考自己来自哪里——他是泰国人，出生在泰国。现在，他从这个有相似背景的移民后裔团体身上汲取力量，他最好的朋友也在其中。他开始沉迷自己的文化、泰国的历史、祖先的故事。在认识了以前学校里其他年龄更大的移民子女之后，这种感觉变得愈发强烈。

“我们猜想，他跟他继父的关系并不好。”西于聚尔·奥利说。

“没错。”卡里说。

“知道什么原因吗？”

卡里耸了耸肩。

“尼冉说他很庆幸父母离婚了，因为这样他就不用再看到他的继父了。”

“你们知道苏妮认识了一个人吗？那人很可能是她的男朋友。”西于聚尔·奥利问道。

“不知道。”

“尼冉没说过他妈妈在和什么人交往吗？”

“没有。我觉得他没提过，对这事我一无所知。”

“你最后一次见到尼冉是在哪里？”

“我病了，所以没去学校，也没有跟他们说，最后一次见到尼冉是在几天前，放学后我们在一起玩了一会儿，然后就回家了。”

“在药店那里玩？”

“嗯。”

“为什么你们总在药店附近晃荡？”

“要知道，我们只是有时在那里碰头，没干什么事。”

“你们通常都会干些什么？”西于聚尔·奥利问道。

“只是放松一下，打发时间，比如借录像带、踢足球，只要是我们喜欢的，或者去看场电影。”

“你觉得尼冉对他弟弟做过什么吗？”

“你不能引导他回答这样的问题，”卡里的父亲打断了问话，“这太过分了。”

“不可能，”卡里说，“他从没伤害过埃利亚斯，这点我非常肯定，他一直在照顾埃利亚斯，尼冉对他一直都很好。”

“你在学校及附近一带打过架，能跟我说一下吗？”西于聚尔·奥利问，“而且你的一个朋友被打了，你说过的。你是不是害怕去学校？”

“这事不严重，”卡里说，“这只是……有时会有些暴力行为，我不想参与，只想自己待着。”

“你跟尼冉和那些伙伴说过这些吗？”

“没有。”

“如果尼冉算是你们的头儿，”西于聚尔·奥利问，“那另一帮人的头儿是谁呢？”

卡里没有回答。

“你不想告诉我们吗？”

他摇了摇头。

“没有什么头儿，”他说，“尼冉也算不上是头儿，我们只是一群好伙伴。”

“谁最爱找你们茬？”西于聚尔·奥利问道。

“他叫拉吉，”卡里说，“他是最爱找茬的人。”

“他就是那个打你的人吗？”

“嗯。”

西于聚尔·奥利记下了这个名字。父母彼此交换了一下眼神，似乎在说他们觉得这场询问进行得够久了。

“你刚才问我，在学校里面是不是感受过歧视。”卡里突然间打断沉默说道。

“对。”西于聚尔·奥利说。

“不仅仅是……我们也说些类似的话，”卡里说，“不只他们骂我们，我们也骂他们。我不知道这是怎样开始的。尼冉跟格米大打出手，就是因为有人说了一些话。真是愚蠢！”

“老师们怎么样？”

卡里犹豫地点了点头。

“老师们都挺好，不过有一个人憎恨移民。”

“他是谁？”

卡里看了一眼他的父亲。

“贾斯坦。”

“他做了些什么？”

“他讨厌我们。”卡里说。

“怎么看出来的？是他说了什么，还是做了什么？”

“没其他人在场时，他会说些话。”

“例如？”

“你这堆臭狗屎。”

“你开玩笑吧？”卡里的父亲重重地喘息了一声，“你为什么没有告诉过我们？”

“他们俩争吵过。”卡里说。

“谁？”

“贾斯坦和尼冉。我不知道为什么吵，但我看他们几乎都要打起来了。尼冉不想谈这件事。”

“什么时候的事？”

“就在埃利亚斯出事那天。”

*

保险公司的公关人员站在埃琳博格面前，他穿着讲究，打着华丽的领结。他的办公桌上除了键盘和宽屏电脑外空无一物，身后的书架上放着几个装有文件的硬纸箱，大都已经满了。他看起来并没有很多事要做，除非这是他第一天上班。埃琳博格解释了此次造访的目的：保险公司有人曾给一个人打过电话。她提到了苏妮的名字。警方需要知道通话者的身份，但是来电清单上面不能显示这通电话来自哪部分机，只显示了总机号码。

“是不是跟那个死去的男孩有关？”这个聪明的公关先生问道。

“没错。”埃琳博格说。

“您想了解……”

“你们公司的人是不是往她家打过电话？”埃琳博格说。

“明白了，”公关先生说道，“你想知道这个电话是从哪个分机上打过去的。”

她已经解释过这点了，不明白他是极其不愿意配合，还是仅仅因为终于有点事可干了，太高兴，所以打算慢慢来。

她点了点头。

“首先，我们需要知道这个女人是否买了我们公司的保险。”

“她叫什么名字？”公关先生问，把他指甲修剪得很漂亮的手放在了键盘上。

埃琳博格告诉了他。

“客户里没有这个名字。”他说。

“上个月你们做过促销活动吗？打电话推销或者类似的业务？”

“没有，最近一次推销是在三个月前，从那之后就没有过了。”

“看来，我不得不请求你为我们留意一下你们公司里的情况，如果公司里有认识那个女人的员工，麻烦你找出来。你会怎么做呢？”

“我会四处问问的。”公关先生边说边向后靠向他的椅子。

“但不要声张，”埃琳博格说，“我们只想跟相关人员谈。就是这样。他不是嫌疑对象，他有可能是苏妮的一个朋友，大概是她的男朋友。替我谨慎地查一下，你看行吗？”

“没问题。”公关先生说。

*

埃伦迪尔按了下门铃，当他这么做的时候，能听到门铃急促的嘎吱声从屋里传来。过了会儿，他又按了一次门铃，同样的响声传来，他屏息静听。很快，他听到里面有沙沙声传来，最后门终于开了。显然，埃伦迪尔打扰了这个男人的美梦，尽管现在已经是中午了，但这个男人看起来就像领退休金的老人，大概可以想什么时候睡就什么时候睡。

埃伦迪尔先做了自我介绍，但这个男人好像还没有完全清醒，他不得不再次重申自己来自警察局，想请他帮自己一个小忙。男人站在门口看着埃伦迪尔。显然，他不常接待客人，门铃大概因为少有使用才会发出那样的嘎吱声。

“呃……嗯？”男人盯着他，嘶哑地说。他的下巴长满了白胡茬。

埃伦迪尔又重复了一遍之前说的话，这个男人终于搞清楚了埃伦迪尔是来找他的。他把门打开，让埃伦迪尔进了屋。他看起来蓬头垢面的，黏在一起的白头发向四面八方竖立着，房间里弥漫着酸腐的气味。他们来到客厅里，男人往沙发上一坐，身体向前倾着。埃伦迪尔在他对面坐了下来。他发现这个男人有两条粗大的眉毛，当他动眉毛的时候，眼睛上面好像有两只毛茸茸的小虫子在蠕动。

“我还没搞清楚发生了什么事。”男人说道。他说自己叫海尔吉。“警察找我什么事？”

这间公寓位于一栋很老旧的建筑物里，旁边就是繁忙的公路，车辆经过的轰鸣声清晰可闻。房子没被很好地维护，大片的混凝土从墙体脱落，但住在这里的居民似乎并不在乎。楼梯狭窄肮脏，地毯千疮百孔，尽管外面是白昼，可由于窗户玻璃被外面排放的汽车尾气熏脏，公寓里漆黑一片。

“你在这里住了很长一段时间了吧。”埃伦迪尔说着，眼睛盯着男人眼睛上面毛茸茸的小虫子。“我想问一下，你是否还记得很多年前你的一些邻居。一个女人和一个男孩。她可能跟一个男人住在一起，这个男人可能是男孩的继父。这是很久之前的事了——我们正在说的——多少年来着？三十五年了。”

这个男人一言不发地看着埃伦迪尔。过了很久，埃伦迪尔想也许他在睁着眼睛打盹。

“他们住在一楼。”他补充说。

“他们怎样了？”男人问，所以他并没有在睡觉，只不过是在努力回忆那家人。

“没什么，”埃伦迪尔说，“有一些信息我们需要转达给那位继父，就是这样。那个女人前段时间死了。”

“孩子呢？”

“就是这个孩子请求我们寻找那个男人的线索，”埃伦迪尔撒谎说，“你还记得这些人吗？他们住在一楼。”

男人依旧一言不发地看着埃伦迪尔。

“一个带着儿子的女人？”他终于问道。

“还有一个继父。”

“这还真的是很久远了。”男人说，开始从迷迷糊糊的打盹中清醒过来。

“我知道。”埃伦迪尔说。

“怎么，他跟她同居的时候没有登记吗？”

“没有，在她住在这里的那段时间，除了她和她儿子，没有其他人登记过。但是我们知道这个人跟她一起生活过。”

埃伦迪尔等着他的回复。

很显然，海尔吉不打算再主动提供什么信息了，他只是一动不动地坐在那里，神情茫然地盯着咖啡桌看。见此情景，埃伦迪尔继续说道：“我们需要知道那位继父的名字。”

“那个孩子不知道吗？”海尔吉在一段沉默之后问道。

呃，所以他其实是一直清醒着的，埃伦迪尔想。

“那个孩子当时太小了。”他说，希望这个回答可以让这个男人满意。

“现在楼下住着一帮乌合之众，”海尔吉继续心不在焉地盯着他面前的桌子说道，“一群无赖，所有时间都在大喊大叫，不管我给你们打过多少电话，都没有一点用，有个流氓是房东，根本没法将他们赶出去。”

“总有运气不好，遇上坏邻居的时候。”埃伦迪尔附和道，免得尴尬。“你能帮帮忙，提供点那个男人的信息吗？”

“那个女人叫什么？”

“西格薇。那个孩子叫安德瑞斯。通过警方系统来搜索很麻烦，还耗时，我来找你就是为了省事。”

“我记得她。”男人抬起视线说道，“西格薇，没错。但是，等一下，那个男孩当时不太小啊，不会记不得跟他们住在一起的男人叫什么。”

海尔吉怀疑地盯着埃伦迪尔看了许久。

“你没说实话吧？”他说。

“对，”埃伦迪尔说，“有些隐瞒。”

海尔吉的嘴唇露出一丝微笑。“住在楼下的那个家伙是个危险人物。”他说。

“这很难说，也许他只是有做危险事情的倾向。”

“你问的这个男人跟那个女人一起生活了几年时间，”海尔吉说，“我对他不怎么了解，他好像经常出门在外，是个跑船的？”

“我一点也不清楚，”埃伦迪尔说，“不过，有可能是。你能记起他的名字吗？”

“恐怕我想不起来了，”海尔吉说，“我也记不起西格薇的名字，只是在刚刚一瞬间我记起那个男孩叫安德瑞斯。这些都是一个耳朵进一个耳朵出，很少能够记得。”

“当然，在那之后，搬进搬出的人多了。”埃伦迪尔宽慰道。

“多得难以想象。”海尔吉说，他现在多少已经从午休被贸然打断中恢复过来了，并且很高兴有人到这儿来跟他说说话，这么多年来还没有哪个访客对他的话这么有兴趣的。“但是，对于这些人我恐怕记不起多少了。”他补充道，“老实说，几乎没什么事记得。”

“我们这行有个通则：每件事都有用，不管多么琐碎。”

埃伦迪尔说。这是他听一名警察在电视上说的话，当时觉得这话也许有派上用场的时候。

“他是不是做了什么错事？这个男人。”

“没有，”埃伦迪尔说，“安德瑞斯找到我们，事实上我们本不该花费太多时间在这上面，但是……”

埃伦迪尔耸了耸肩。他看到海尔吉在笑。现在他俩几乎成了知心伙伴。

“如果我记得没错的话，那家伙来自某个农村，”海尔吉说，“他跟她参加过一次家庭聚会，那时候人们还开家庭聚会呢。现在，如果麻烦别人做点什么，你就得花钱付费，哪怕八百年就麻烦那么一次。这是我见过他的为数不多的一次。”

“你能跟我描述一下他吗？”

“不太确切。他个头挺高，身体强壮，给人印象不错，相当讨人喜欢，如果我没记错的话。他搬了出去，在我记忆中，他们分手了，不是吗？我不知道为什么。你应该跟艾玛谈谈，她曾经住在他们对面。”

“艾玛？”

“是的，艾玛，好极了的一个人。大概二十年前搬出去了，但是一直保持着联系，寄圣诞卡片，等等。她现在住在科帕沃于尔。她肯定比我记得的多。跟她谈谈，我真的不太记得这些人了。”

“关于那个男孩，你还记得什么特别的事吗？”

“那个男孩？不……除了……”海尔吉停了一会儿。

“什么？”埃伦迪尔说。

“我似乎记得他总是很悲愁，畏畏缩缩的，一个小可怜虫。

一个伤感的小家伙，有点邋遢，好像没人好好照顾他。有几次，我试图跟他说说话，但我觉得他躲着我。”

*

安德瑞斯站在凛冽的寒风里，这儿离格雷提斯戈塔公寓里的一间波状铁壳屋子不远，他的眼睛盯着一扇地下室的窗户。他看不到里面，也不敢冒险接近。在大约六个月前，他追踪到了这个男人的住处，看到他消失在这栋地下公寓之中。这个人就是他向警方提起过的神秘人物。他跟在这个男人后面，保持一小段距离，从公寓楼出来，上了一辆公共汽车。这个男人没有注意到他。他们在艾尔穆尔汽车站下了车，然后安德瑞斯跟踪他来到了这栋房子。

现在他和那栋房子保持着安全距离，并试图躲避刺骨北风的吹袭。自从上次跟踪之后，他从艾尔穆尔汽车站抄过几次近路来这里，现在确定这个男人在格雷提斯戈塔公寓的第二个住处。

安德瑞斯把双手插进了口袋。

他吸了吸鼻子，寒风吹得他都要流眼泪了，他跺了跺脚，转身离开了。

18

贾斯坦不在家，但警探们表示会等他回来。女人对此十分意外。

“在门外等着？”她问，由于惊讶，她的脸都拉长了。

埃伦迪尔耸了耸肩。

“你们为什么要等着跟贾斯坦谈话？”她问。

“跟学校的那个事件有关，”埃琳博格说，“例行常规。我们在向老师和学生们了解情况。”

“我记得你们已经和他谈过了。”

“我们需要再和他谈谈。”埃琳博格说。

女人的视线在他们身上扫了一遍。他们能感觉到，她很想当着他们的面把门甩上，再也不想看见他们。

“你们要不要进来等？”她尴尬地停顿后问道。

“谢谢！”埃伦迪尔说，并且招呼埃琳博格先进了屋。两个孩子，一个男孩和一个女孩，看着他们走进客厅，坐了下来。埃伦迪尔更愿意把谈话地点选在车站或者学校，可贾斯坦一直在回避他们。他们提议在警察局会面，可他没来。当他们到学校去见他时，他又提前走了。他也不接他们的电话。埃琳博格建议到他家里去找他，埃伦迪尔同意了。

“他开车到汽车修理厂修车去了。”女人说。

“我知道。”埃伦迪尔说。

正是傍晚时分，他们敲门的时候，这个女人正在厨房里做晚饭。她没有细说修理汽车的事。

她说，下午贾斯坦打过一次电话，之后就没有联系了。察觉到警察的到来给她带来的忧虑，埃伦迪尔试图让她安心下来，就又重复了一遍埃琳博格说过的例行程序。

然而，她并不买账，回厨房时，带上了手机。两个孩子也跟着她，躲在厨房门口，瞪大眼睛盯着警探们。埃琳博格对他们微笑。女人的声音传到客厅里，他们听到她的嗓门一度提得很高，然后就不吭声了。过了好一会儿，她才出来，此时她已经平静了很多。

“贾斯坦说路上有点堵车，”她说，想挤出一丝微笑，“五分钟后他就到了。”

“谢谢。”埃琳博格说。

“需要喝点什么吗？”女人问道。

“方便的话，咖啡吧，谢谢。”埃伦迪尔说。

女人回到了厨房里，孩子们还在厨房门口站着，盯着他们看。

“也许来他们家不太好。”沉默很久之后，埃琳博格对埃伦迪尔小声说道。她也目不转睛地看着孩子们。

“这是你的主意。”埃伦迪尔说。

“我知道，但是不是有点太过了？”

“太过了？”

“我们可以编个假话，把他约出来的。我不知道会是这么尴尬。如果他回来了，我们就抓他去外面谈。”

“也许你不应该放弃地质学。”埃伦迪尔说。

“地质学？”

“那些岩石是不会带给你这些烦恼的。”埃伦迪尔说。

“哦，哈哈！”埃琳博格笑了出来。

在来贾斯坦家的路上，埃琳博格让埃伦迪尔感到很烦躁，她盘问他与瓦格迪尔相处得怎么样，他们将来有什么打算，埃伦迪尔听后立即缄默了。埃伦迪尔让她不要再问这些讨厌的问题，可是埃琳博格一点也没有气馁。她问起瓦格迪尔是否仍然跟前夫藕断丝连，对于这个问题，埃伦迪尔如果得答复，肯定只好承认。那她究竟想不想搬来跟他同住呢？这又是他始终回避且不愿面对的一件事。埃琳博格打探他私生活的习惯时不时惹得他心烦意乱。有时候她还会问起埃娃、辛德理以及他的事情。她似乎不懂得适可而止。

“你这，难道是精神恋爱吗？”她问道，“大多数人更喜欢住在一起。”

“你能饶了我吗？”埃伦迪尔说，“我不知道你指的精神恋爱是什么意思。”

埃琳博格停了一会儿，然后开始哼唱斯泰因·斯泰纳尔[1]写的一首著名诗歌：乔恩·克里斯托弗，军队见习生啊，救世军来会面，

---

1 斯泰因·斯泰纳尔：冰岛著名诗人。

时间在七点，到时瓦格迪尔中尉将指引你去往天堂之路…… 她一直哼唱个不停，最后埃伦迪尔再也忍不下去了。

“我不知道我们的关系会怎么收场，”他说，“但这都与你无关。”

“好吧！”埃琳博格依然哼唱着。

“瓦格迪尔中尉……”埃伦迪尔打断了她。

“什么？”

“办正事。”

贾斯坦的妻子拿着几个咖啡杯从厨房里走了出来，看起来极其焦虑。孩子们跟着她，当她回到厨房去取咖啡的时候，他们有些迷茫地停在了房间中央。这时，门开了，贾斯坦走了进来。埃琳博格和埃伦迪尔站了起来。

“你们有必要这样吗？”贾斯坦问道，显然很恼火。

“我们找了你一整天。”埃琳博格指出。

贾斯坦的妻子端着一壶咖啡过来了。

“出什么事了？”她问她的丈夫。

“没事，”贾斯坦说，他很快就冷静了下来，对妻子安慰道，“我在电话里跟你说过，是跟学校被袭击男孩有关的事。”

“怎么回事？它跟你没有任何关系，不是吗？”

“是的。”贾斯坦说着看着他们，好像在寻求支持。

“我们跟学校里的所有老师都会谈话，之前跟你说过。”埃琳博格说，“我们可不可以换个没人的地方坐下来谈谈？”

她对贾斯坦说道，对方犹豫了。他的眼睛从三人身上一一扫过，他们都在等着他的答复。最后他点了点头。

"我在地下室有一间书房，"他不情愿地说道。"我们去那里，行吗？"他向妻子询问。

"把这壶咖啡拿着。"她说。

贾斯坦笑了。

"谢谢，亲爱的！他们谈完话一走，我就上来。"

他抱起小女儿亲了亲她，然后温柔地摸了摸老大的头发。

"爸爸马上回来，"他说，"爸爸只是需要跟这些人说会儿话，然后就回来。"

贾斯坦把他们带到了地下室。他把一间小储藏室改装成了自己的书房，里面有一张桌子、一台电脑、一个打印机、一些书和纸张。他坐在唯一的一把椅子上，两位警探站在门口。在带他们下来的路上，贾斯坦什么都没说，但现在他的怒火马上就要爆发了。

"这样到我家里来骚扰我，你们什么意思？"他咆哮着说，"还在我家人面前！你们看到我孩子脸上的表情了吗？你们真的觉得这种行为可以接受吗？"

埃伦迪尔没有回答。埃琳博格准备说些什么，但是被贾斯坦打断了。

"我看起来像罪犯吗？我做了什么要遭到这种对待？"

"我们一整天都在试图跟你取得联系，"埃伦迪尔再次说道，"可你不接电话。我们决定看看你是不是在家。你妻子人很好，邀请我们进来，还煮了咖啡，然后你就回来了。是什么原因让你这么激动？我们只是想办法能在你家里见你一面。幸运的是，我们见到了你。你要投诉吗？"

贾斯坦来回看着他俩。

“你们想要我怎样？”他问。

“也许我们可以从所谓的‘冰岛之父’的一些事谈起。”埃伦迪尔说。

“你觉得知道这些你们就可以结案了，是吗？”贾斯坦撇嘴讪笑道。

“我没有任何看法。”埃伦迪尔说。

“那时我十八岁，”贾斯坦说，“那就是小孩子玩的把戏。你也能想象到。‘冰岛之父’！只有孩子才能想得出这类扯淡的话。青少年都爱虚张声势。”

“我认识很多十八岁大的青少年，他们甚至连‘魏玛’这两个字都不会写。”

“听着，我们是一群大学生。”贾斯坦说，“那是一个玩笑，十五年前的事。我不敢相信，因为这个男孩的事，你就要告我种族歧视，这纯属诽谤。”

贾斯坦带着一种讥讽的语气说道，好像案件的任何相关线索都牛头不对马嘴，简直就像一个玩笑，而且埃伦迪尔和埃琳博格也很可笑——警探找错了对象。他懒洋洋地躺在椅子上，张开着双腿，傲慢无礼到无法言表，哂笑着他们的愚蠢，又好像很同情他们，因为他们没有跟他一样拥有无懈可击的人生观。埃利亚斯的悲惨遭遇根本没触动他。

“你说，像埃利亚斯这样的袭击事故早晚会出现是什么意思？”埃琳博格问。

“我想这是不需要解释的。放这些人进来的时候会指望什么？

指望一切正常，是吗？我们还没有准备好。来自全世界的人都川流不息地涌入这个国家，做些卑贱的工作，而我们对此视而不见。我们都希望营造一个快乐的大家庭。然而，社会并没有朝这个方向发展，而且绝不可能这样。大批亚洲人形成了他们自己居住的小贫民窟，坚持穿原来的服饰，坚守原来的传统，不跟本族之外的人通婚。他们懒得学习冰岛语言，当然，在校成绩也不怎么样——他们之中有多少人可以上大学呢？很多人都是一完成义务教育就不再继续上学了，不再把时间浪费在糟糕的冰岛历史和冰岛语言学习上，他们应该乐上天了吧！”

“我知道你并没有完全放弃‘冰岛之父’。”埃伦迪尔冷冷地说道。

“是，没错。在这种时候，不管什么人只要是发表相关的言论都会被定义为残忍的种族主义者。没人畅所欲言，每个人都要圆滑世故，说他们的到来丰富了冰岛文化这类的屁话。全是胡说八道！”

“你觉得埃利亚斯的袭击者是亚裔吗？”

“你们当然早早排除了这种可能性，不是吗？”贾斯坦轻蔑地说道。

“你跟你的学生说过类似的话吗？”埃琳博格问，“你也向你的学生传达过你对移民的看法吗？”

“我不明白这跟你有什么关系。”贾斯坦反驳道。

“在学校里，你挑拨过学生之间的关系吗？”埃琳博格继续问道。

贾斯坦的目光从埃琳博格身上转向埃伦迪尔。

“你跟谁谈过话？你在哪儿找到跟‘冰岛之父’相关的东西的？你都查出了些什么？”

“请回答我们的问题！”埃伦迪尔说。

“我没有做任何诸如此类的事，”贾斯坦说，“如果有人说我做过，那他也是在撒谎。”

“这是我们已经掌握的线索。”埃琳博格说。

“好吧，这是谎话。我从没煽动过别人做任何事。谁说我做过的？”

两位警探没有回答。

“我没有知情权吗？”贾斯坦问道。

埃伦迪尔一言不发地盯着他。他曾经查过贾斯坦在警察局的记录，除了一次超速罚款外什么都没有发现——他从没触犯过法律。

据埃伦迪尔所知，贾斯坦是一个可敬的市民、一个出色的顾家男人、一个好父亲。

“你是怎么得出你比别人更高一等这个结论的？”

“我没说过我是这样的人。”

“很明显，你的言论和所作所为都是这样标榜自己的。”

“这跟你有什么关系？”

埃伦迪尔看着他。

“没什么关系。”

*

拉吉纳，学校的绰号叫拉吉，此刻正在家中自己的卧室里跟西于聚尔·奥利面对面坐着，他的母亲坐在旁边。他看起来很紧张。她是一位离异母亲，拉吉纳是三个孩子中的老大。作为家里唯一养家糊口的人，她要努力维持生计。拉吉纳回家之前，她跟西于聚尔·奥利聊了会儿。她说养活三个孩子并非易事，好像在为自己做提前辩解。西于聚尔·奥利什么都没说，除了告诉她这是因学校事故而进行的例行调查；警方跟各个年级的一些学生都在谈话。那个女人看上去像是听明白了。这间地下室逼仄，但租金却不便宜，是楼上那个阔太太租给她的。整栋房子都是那个阔太太的，她还有至少三件貂皮大衣。不过，既然警察都来了，这位单亲母亲觉得可算有倒苦水的机会了。她体型肥硕，气喘吁吁，烟不离手，房间里很闷。到访期间，西于聚尔·奥利没见到另外两个孩子。房间里散落着要洗的脏衣服、垃圾邮件和报纸。孩子母亲踩灭了香烟。西于聚尔·奥利想想自己的这身衣服，简直感到绝望，几天之内它们都会散发出难闻的烟味。拉吉看到警察在自己房间时，起初很慌张，但是很快就恢复了平静。他比实际年龄看上去长得高些，有一头浓密的黑发，脸上长着痤疮，特别是嘴巴周围。他看起来局促不安。在逐渐将谈话话题引到移民和尼冉身上之前，西于聚尔·奥利先从学校里的一般问题开始问起，包括学校里的氛围、老师和年龄大的孩子。拉吉的回答大都是一个词一个词地往外吐。他很有礼貌。他的母亲没有参与对话，只是坐在旁边不停地吸烟、喝咖啡。西于聚尔·奥利敲门的时候，她刚刚下班回家。她做的咖啡很香、很浓郁，他等着她给自己再添一杯。他以前只喝茶的，但是贝格索拉对于各式咖啡豆和咖啡烘烤的高超鉴赏力潜移默化地影响了他对咖啡的态度。

“你和贾斯坦老师的关系怎么样？合得来吗？那个教冰岛语

的老师。”他问道。

“他人不错。”拉吉说。

“他不怎么喜欢有色人种，是吗？”

“或许是这样。”拉吉说。

“从哪儿看出来的？他说过这方面的话？还是做过什么事？”

“不是，只是，你懂的。”

“只是什么？”

“没什么。”

“你认识埃利亚斯吗？”

“不认识。”

“他的哥哥尼冉呢？”

拉吉迟疑了。

“认识。”

西于聚尔·奥利本来准备提一下尼冉的朋友卡里，但是打住了。他不想引起拉吉的疑心，让他怀疑自己已经和别的孩子谈过，探听到了什么。

“怎么认识的？”

“要知道——”拉吉说。

“知道什么？”

“他觉得自己很特别。”

“怎么说呢？”

“他叫我们因纽特人。”

“你怎么称呼他？”

“笨蛋。”

“你知道他弟弟发生了什么事吗？”

“不知道。”

“能告诉我，他被袭击的时候你在哪儿吗？”

拉吉停下来想了想，显然，他之前没有考虑过这个问题。西于聚尔·奥利突然意识到，如果这孩子是在说谎，那他一定是个非常棘手、难对付的对手。最后，答案出来了。

“我们在克里格兰购物中心。我，英格瓦，还有丹尼。”

这个回答跟西于聚尔·奥利之前向英格瓦和丹尼提问时，他们给出的答复一致。他们都矢口否认跟埃利亚斯被害有任何牵涉，并声称对学校的毒品交易不知情，只说了些跟少数族裔学生之间的小摩擦和争吵。这三个小伙伴是学校里面有名的捣蛋鬼，大家都盼着春天时完成义务教育，然后永远离开学校。他们专好恃强凌弱，在新年那天制造了一起骚乱，用新年前夜剩余下来的烟火，自己加工改制成了威力更大的大鞭炮和强力火箭，三人中的两人由于在校内以及学校附近点爆了这些东西，受到了停课一周的惩罚。

其中一人在走廊里点燃了一个他们自制的威力最大的鞭炮，震碎了两扇大玻璃，整个学校都摇晃了。没出大事只能说奇迹，因为大家都在上课，没人出现在爆炸地点附近。

“你最近一次见到埃利亚斯是什么时候？”西于聚尔·奥利问道。

“埃利亚斯？我不认识他，我根本就不认识他。我也从没见过他。”

“你们一伙人跟尼冉那伙人在学校里发生过什么严重的冲突吗？”

“没有，只是，你知道的，那群人老是显摆。”拉吉停顿了一会儿，说道。

“那些移民？”西于聚尔·奥利进一步问道。

“冰岛应该是我们的，是冰岛人的，而不是大批外来者的。”

“我们知道帮派之间发生过冲突，”西于聚尔·奥利说，“有时还很激烈。不仅仅是在城市的这一地区。我们还知道一些帮派之间冲突很严重。你同意吗？”

“我……我不知道。”

“然后埃利亚斯的这起案件就发生了。”

“是。”

“你觉得这跟你们两个帮派之间的冲突有关系吗？”

“我不知道。或许没有。我是说，我们不会做类似的任何事情。我们从没杀过人。这太荒唐了。我们不干这种事。不是这样的。”

“你确定？”

这位母亲在他们谈话的过程中一直坐在一旁默默地抽烟。现在她出声打断了询问。

“你认为是我家拉吉杀害了那个男孩？”她说，看起来她终于搞清楚了警察为什么来她家询问有关学校种族关系紧张的一系列问题。

“我没有任何看法，”西于聚尔·奥利说，“你了解学校毒品交易的事吗？”他向拉吉问道。

“我家拉吉跟毒品没有一毛钱关系。”他的母亲立刻回答说。

“我只是听人这么说的。”西于聚尔·奥利说。

“我不知道任何跟学校毒品交易有关的事。”拉吉说。

“是的，没错，你只是在走廊里放过鞭炮。”西于聚尔·奥利说。

“我——”拉吉准备再说时，他的母亲打断了他。

“他已经为此受过了惩罚，”她说，“再说了，破坏最厉害的那次爆炸也不是他干的。”

“有没有可能某个人贩卖毒品，另一个人欠他钱，而债务纠纷导致了埃利亚斯这样的惨剧呢？”西于聚尔·奥利问道，突然意识到这位母亲是多么急于替自己的儿子辩解啊。

拉吉在谈话中第二次停下来思考。

“学校里没有人在卖毒品，”他在一阵停顿之后说道，“有些人在学校门口闲荡，卖一些东西，或者是在学校的迪斯科舞厅里。就这些。其他的一些情况我就不知道了。没人试图向我兜售什么东西。”

“你知道埃利亚斯发生了什么事情吗？”

“不知道。”

“你知道是谁袭击了他吗？”

“不知道。”

“你知道尼冉的弟弟被害那天尼冉在哪里吗？”

“不知道。我只是在路上，我见到他被贾斯坦打倒在地。”

“贾斯坦，那个冰岛语老师？”

“尼冉划了他的车。右下方的一道。贾斯坦气疯了。”

西于聚尔·奥利盯着拉吉。他想起了卡里说过的有关贾斯坦和尼冉的事。

“你能重复一遍刚才说的吗？”

拉吉察觉到自己说了一些很重要的事情，立刻开始反悔了。

“我没有看到，只是听说的，”他说，“有人说尼冉划了他的一侧车身，贾斯坦揍了他。”

“什么时候？什么时候的事？”

“那个男孩死的当天早晨。”

“再来点咖啡？”他的母亲吐了口烟，问道。

“谢谢，我想再喝点。”西于聚尔·奥利说着，掏出了手机。他在找埃伦迪尔的号码。

“还有其他的事吗？”他问。

“我不知道，”拉吉说，“这是我听说的全部。就这些了。”

19

到埃利亚斯追悼会的傍晚，对尼冉的搜寻依然没有结果。在公寓楼前的那片区域，一大群人加入到了火把游行的队伍之中，人们静默地走着，走在最前面的是当地牧师。苏妮在活动现场，陪着她的有威罗特和西格丽迪尔，他们都被这一行动表达的温暖和团结深深感动了。

但这一切都不足以让她把另一个儿子托付给警方。她坚定地拒绝透露尼冉的藏身之处。在这一点上，她的弟弟以及其他任何人也拒绝向警方提供任何相关信息。

埃伦迪尔和埃琳博格参加了追悼会，并且看着游行队伍朝着案发地点缓慢地移动。埃琳博格手里偷偷攥着一方小手帕，时不时地擦拭眼角。

埃伦迪尔回办公室时给瓦格迪尔打了个电话。他知道医院里现在是她值班。等她接电话期间，他不知不觉地开始哼唱起埃琳博格哼过的曲调：救世军里的乔恩・克里斯托弗，还有瓦格迪尔中尉，指引他去往天堂之路的人。当他意识到自己在干什么的时候，他咒骂了一下埃琳博格。

“你好。”瓦格迪尔接了电话。

“只是觉得我要给你打个电话，”埃伦迪尔说，“我快收工了。”

“可是我快开工了，一整晚都必须工作。”瓦格迪尔说，“医院接治了一个小男孩，要做血液检查，显然是一起家庭暴力事件。他只有七岁。我们已经通知了警方和儿童权益保护局——”

“求你别说了。”埃伦迪尔说。

“抱歉……我……”瓦格迪尔支吾道。这种情况已经不是第一次出现了。她想要跟他说一些自己在工作中遇到的事，但他总是不愿意听。他很少向她说起警探在工作中遇到的那些现实中肮脏不堪的事。在他看来，它们跟他们两人没有任何关系。他像是想保护两人的关系一样，避免这些肮脏的事情玷污它。与其说这是在逃离这个世界的丑陋和不公，不如说这更像是一种短暂的喘息。

“只不过……当你每天都跟这些事情打交道，日复一日，你就会渴望听到一些不同的事情，”他说道，“你要明白，除了无尽的肮脏污秽，生活中还有更多的东西。”

“那个男孩的案件有什么新进展吗？”

“毫无进展。”

“我们在电视上看到了祈祷的队伍。你们还是没有找到他的哥哥吗？”

“他母亲害怕，”埃伦迪尔说，“一旦她克服了自己的恐惧，她就会跟我们说的。”

他们两个都没有说话。埃伦迪尔喜欢跟瓦格迪尔聊天。对他来说，仅仅听到她在电话里面说话的声音就足够了。她有一副美妙的嗓音，低沉又柔和，这声音本身就让他心情畅快。他无法确切地描述出这种感觉，但是，有时他就是渴望听她说话，就像现在。

“我的一个老同事刚刚去世，”他终于开口说道，“就是我跟你提起过的马里昂·布里姆。”

“是的，我记得这个名字。不容易啊。”

“历经了长期的病痛折磨后，他于昨天辞世了。这或许是一种解脱，但更是一种孤独的离去。马里昂没有家人。他是我多年来的上司，不过退休好久了。我不常去看望他。我没有想到这些，直到一切都太晚了。马里昂没有什么来访者，我是少数来访者中的一个。也许是唯一一个，我也不清楚。有时我有一种感觉，我是唯一的一个。”

埃伦迪尔突然沉默了下来，瓦格迪尔等他继续说下去。她不想打断他的思路，感觉到他需要跟她倾诉，但是这段停顿的时间太长了，以至于她开始怀疑埃伦迪尔是否还在听电话。

“埃伦迪尔？”她再也不能忍受这种沉默了，于是开口说道。

“哦，抱歉，我只是在想这一切。马里昂让我来处理他的丧葬事宜。各项事宜已经启动了。就是这么结束的。我是说人这一辈子。漫长人生之路就这么孤独地结束，被抛弃在医院的病床上。”

“你在说什么呢，埃伦迪尔？”

“我不知道。死亡……”他的话音又渐渐低了下去。

“埃娃来过一趟。”他最后说道。

“这不是挺好的吗？”

“我想，挺好的。我也不确定。她看起来好多了。我有好几周没见她了，然后她就突然出现了。她就是这个样子。这……她长大了，从女孩成了女人。我突然间产生了这个想法。她身上有什么东西，一些不一样的。更成熟了，我想，而且更冷静了。也许所有的过往之事都随风逝去了。也许她过腻了那种日子。”

“我们都在成长。”

“没错。”

“她有什么事吗？”

“我想，她打算告诉我一个她做过的梦。”

“你觉得呢？”

“她还没告诉我就走了。是我让她走的。我想，我知道她想说的是什么。她问我贝古尔死的时候发生了什么。她觉得自己的梦跟这件事有某种联系。我不想听这些。”

“只是个梦而已。”瓦格迪尔说。

“问题是，我没有告诉过她任何与之相关的事。我没跟她说过为什么一直找不到贝古尔。对此的说法各种各样。她似乎了解到了一些。”

“各种说法？”

“他本应该找得到的。”埃伦迪尔说。

“但是……”

“从没找到过他。”

“都有些什么样的说法？”

“沼泽，或者是河流。”

“但是你不想谈论这些？”

“我弟弟的事跟其他人没有任何关系，”埃伦迪尔说，“算是陈年旧事了，而且它跟其他人无关。”

“你想要自己憋在心里。”

埃伦迪尔没有回答。

“埃娃是你的女儿，”瓦格迪尔说，“你有一次跟她说过这些。”

“这就是令人头疼的地方。”埃伦迪尔说。

“听听她要说些什么，听她说。”

“我会的。”埃伦迪尔说。

他又一次停顿了。

“那个男孩的尸体被抛弃在公寓后面，孤独地躺在刺骨的冰雪里。这个画面一直萦绕在我的脑海里，我想不明白发生了什么。我弄不明白。竭尽所能我也想不明白。”

“确实如此，太悲惨了，简直难以用言语形容。”

“我……这让我想起了我的弟弟。他跟埃利亚斯一样大，稍微小一点。他们都是孤独地离开人世的。我开始想所有这些孤独的死亡，还有马里昂·布里姆的离去。”

“埃伦迪尔，你也做不了什么。当年，你也绝不可能有什么办法，做什么都于事无补。这从来都不是你的责任。你必须明白。”

埃伦迪尔没有说话。

“我要在这里待一整晚。”瓦格迪尔带有歉意地又说了一遍。她已经打了太久的电话。

“这就是生物技术员的日子啊。”埃伦迪尔说。

“我们现在不叫生物技术员了。”瓦格迪尔说。

“真的吗？”

“那你们现在叫什么？”

“我们是生物医学科学家。”

“什么？”

“时代变了。”

“那生物技术员怎么办？”

“生物技术员不怎么办啊，就是换了个名字。”

“生物技术员这名字多好啊！”

“以后再也听不到了。”

“可惜了。”

随后是一阵沉默。

“抱歉，这样子向你吐苦水，”埃伦迪尔说，“下次我们好好聊。”

“你没吐苦水，”瓦格迪尔说，“别这样说，我明天晚上有空。”

“也许我到时候会去找你。”埃伦迪尔说。

“记得听听埃娃说什么。”瓦格迪尔再次叮嘱道。

埃伦迪尔穿过走廊，径直走到审讯室，在那里西于聚尔·奥利和埃琳博格对贾斯坦汽车上的划痕提了一些问题，并且报告说他为此责骂并打了尼冉。贾斯坦没有被逮捕。西于聚尔·奥利给埃伦迪尔打电话告知他这一信息时，埃伦迪尔随后当面就此质问了贾斯坦，贾斯坦发起脾气来，开始漫骂他们，好一阵咆哮说这是谎言和阴谋，但他最终承认他指责过尼冉把他的车划了。不过，他说他连尼冉的一根头发丝都没有碰过，不管怎样，他打尼冉的说法纯属无稽之谈。

他很配合，跟他们一起去了警察局。西于聚尔·奥利负责和他面谈。贾斯坦说自己的车是一辆沃尔沃，相当新，买回来还不到一年时间。车子正在他表兄的汽车修理厂维修。进一步询问得知，车子的划痕已经修复，正等着重新喷漆。贾斯坦在给保险公司的划伤照片里显示了一条狭长的划痕，从尾灯开始，穿过车翼和车门一直划到前灯那里。这种划痕的修理费用不菲，保险公司试图利用条款漏洞减少赔偿，贾斯坦跟他们产生了一些争议。光看这张照片无法确定划车所用的工具种类，但看起来很像是用一把刀子干的，也可能是一把螺丝刀，甚至就是一个钥匙。

现在还不确定贾斯坦该不该被拘留。他情绪狂躁，极力表示将这种破坏行为跟那天下午埃利亚斯遇袭一事联系到一起实在是很荒谬。那天早晨，他开车上班的时候并没有注意到车子是否有划痕，当时外面漆黑一片。反复追问后，他才承认，无法确定车子是在学校停车场被划的。他住在别的街区，但离学校只有半个小时的步行路程。他注意到那道划痕是在午饭时间，当时他正要进城去办一件急事，正巧看到尼冉和一个朋友在停车场附近闲荡，他问了他们是否知道划痕是怎么回事，尼冉却嘲笑了他。他从未打过尼冉，贾斯坦承认他们相互说了些不客气的话，但是他没有对尼冉大打出手。警方只需要问一下当时在场的另一个男孩便可知晓。

埃伦迪尔打开门，走进了审讯室。

“你为什么没有告诉我们这些？”西于聚尔·奥利问道。

“为什么我们得从别人那里得到这一线索？”

“我认为这是两码事，”贾斯坦说，看着双臂合抱、斜靠在墙上的埃伦迪尔。“将这件事跟杀害那个男孩一事扯上关系真是荒谬。我不明白你们怎么能把这两件事联系起来。我问尼冉，他有没有损坏我的车，他却只是嘲笑我。我什么也没对他做。”

“你当即就发火了。”西于聚尔·奥利说。

“我肯定发火了，”贾斯坦说道，他的声音也提高了，“要是你，一样也会的。要是你遇到了这种事，你会做出什么反应？”

“据我们所知，你那天早晨在学校狂躁得很。”

“你指的是我和费努尔的事？”

西于聚尔·奥利点头表示同意。

“那不算什么，我们一直意见不合。”

“尼冉携有利器，还是他说过一些暗示要划你车子的话？”

“我想知道他身上是不是有刀子或者螺丝刀，”贾斯坦说，“所以我抓住了他，他一直挣扎。我没有把他扔到街上。他从我手里挣脱出去，然后摔倒在了地上，之后我就放了他。我也没找到他是否带了刀子或其他什么东西。你要根据这些逮捕我吗？”

西于聚尔·奥利看了一眼表情深不可测的埃伦迪尔。

“我什么都没有对那个男孩做过，”贾斯坦说，“如果你们逮捕了我，就相当于在我身上贴上了凶手的标签。哪怕只拘留一天，也足以让别人这么想了。如果你再也找不出做这事的凶手，那会怎么样呢？我终生都会被打上烙印！但我是清白的，我是无辜的！”

“你对移民表现出了反感，”埃伦迪尔说，“不仅仅是怨恨，还是不折不扣的仇恨。你没有否认这一点。你承认了这一点。你对此感到自豪。你用种种方式来表明这一点。当然，你认为修正你的认知不是我们的工作，对吧？”

“你没有权利仅仅因为不认同我的观点就侮辱我。”

“没人侮辱你。”西于聚尔·奥利说。

埃伦迪尔让西于聚尔·奥利和他出去一下。贾斯坦看着他们走出去。“我什么都没做过！”他叫喊着，此时审讯室的门关上了。

“他抓住了问题的关键。”他们站在外面的走廊里，西于聚尔·奥利说道。

“没错，”埃伦迪尔说，“这是我听过的最差劲的杀人动机。贾斯坦只敢说不敢做。他没有暴力记录，也从未跟警察起过冲突。我们最后会放他走。但是，要尽可能长时间地扣押他。”

“埃伦迪尔，我们不能——”

“哦，好吧，”埃伦迪尔大步走向走廊，烦躁地说道，“现在就让他走吧。”

西于聚尔·奥利晚上很晚才回到家，贝格索拉还没睡。她在等他。他最近在家的时间很少，不仅是因为埃利亚斯被谋杀一案，还有其他原因。她觉得他在回避自己。她不仅这么想，还这么说了。他们的关系现在正处在十字路口。既然他们俩对于一起领养个孩子没有异议，现在就该决定如何着手了。

西于聚尔·奥利走进厨房，给自己倒了一杯果汁。他在回家的路上去了一趟健身房，最后一个离开。他在动感单车上挥汗如雨。

“案子有什么新进展吗？”贝格索拉问道，她穿着睡袍走进了厨房。

“没有，”西于聚尔·奥利说，“一无所获。我们不知道发生了什么。”

“是由于种族原因吗？”

“不知道。我们只能先查了再说。”

“可怜的孩子，还有那位母亲。她一定在经历地狱般的折磨。”

“是的，你还好吗？”

西于聚尔·奥利想告诉她埃利亚斯上的是他原来的学校，重游旧地，看到了自己在迪斯科年代照的照片，感觉有多么奇怪，但是他克制住了。他不知道为什么。可能是累了。

“还是不够累，要不怎么还有精力去健身呢？”贝格索拉一定会这么反驳道。

当年，跟她分享一天中的点点滴滴是多么快乐。

“我很好。”贝格索拉这才说道。

“我想直接去睡觉了，”西于聚尔·奥利说着，把玻璃杯放到了水槽里。

“我们需要谈谈。”贝格索拉说。

“能不能明天再说？”

“现在已经是明天了，”她说，“我一直想跟你谈谈，但你总是不在家。我现在开始觉得你是在回避我了。”

“我现在忙得都要疯了。有时你的工作也很忙碌。我们都有很多事要做。我没有在回避什么。”

“你打算怎么做？”

“我不知道，”西于聚尔·奥利说，“对我来说，这么做太激进了。”

“每一天都有人领养孩子，”贝格索拉说，“我们为什么就不能这么做？”

“我不是说……只是想谨慎点。”

“你在怕什么呢？”

“我只是从来没有想过要收养一个孩子。我从来就没想过这件事。对我来说，这是个既新鲜又陌生的概念。我知道对你来说不是这样的，但对我来说是。”

“我知道，这要迈出很大一步。”

“也许太重要了。”西于聚尔·奥利说。

“你这话是什么意思？”

“也许它并不适合每个人。我是说收养。”

“你的意思是，也许你不适合？”

“我不知道。我们不能再好好考虑一下吗？”

“你总是这样说。”

“我知道。”

“睡觉去吧！”

“瞧，我们已经为这个争吵太久了。婴儿，收养……”

“我知道。”

“我一整天都为这个纠结着。”

“我知道。”

“难道我们就不能忘记它吗？”

“不，”贝格索拉说，“不能。”

20

那幢公寓楼仍有警方看守。埃伦迪尔向在楼梯口值班的警察简短地问了几句。他没有什么要报告的。傍晚的时候，楼里的住户们陆陆续续下班回家了，各种烹饪的味道开始在楼梯口弥漫开来。苏妮一整天都待在家里。她的弟弟陪着她。

天色已晚。埃伦迪尔在回家的路上，但依然有几个地方要去。第一个要去的就是巴隆斯提格停尸房。他一到那里就马上意识到发生了惨祸。盖着白床单的两具尸体由担架抬进了大楼里。人们围在一起，埃伦迪尔不知道发生了什么，后来他才听说，在莫斯菲尔斯贝尔附近出城的主干道上发生了一起严重的交通事故。他还没有听到这则新闻。有三个人在这起五车连环相撞事故中丧生，一个老年妇女和两个十几岁的男孩，其中一个男孩最近才通过驾照考试。后来一辆救护车来到，带走了最后一具尸体。死者的家属惊魂未定地站在那里，地上一大摊血泊，有人吐了起来。

埃伦迪尔正打算走掉，正好碰到了那个法医。因为工作上的往来，埃伦迪尔认识的他。这个男人有时沉迷于黑色幽默，埃伦迪尔猜测这可能是他应对这一冷酷职业的一种方式。然而，他现在根本没有心情开玩笑了，此时正盯着埃伦迪尔。埃伦迪尔说下次再联系。

“你的那个男孩在那边。”法医朝一扇关闭的房门点点头，说道。

“我稍后再来。”埃伦迪尔重复道。

“我什么东西都没发现。”法医说。

“没关系，我——”

“他的指甲下方有污垢，但是我认为这没什么。他的两片指甲断裂了。我们发现了纤维物质。他肯定有过一场打斗。同样，从他滑雪衫上严重的撕裂痕迹也可以明显看出。他的母亲不是说这件衣服原来没有破吗？我觉得，如果你追踪衣物这一线索，也许能发现些什么。你们的取证小组正在化验分析那些纤维，确定它们属于哪种类型的材质。当然，也有可能来自他自己的衣服。”

“关于伤口呢？”

“没有什么新发现，”法医边说边打开了门，“伤口贯穿肝脏，那个男孩因为失血很快就死去了。伤口并不大，能形成这种伤口的工具应该相当宽，但不需要很长。只是，我不能推测出是哪种工具。”

“一把螺丝刀？”

法医皱了皱眉。他停在门口，有人在喊他去另一个地方。

“我不这么认为。那东西更锋利，因为伤口很平整。”

“凶手没有刺穿他的滑雪衫吗？”

“没有，他的滑雪衫没有拉拉链。凶器刺穿了一件便宜的羊毛衫和背心，之后进入了他的身体。它们是仅有的阻挡物，他仅有的保护。”

“那里有没有飞溅出来的血？”

“不一定。这是一个简单的刺伤伤口导致的大量的内出血。死者的血不一定会溅到凶手身上，就算有，凶手也会将它清理干净。”

法医关上了门。埃伦迪尔向尸体走去，掀开了盖在上面的床单。看着那个平整的细小伤口，他开始沉思自己早些时候想到的一个可能性：行凶的工具跟划贾斯坦车子的工具是同一把。小男孩身子一侧的伤口如此小，几乎难以看见，但那个位置正好能造成回天乏术的创伤。

当他再次将床单盖在埃利亚斯的尸体上时，他想知道，苏妮要是得知自己的儿子躺在这样一个阴森森的地方，她会有怎样的感受。毫无疑问，她肯定会开始尽快同警方合作，不会再有其他选择。或许她认为尼冉处于危险之中；或许她是保护尼冉不受由于他弟弟的死导致的社会舆论的影响；或许她不想让他曝光在报纸和电视上；或许她不想承受所有的关注，又或许，只是或许，尼冉知道什么事情，使得苏妮要把他藏起来。

埃伦迪尔开车离去。寒意更甚了，他的眼睛里折射出停尸房里散发出来的冰冷悲伤。

苏妮走到门口来迎接埃伦迪尔。她以为埃伦迪尔带来了关于调查的一些新进展，但是埃伦迪尔直接就告诉了她没有任何新发现。她还没睡；她的弟弟威罗特在她房间里睡着了，埃伦迪尔能感觉到她很高兴有人陪伴。之前，要么她的弟弟在，要么那个译员在，他从没单独跟她说过话。她请他进了客厅，然后进厨房去泡茶了。她回来时在沙发上坐了下来，还倒了两杯茶。

“追悼会大家都来了。”她说。

“人们不希望发生这种暴力事件，”埃伦迪尔说，“没人希望。”

“我感激大家，”苏妮说，“都是好人啊。”

“关于尼冉的事，你还不相信我吗？”埃伦迪尔问道。

苏妮摇了摇头。

“你不可能永远藏着他。”

“你找凶手，我照顾尼冉。”她说。

“没问题。”

“埃利亚斯是个好孩子。没做过任何坏事。”

“我不相信他是因为做了什么事而被杀害的。但是，他有可能是因为自己的身份被杀害的。你明白吗？”

苏妮点了点头。

“你能想起谁有可能会想要伤害他吗？”

“没有。”苏妮说。

“你能肯定吗？”

“嗯。”

“学校里的孩子呢？”

“没有。”

“老师们呢？”

“没有，一个都没有。他们都对埃利亚斯很友好。”

“尼冉怎么样呢？他看起来并不开心。”

“尼冉是个好孩子，只是不高兴。他不想生活在冰岛。”

“他现在在哪儿？”

她没有回答。

“好吧，”埃伦迪尔说，“这事随你。你再想想看。也许明天你就会告诉我。我们需要跟他谈谈。这很重要。”

苏妮一言不发地看着他。

“我知道这对你来说很难，你想做你认为正确的事，我理解，但你也要明白这是一起敏感的谋杀案调查。”

苏妮依旧默不作声。

“尼冉有没有提到关于冰岛语老师贾斯坦的什么事情？”

“没有。”

“关于他们之间争吵的事，他也没提过吗？”

“没有。”

“他跟你说了些什么？”

“不是很多。他只是害怕。我也是。”

苏妮望向通往卧室的小走廊，她的弟弟正站在那里。她向他伸出了手。

“你介意我到埃利亚斯的房间里稍稍看一下吗？”埃伦迪尔起身说道。

“不介意。”苏妮说。

她的目光与他的相撞。

“我想提供帮助，”她说，“但我也要照顾尼冉。”

埃伦迪尔笑了笑，穿过房间里的小走廊走到了男孩们的房间。他打开一盏小台灯，微弱的光晕洒向整个房间。

他不知道自己到底要找什么。警方已经搜查过这一房间，没有找到跟尼冉藏身之地有关的线索。他在椅子上坐下，回想起从前他跟弟弟贝古尔在东部的家中也一起分享一间屋子。

埃伦迪尔在检查房间的时候，仔细地回想着这起杀害埃利亚斯的残忍行径。他试图将它与自己熟知的刑事犯罪情形匹配起来，但是毫无收获。当埃利亚斯倒在路上的时候，没有一个人有所怜悯；当他无助地挣扎着爬回家的时候，没有一个人向他伸出援手；当他冻僵在公寓楼后面冰冷的地面上时，没有一个人给他温暖。

他环顾四周。恐龙模型摆满了整个房间，它们大小不一，造型各异。上铺的墙上用蓝丁胶固定着两张恐龙图片，其中一只是可怕的霸王龙正呲着锋利的牙齿捕食。

他注意到埃利亚斯的床上放着一个练习本，便将它拿了起来。本子的封皮上写着“故事书”以及埃利亚斯的名字，里面是一些创造性写作练习和绘画。埃利亚斯写了“太空”两个字，还画了一个彩色的土星来解释。他还写了一篇关于跟妈妈一块儿买东西的作文，标题是《购物中心之行》。还有一篇题目是《我最喜欢的电影》，写的是一部埃伦迪尔没听说过的最新的魔幻电影。埃伦迪尔读着这些趣味盎然、充满童真的故事，最后翻到了埃利亚斯正在写的那一页。埃利亚斯在这页纸的顶部写下了最近一次练习的题目，但是再也没法继续写了。

合上练习本，埃伦迪尔将它放回到埃利亚斯的床上，然后站了起来。他将来准备干什么呢？也许，当一名医生、公交车司机或者警察。可能性是无限的。这个世界是新奇的、令人兴奋的，而他的人生几乎还没起航。

他回到客厅，继续跟苏妮交谈。她的弟弟在厨房里。

“你知道他长大想干什么吗？”埃伦迪尔问。

“知道，”苏妮说，“他经常说起。那是个难词，我试试。”

“是什么？”

“古生物学家。”

埃伦迪尔微微一笑。

“他也曾经想过做一名警察，”他说，“或者公交车司机。”

当他出去的时候，他又向楼梯口的警察询问了一遍，问是否发现任何有进出或靠近此处的可疑人员，但答案是没有。他问了一下关于苏妮的对门邻居格斯特的情况，但是这个警察说没有注意到这个人。

“没有人以任何理由来过这里。”这个警察说，随后埃伦迪尔告别离开了。

尽管现在时间已经很晚了，埃伦迪尔还有最后一个地方要去。他在下午的时候给那个男人打过电话，说要去他那里一趟。埃伦迪尔刚按下门铃，男人很快就开了门，请他进去。埃伦迪尔之前到访的时候感觉很不自在，他说不出确切的原因，可能是气氛的原因，也可能是房主的原因。

男人原本正在看电视，但是现在他关了，要给埃伦迪尔冲杯咖啡。埃伦迪尔谢绝了，看着自己的手表说他不会待太久。他没有就自己这么晚才来拜访表达歉意。他的目光落在桌子上一对夫妇的照片上，照片里的两人都面带微笑。在婚宴之前，他们穿着自己最靓丽的衣服拍了这张照片。她的手里还拿着一小捧花束。

“你的前妻们对你的评价并不是很好，是吧？”埃伦迪尔说，

“我听过她们的诉说。”

“能告诉我点我不知道的吗？”男人说。

埃伦迪尔可以理解女人们容易爱上他的原因，如果她们碰巧喜欢这种类型的话。这男人身材颀长，面庞整洁友善，黝黑的头发，褐色的眼睛，英俊迷人，还有棕色的皮肤和优雅的双手。他的穿着很有品位，而这方面埃伦迪尔不擅长。他的家里摆放着美观时髦的家具，有一间华丽的厨房，铺着昂贵的地板，墙壁上挂着几幅绘画。这里唯一缺少的就是一丝人气。

埃伦迪尔在想，应不应该告诉他，自己接到的那通极有可能来自他妻子的电话。这个男人有权利知道这些。如果埃伦迪尔的怀疑是正确的，那么他的妻子还活着，并且这个消息肯定会让他开心。埃伦迪尔真的不知道自己为什么不想告诉他所有的事情。关于这起案子有一些丑陋的隐情，他还没有搞清楚。

“嗯，当然可以，”埃伦迪尔说，“有一位声称，你曾威胁要杀她。”

男人表现得很平静，就像是在讨论天气一样，不动声色。也许他早已料到了。

“西拉的脑袋有毛病，”片刻后，他说道，“她脑子就没正常过。”

“所以你知道我说的是哪位了？”

“这只是说说而已，你很可能什么时候也说过这种话，这能说明什么呢？”

“这不是她说的。”

“你现在是在调查我吗？你认为我对她做过什么事？对我自

己的妻子？”

“我不知——”

“她就是失踪了！”男人打断了他的话，“我没碰过她。这只是一起正常的人口失踪案。”

“我之前从没听说过什么‘正常的人口失踪案’。”埃伦迪尔说。

“你很清楚我指的是什么，不要再歪曲我说的每句话。”

埃伦迪尔知道他说的是什么意思。一起正常的人口失踪案。他在想，这个世界上还有哪个国家会谈论什么“正常的人口失踪案”。也许大量的历史事件教会冰岛人，当有人失踪的时候，不需要大惊小怪。

“她消失这事一点都不正常。”埃伦迪尔说。

他停顿了片刻。这件案子正在朝着不可逆转的方向发展。从现在开始，调查的性质变得不同了，严重了。

“你有威胁过要杀了她吗？”埃伦迪尔问。

男人愤怒地瞪着他。

“你现在是把它当成一起谋杀案在调查吗？”他问道。

“她为什么会离开家？”

“我已经告诉过你很多遍了，我不知道发生了什么。我回来时她没有待在家里。这就是我知道的全部。你一定要相信我！我没有做过任何伤害她的事，你暗指的事让我感到恶心。”

他朝埃伦迪尔靠近一步。

“我说真的。”他说，“令人厌恶！”

“我们必须调查所有的可能性”，埃伦迪尔说，“你要明白这一点。我们对她进行了一次彻底的搜寻，包括搜寻沙滩，在报纸和电视上登寻人启事。她没有主动现身。她可能死了。当人们像这样子消失的时候，通常代表着他们不开心，伤心欲绝，他们可能会做一些傻事。你妻子不高兴吗？为什么？你对她做过什么？她有没有责备过自己？她是不是对一切都悔恨不已？她对外遇、离婚、再婚后悔吗？她后悔失去自己的孩子吗？是不是所有的一切都是一场无法挽回的错误？”

“你跟她的朋友们聊过，是不是？”男人说。

埃伦迪尔没有回答。之前他一直没有仔细盘问过这个男人，但那通电话让他改变了做法。

“他们真是疯了！”男人继续说道，“我从不喜欢她的朋友们，他们也从不喜欢我。你在期待什么？”

“她很沮丧，”埃伦迪尔说，“她后悔抛弃了家庭，而且她认为你也开始对她不忠了。”

“胡扯！”

“你找了新欢，是吗？”

“新欢？你在说什么？”

“你有没有开始背叛她？”

“我不知道你在说什么。”

“她的朋友们说，她怀疑你又有了一个女人，”埃伦迪尔说，“是不是真的？”

“简直一派胡言！我没有‘别的女人’。”

埃伦迪尔犹疑了一会儿。

“前几天，我接到过一通来电，是一个不愿告知姓名的女人打来的。”过了一会儿，他说道，“她悲痛欲绝，她知道我正在办案，但是她不愿意主动现身。我不知道她是因为不敢还是因为不能。她说的话没有多大帮助，因为她打电话的时候总是处于那样的状态；可能是她迫使自己必须去打这个电话，但是一到谈话的关键时刻她就退缩不前，甚至挂我电话。”

“你是说那人是她？”男人震惊地问道，“她跟你联系过了？她……她还活着吗？她一切都还好吗？”

“如果是她。”埃伦迪尔说，突然间很后悔提到这通电话。他应该再等等，等他再次接到那个女人的电话，说服她见自己并告诉自己真相之后再跟这个男人说的。

“如果？”男人说，“如果是她？你的意思是你不确定？”

“我也希望能确定，”埃伦迪尔说，“但那说明不了什么。”

“我的天啊！她在想些什么？还有，她……她说了些什么？她为什么要这样做？”

“这是你俩一起制造的骗局吗？”埃伦迪尔问道。

“骗局？不。这是她说的吗？这是一场骗局？这是她所说的吗？”

“不是，”埃伦迪尔说，试图向他泼冷水，“事实上，她没有说很多话，她……”

他准备说她在电话里全程都在低声啜泣，但是他打住了。

“什么……她说了什么？她为什么要给你打电话？”

“她很痛苦，”埃伦迪尔说，“跟她交谈中可以很明显地感觉到，但是她什么都不告诉我。你能不能再回忆回忆？你是不是知道些什么事但没告诉我？”

“她为什么不打电话跟我说呢？”男人说。

埃伦迪尔没有回答，只是盯着这个男人，好像把这问题扔给了他。她为什么不跟你说呢？

“我没对她做任何事！”男人喊道，“这是个谎言！我没有背叛她。你一定要明白这一点！你一定要相信我！”

“我不知道要相信你什么。”埃伦迪尔说。

“你必须要相信我。”男人尽可能诚恳地重复道。

“但是，说到底，你又在跟新的女人私会，”埃伦迪尔说，“你出轨了。这不是假的。随着时间流逝，你的老毛病又犯了，跟别的女人私会。你隐瞒着这个小秘密。然后你的妻子发现了，并且随后消失了。”

“胡扯！”男人说。

“你的新情人临阵退缩了。她的良心正遭受着谴责。她给我打电话，并且……”

“你这是在干什么？”男人痛苦地呻吟道。

“这难道不是你的问题吗？”

“我从没威胁要杀任何人，”男人说，“这是谎话！”

“你是不是出轨了？”埃伦迪尔问道，“这是不是她离开你的原因？”

这个男人一言不发地盯着埃伦迪尔看了好一会儿。埃伦迪尔没有坐下，他们像两只公牛一样，剑拔弩张地站在客厅里，双方都毫不退让。埃伦迪尔看到这个男人浑身散发着怒火。他成功地将这个男人激怒了。

“你的情人有没有给她打电话？”埃伦迪尔问道。

“你在胡说八道。”男人咬牙切齿地说道。

“你早就知道会是这样的。”

“扯淡！”

“你妻子就是这样发现你出轨的？”

“我想你现在可以离开了。”男人说。

“这不是一起简单的人口失踪案，对吗？”埃伦迪尔说。

“出去！”男人说道。

“你肯定明白有些事情说不通。”

“我不想再跟你废话了。出去！”

“好，我可以走，”埃伦迪尔说，“但是这起案子却不会走掉。你赶不走它。早晚有一天，真相会水落石出。”

“这就是真相，”男人喊道，“我不知道发生了什么。你要明白，看在上帝的份上，你得明白！我不知道发生了什么！”

*

埃伦迪尔终于回到了家，他没有开灯，而是在一把扶手椅上坐下，身体后躺，感激这难得的放松。他往窗外望去，想到了埃娃以及她想告诉自己的那个梦。

他的脑海中浮现出一匹马在沼泽里苦苦挣扎的画面，那匹马的双眼凸起，鼻孔不住翕动，它试图在陷入得更深之前将前腿弄出来。他似乎听到了它那粗重的喘息声。

他渴望获得宁静，渴望拨开云层看到繁星。世界上有着比自我意识更博大、更重要的东西，有着广袤的时空，在那里他可以暂时迷失自我。他渴望从这些意识中获得慰藉。

*

童年时，他跟家人住在一间相当拥挤的小农舍里，现在那个小屋已经废弃了。当时兄弟二人不得不合住一间房间，他们的父母则住在另一间。此外，小屋里还有一间大厨房和与之相连的储物室，以及一个小客厅。小客厅里摆放着一些旧家具和家人的照片，有几张现在挂在埃伦迪尔公寓的客厅里。他每隔几年都要去东部旅行一次，在那个早已荒废的小屋里睡上一觉。在那里，他会步行或骑车到沼泽区去，有时甚至就在野外露宿。他很享受独自旅行的乐趣，童年玩耍的地方让他感到深刻的孤独，那种孤独感几乎将他吞没，往事、旧地在他看来依然生动，被童年的旧事陈物包围着，渐渐唤醒了他当年的所有感觉，这让他充满了乡愁。这一切感受也让他喜欢。他知道往事只存在于自己的记忆中，离开人世时，一切都会荡然无存；离开人世时，这个世界仿佛就不曾有过那些事，也不曾有过那些人。

就像那晚，他跟贝古尔躺在他们黑漆漆的房间里，兴奋得难以入睡，他们听到汽车驶进院子的声音。他们听到前门打开了，父母邀请某个人进门。他们听到来访者低沉的声音，但是辨认不出是谁。晚上很少有人来。兄弟俩不敢离开自己的房间，但埃伦迪尔打开了一条门缝，就这样，他们趴在地上偷听外面的动静。他们可以看到厨房以及来访者的脚，他穿着一双结实的黑鞋子和一条黑色的西裤，并交叉着双腿。他们可以看到他放在餐桌上的一只手，很大，手指很粗，一枚金戒指深深地嵌进了肉里。他们听不清谈话内容。只见母亲站在桌子旁边，半个身子侧过去。他们能看到父亲的一侧肩膀，他正站在来访者的斜对面。埃伦迪尔来到窗户边盯着院子里的车看。他不知道车子是什么牌子的，之前从来没见过这车子。

他决定溜出去偷听他们讲话。他本打算一个人去，但贝古尔威胁说要告诉父母，他只好让他也跟着一起去。他们小心翼翼地打开了门，然后偷偷溜了出去。母亲没有注意到他们，父亲和来访者的视线根本看不到他俩。埃伦迪尔慢慢听出了他们在说些什么。来访者低沉的声音开始变得清晰，吐字更加清楚，所有句子都能听得完整。他说话既沉着又清楚，好像要以此来保证自己话语能达到恰当的效果。埃伦迪尔闻到了来访者身上的味道，一股奇怪的甜香味弥漫在空中。他爬近了一些，贝古尔趴在他身后，穿着条纹睡衣的四肢像他一样匍匐着努力保持安静。

埃伦迪尔七岁大。这是他第一次听到别人提及最恶劣的犯罪行为。

“……这意味着它很有可能。”那个来访者说道。

“什么时候发生的？”母亲问道。

“晚饭时分。谋杀可能发生在下午。那是一个令人毛骨悚然的场面。他一定是丧失了理智，完全丧失了理智，在房间里大开杀戒。”

“用一把切片刀？”他们的父亲小声嘀咕道。

“你永远不了解这些外来人，”来访者说，“他在渔厂工作两个月了。他们说他是个很安静的人，沉默寡言、性格孤僻。”

“可怜的女孩。”母亲叹息道。

“我说过了，我们没有注意到今天有人从这边出现。”父亲说。

“他可能藏在这附近吗？”母亲问道，埃伦迪尔能够听出她声音里的忧虑。

“如果他打算徒步穿过，可能会经过这边。他有可能会这样做。

我们想要告诉你们这一点。他被发现朝着这个方向过来。我们在关注所有的路况，但是我不知道有没有用。”

“那我们该怎么做？”父亲问道。

“哦，上帝！”埃伦迪尔听到母亲低声说道。他看了看趴在身后的贝古尔，用手势示意他不要出声。

“我们会抓住他的。”来访者的声音从厨房门后传来。埃伦迪尔盯着他纯黑色的鞋子。“这只是时间问题。雷克雅未克马上会派后援来支持。”

“他们会帮助我们的。但是，你是对的，在东部海湾发生这样的事情太恐怖了。”

“至少你知道凶手是谁。”父亲说道。

“今晚，你最好锁上房门，持续关注新闻报道，”来访者说，“我不想让你们产生没必要的惊慌，不出事总比出事好啊！凶手可能还持有凶器，也就是，一把刀。我们不知道他还会做什么。”

“还有，那个女孩呢？”母亲支吾地问道。

那个来访者沉默了片刻。

“她是西盖和莱弗的女儿。”他最后说道。

“不会吧？”母亲喘着气说道，“你是指达佳？小达佳？”

埃伦迪尔看到母亲动作迟缓地在厨房里的长椅上坐了下来，惊恐地盯着来访者。

“我们没有找到莱弗，”来访者说，“他带着一把猎枪在外面的某个地方。他可能也会往这边来。如果你看到了他，尽量不要跟他说话。他这样子追逐凶手只会让事情变得更糟。西盖说他已经发狂了。”

“哦，可怜的男人！”埃伦迪尔听到母亲低声说道。

“我很能理解他。”父亲说。

埃伦迪尔不知所措地趴在厨房门口，贝古尔趴在他脚后面。他不明白问题的严重性，但是他想抓住弟弟的手，并把他的小手握在自己的手中。埃伦迪尔往后看了看他，并且再次向他发出了一个不要出声的信号。他听到父亲提出了一个自己早就想问的问题。

“我们有什么危险吗？”

“我认为没有，”来访者说道，“但是仍需要保持警惕。你永远不知道什么时候会发生类似的事情。这就是我想让你明白的。我还有一个地方要去，那么——”

一阵椅子在地板上挪动的声音响起，来访者站了起来。埃伦迪尔紧紧握住弟弟的手，他们沿着走廊逃回了自己的房间，然后关上身后的房门。他们听到父母在前门跟来访者道别，他们从窗户往外看，看到一个模糊的身影步伐迅速地朝车子走去，然后钻进了车内，启动车子，打开车前灯，然后开车离开，最终消失不见。

埃伦迪尔把门打开一条缝，通过缝隙凝视着外面。他看到父母站在前门悄悄说着什么，然后父亲做了一些以前从没做过的事：把前门和通往洗衣房的后门彻底地锁上了；母亲则检查了所有的窗户，把开着的都紧紧关上了。他看到母亲正往自己这边走来。就在房门打开，她站在门口检查他们兄弟俩的前一秒，他和贝古尔跳回了床上。她走进屋子里，确认窗户是紧闭的，然后又悄无声息地出去，关上了房门。

埃伦迪尔睡不着。他听到父母在厨房里低声交谈，但是他不敢出去找他们。他的弟弟懵懵懂懂，很快就进入了梦乡，而他躺在黑暗之中，意识十分清醒，脑海中不断想象着那个凶手可能正朝自己家走来；那个女孩的父亲拿着一把猎枪在四处搜寻凶手，愤怒、恨意和悲伤使他发狂。他听着夜晚的声响在他周围不断地放大，越来越响。原先听起来很亲切的羊圈那块松动的波状钢板发出的吱吱声，现在听起来令人毛骨悚然，仿佛提示有人埋伏在外面。即使是听到母羊的叫声，他也会认为这是凶手徘徊时发出的声音。哪怕一阵风吹过房子发出声响，也会让他感到紧张。

他想象着达佳和那把刀，想象着那个可怕的场面，想得自己的心脏都要爆炸了。他们跟那个女孩很熟。她来自附近海湾，父母朋友的女儿，当他们的父母必须要外出的时候，她有好几次帮忙照看过兄弟俩。

埃伦迪尔之前从没听过有犯罪的存在，更别说谋杀了，但是今晚一切都改变了，他的世界变得不同了，变得更加冷酷无情了。他以前从不信人类会拥有毁灭性的力量，那种令人畏惧却无法理解的力量。第二天，父母跟他和贝古尔说了发生了什么事情，但是省略了一些细节。他们一整天都待在家里。埃伦迪尔问那个男人为什么要做这种事情，但父母没有回答他的疑问。他一直在不断地问，他想知道发生了什么，尽管这难以理解，但是他的父母没能给他想知道的答案。

他得知那个戴着金戒指、穿着黑鞋子的男人是当地的法官。新闻上报道了凶手的相关信息，对实施残忍暴行的凶手的全面搜寻也在进行中。一家人站在厨房里听报道，埃伦迪尔在父母的脸上看到了焦虑的神情，感觉到了恐惧、悲伤、崩溃，并且意识到从现在开始，一切都变了。

凶手于两天之后在阿克雷里的北部城镇被逮捕。他从未靠近过他们。人们相信，如果那个女孩的父亲先找到了他，他肯定会开枪把凶手打死。那位父亲端着自己的枪四处搜寻凶手，直到警察把他带走，他已经在外面晃了一整夜加第二天白天，这个悲痛欲绝的男人。

从此，埃伦迪尔知道了谋杀的存在。后来他可以面对面地看着杀人凶手们。尽管他没有表露出来，但有时在他的内心深处，他仍能感受到童年那晚那个当地法官毫无预警的到访以警告他们提防那个带着切片刀的凶手时他曾感受到的。

21

埃伦迪尔正在睡梦中，这时一阵电话铃声传来。他花了很长时间才醒过来。原来他坐在椅子上睡着了，现在浑身疼痛难忍。他扫了一眼手表，时间已经过了九点。他朝窗户外面望去，有一瞬间他不清楚现在是白天还是晚上。铃声一直在响，他吃力地起身去接听电话。

“你在睡觉吗？”

西于聚尔·奥利是出了名的喜欢早起的人，他通常会在城市的某个泳池精力充沛地游个泳，吃一顿丰盛的早餐，然后在别人还没动身前，就早早地来到办公室了。

“什么事？”埃伦迪尔嘟哝着问道，还是一片睡意蒙眬。

“我应该让你也来点我早上吃的格兰诺拉麦片，它会让你精神一整天。”

“西于聚尔。”

“嗯？”

“有什么想告诉我的就说，我要——”

“有关车子划痕的事。”西于聚尔·奥利赶忙说道。

“怎么了？”

“前几天，三辆停在学校附近的车子也遭到了损坏。”西于聚尔·奥利说，“在今天早上你没参加的会议上说的。”

“是同样的损坏方式吗？”

“是的。划痕从车头一直到车尾。”

“知道是谁干的吗？”

“不，还不知道。取证组正在检查其他车子，如果它们还没有重新喷漆的话。可以推测使用的是同样的工具。还有，贾斯坦已经允许我们检查他的沃尔沃了。他说埃利亚斯从没有上过他的车，但我觉得最好还是确认一下。”

“他还配合吗？”埃伦迪尔问道。

“嗯，好点了，”西于聚尔·奥利说，“还有一件事。”

“你今天早晨忙活了不少事啊！都是靠吃了那种东西吗？”

“是格兰诺拉麦片，”西于聚尔·奥利纠正他，“也许我们应该进一步调查一下尼冉和他继父之间的关系。”

“怎么查？”

埃伦迪尔醒过来了。他不应该像这样在家里面打盹，西于聚尔·奥利取笑他没错，是他活该。

“埃琳博格觉得我们应该跟欧丁再谈一次。我准备去见他，去问问关于尼冉的事。”

“你觉得他会在家吗？”

“在，我刚刚打过电话了。”

“那，我们到那儿见。”

欧丁看起来蓬头垢面的，他双眼充血，嗓子沙哑。公司给他批了事假，他跟他母亲时不时会去苏妮那里探望，但是大多数时间他都是待在家里等待消息。他请埃伦迪尔和西于聚尔·奥利进了客厅，然后给他们倒了一些咖啡。

“告诉我们关于尼冉的一些事情。”当欧丁在客厅里跟他们一起坐下时，埃伦迪尔说道。

“关于尼冉的什么？”

“他是个怎样的男孩？”

“非常普通的一个男孩，”欧丁说，“难道他有什么……你是什么意思？”

“你跟他关系好吗？”

“谈不上好。我和他没什么关系。”

“你知道他最近有没有什么麻烦事？”

“我跟他没有任何实质性的联系。”欧丁说。

“尼冉有没有因为什么原因对你怀有敌意？”埃伦迪尔说，他不知道怎么更好地表述这个问题。

欧丁的目光从他们两个人的身上一一扫过。

“他对我没有敌意，”他说，“我们之间一切都过得去。他跟我没有任何关系，我跟他也毫无瓜葛。”

“你觉得他躲藏起来是因为你的关系吗？”埃伦迪尔问道，“因为他觉得你可能会做什么事情？”

“不，这我想象不出来，”欧丁说，“毫无疑问，当苏妮告诉我还有他这么个孩子的时候，我是有一点震惊。但当她让人把他接来时，我也没有干涉。”

“你为什么要离婚？”西于聚尔・奥利问道。

“一切都结束了。”

“是不是因为某件具体的事情？”

“可能吧。因为这事，还有那事，像任何正常的婚姻一样。分手，然后再重新开始一段感情。就是这样子的。苏妮是一个独立的女人。她知道自己想要什么。我们有时候会为了孩子们争吵，特别是为了埃利亚斯。她想让他说泰语，但我觉得这只会让他更加迷失，对他来说，讲冰岛语更重要。”

“你是怕听不懂他们的交谈吗？失去对家庭的控制？被排除在外？”

欧丁摇了摇头。

“她喜欢在冰岛生活，喜欢这里的一切，可能除了天气吧。这里给她提供了一个机会可以资助她在泰国的家人，他们一直保持着紧密的联系。她想要跟自己的根保持联系。”

“我们不都是这样的吗？”埃伦迪尔说。

一阵沉默。

“你不觉得尼冉躲起来是因为你吗？”埃伦迪尔再次问道。

“肯定不是，”欧丁说，“我从没对他做过什么。”

埃伦迪尔口袋里的手机响了。他想了一会儿才想起打电话的人是谁。他说他叫埃吉尔，不久前他们曾经在他的车里一起说过话，就是那个教木工的老师。

“哦，是的，你好。”埃伦迪尔说，他终于想起来他是哪一位了。

“这，要知道，这种事，这种事经常发生，”埃吉尔说，埃伦迪尔的脑海中浮现出他一脸络腮胡，坐在车里吸着烟的样子。

“所以，我不知道这是否重要，”埃吉尔继续说道，“但是，不管怎样，我想要跟你说一下。”

“怎么回事？什么事经常发生？”

“那些刀子总是遭到偷窃。”埃吉尔说。

“什么刀子？”

“呃，木工雕刻刀，”埃吉尔说，“所以我不知道这些是否对你们有所帮助。”

“怎么回事？出了什么事？”

“但是我一直很留心地去保管它们，”埃吉尔继续说道，好像根本没有听到埃伦迪尔的问题一样，“我一直尽量看紧那些刀子，它们可不便宜。我几天前查过数目，可能是两周前，但是就在刚刚，我发现有一把刀不见了，箱子里的一把雕刻刀不翼而飞了。我想告诉你的就是这事。”

“还有呢？”

“没了。我没有发现小偷，也没有其他任何线索。我只是想要告诉你，有一把刀子不见了。我想你应该想要知道。”

“确实，”埃伦迪尔说，“谢谢你告诉我这些，谁会偷这些刀子呢？”

“哦，可能是那些学生。”

“没错，但你知道最有可能的是哪一个吗？你抓到过吗？是同一个学生一次又一次地偷的还是……”

“为什么你不干脆过来一趟，自己看一眼呢？”埃吉尔问道，“我今天一整天都会待在这里。”

二十分钟后,埃伦迪尔和西于聚尔·奥利将车停在了学校前面。此时正是上课时间，操场上连个人影都看不到。

埃吉尔在木工课教室。九个十几岁的孩子正在木工桌上忙着自己的作业，用的工具有凿子和小锯子。但是，当这两个警探进入教室的时候，他们都停下了手中的活。埃吉尔看了一下手表，然后告诉学生们提前十分钟下课。学生们震惊地盯着老师，好像对他这一开恩感到难以置信，随后立即行动，开始收拾起来。几分钟后，木工课教室就空了。

学生们离开后，埃吉尔关上了门。他盯着西于聚尔·奥利看了好长时间。

“我是不是曾经教过你？”他问道，然后向角落里的一个柜子走去，弯腰拿出一个木箱子，然后把它放在了桌子上。

“很多年前我在这里读过书，”西于聚尔·奥利说，“我不知道你是否还记得我。”

“我当然记得你，”埃吉尔说，“你参与了‘七九暴乱’。”

西于聚尔·奥利向埃伦迪尔瞥了一眼，对方装出一副毫不在意的样子。

“我把雕刻刀放在这里。”埃吉尔说着，把它们依次从箱子里拿了出来，并一一摆放在桌子上。“本来应该有十三把。在袭击案发生之后，我没有想起来要检查一下它们。”

“我们也没有。”埃伦迪尔说，同时看了西于聚尔·奥利一眼。

“这不一定就很重要,”西于聚尔·奥利说,像是在替自己辩解,“即使有些东西丢了也不见得就有关系。”

“然后今天早上，”埃吉尔继续说道，“当我们要用的时候，一个学生过来告诉我说，他没有上课要用的刀子。他们一个班是十三个人，我知道刀子的数目，应该是恰好够用的。我数了一下，这里只有十二把，所以我把它们收了起来，放回了柜子里的箱子中，重新检查了一遍教室，然后给你打了电话。我知道没有多久，大概两周前这里还是十三把。”

“这个柜子一直都是锁着的吗？”埃伦迪尔问。

“不能这么说，在上课期间是开着的。但是，除了上课期间，它一直都是锁着的。”

“那么所有的学生都可以接触到它们？”

“事实上，确实如此。此前，我们可从未想过做木工活用的刀子可能成为谋杀凶器。”

“但是，有人偷走了它。”西于聚尔·奥利说。

“这不是什么新鲜事，”埃吉尔捋着自己的胡子说道，“东西常常会丢，什么凿子、螺丝刀，甚至是锯子。每年都会丢些东西。”

“那么，今后把柜子锁起来会不会好点呢？”埃伦迪尔说，“分发工具时，多点监督。”

埃吉尔瞪着他。

“这就是你的主意？”他问道。

“那是刀子啊，”埃伦迪尔说，“更何况是雕刻用刀。”

“教室的门一直都是锁着的吗？”西于聚尔·奥利匆忙插话道。

“只有蠢材才会把木工雕刻刀当凶器，”埃吉尔说，对西于聚尔·奥利的话充耳不闻，“为什么我们得因为少数白痴而让大多数人不方便？”

“关于——”西于聚尔·奥利再次开口，但是没能接着说下去。

“此外，”埃吉尔接着说道，“孩子们在这里使用这些工具也会伤到他们自己。而且，无论如何，只要他们愿意，都有可能把它们顺手装进自己的书包里带走。对它们进行持续监控是很难的。”

“大概在你最后一次统计过刀子的数目后，这个学校所有的孩子都来这里上过木工课了。”埃伦迪尔指出。

“是的，”埃吉尔说，他的脸因为愤怒变红了，“没课的时候，木工课教室的门都是锁着的。为了安全考虑，我一直都是最后一个离开教室的。我离开时都会把门锁起来，早晨开门的人也是我，课间休息后也由我开门。没有其他人，没有。”

“清洁人员呢？”西于聚尔·奥利问道。

“哦，他们，当然，”埃吉尔说，“但是我没有发现柜子被撬开过的痕迹。”

“所以，在你看来，最有可能的是，刀子在上课期间被拿走了？”西于聚尔·奥利问道。

“不要这样子责怪我！”埃吉尔愤怒不已，几乎是在吼叫，“你们不能要求我对这里的事无巨细都保持关注！如果一些愚蠢的孩子想要从木工课教室偷东西，这并不是很难。而且，是的，这事肯定是在上课期间发生的。我看不出还有什么其他可能性。”

埃伦迪尔拿起其中一把刀子，并努力回想那位法医提到的用来刺伤埃利亚斯的工具。他记得，法医说刀背比较厚，但刀不长。这种雕刻刀的顶端非常尖锐，刀刃短，刀背宽，带木头手柄，很锋利。埃伦迪尔想象着，把它深深地刺进一个人的身体不需要花多大力气。他还突然想起，用像雕刻刀这样的工具去划一辆车，做起来应该也很简单。

“你觉得有多少学生需要我们询问？”他问，“假设刀子是在上课期间被偷的？”

埃吉尔仔细思考了一番。

“几乎包括学校里的所有学生，我觉得。”他说。

“我们需要这种刀子的照片，好供其他人了解。”埃伦迪尔说。

“他就是那个人吗？当时你在我车里打听过的男孩？”埃吉尔向埃伦迪尔问道，他的眼睛盯着西于聚尔·奥利。

埃伦迪尔的嘴角挤出一丝微笑。他激怒过这个木工课老师，现在他开始报复了。

“我们该走了。”埃伦迪尔对西于聚尔·奥利说。

“他告诉过你‘七九暴乱’吗？那是在这里发生过的一件大事。”埃吉尔继续说道，“那场暴乱事件？”

他们已经走到了门口。西于聚尔·奥利打开门，走到了走廊里。

“谢谢你的帮助，”埃伦迪尔转过身对埃吉尔说，“刀子的线索可能非常重要。你永远想不到由它可以引出什么线索。”

埃伦迪尔看着西于聚尔·奥利，对方好像没有听到他刚刚说的话似的，当着埃吉尔的面关上了门。

“这老家伙，”当他们走在走廊里时，埃伦迪尔说道，“他提到的那场暴乱是什么？”

“不值一提。”西于聚尔·奥利说。

“发生了什么？”

“没什么，只是一场愚蠢的恶作剧。”

他们走到了室外，然后朝着车子走去。

“我很难将你跟愚蠢的恶作剧扯上关系，”埃伦迪尔说，“你在这所学校里待的时间不长。你是不是惹了什么麻烦？”

西于聚尔·奥利沉重地叹了口气。他打开车门，然后坐在了驾驶座上。埃伦迪尔坐在了副驾驶座上。

“我和另外三个同学，”西于聚尔·奥利说，“下课后，我们拒绝离开教室。这真的很无奈。那天的天气非常糟糕，我们说不去外面。”

“你够蠢的了。”埃伦迪尔说。

“我们选错了老师，”西于聚尔·奥利认真地继续说道，“他是一名代课老师，我们不了解他，但是他终于把我们惹烦了，开始可能就是这样吧。几个男生先试图扰乱课堂，取笑老师，就这类事。后来情况失控了。他开始谩骂我们，我们也粗鲁地回击他。他变得越来越愤怒，并且开始试图把我们拉到教室外面去，但是我们反抗了。然后，其他的老师和学生也加入了进来，最后整个学校陷入了一场大规模的斗殴，有人受伤了，好像每个人都在发泄着自己的怒气，有学生对老师的，也有老师对学生的。当稳定局面的各种努力都失败后，有人报警了。最后，这件事登上了报纸。”

“结果这一切都被认定是你的错。”埃伦迪尔说。

“我被牵扯其中，而且被停了两周的课。”西于聚尔·奥利说，“我们四个人都被停课了，跟其他那些在那场打斗中有些失去理智的人一样。我父亲气得发狂。”埃伦迪尔之前从没听西于聚尔·奥利提起过他父亲，连他父亲的名字都没有提到过，想着他是不是应该趁这个机会多打听一些。整件事对他来说都十分新奇。他不敢相信西于聚尔·奥利竟被学校停过课。

“它……我……”西于聚尔·奥利想要多说点，但是挣扎着试图找到合适的词语。“这一点都不像我。我之前从没有卷入过类似的事情之中，而且从那之后我再也没有失控过。”

埃伦迪尔什么都没说。

“我把那个老师伤得很重。”西于聚尔·奥利说道。

“发生了什么？”

“就因为这，每个人都记得这件事。他被送到了医院。”

“为什么？”

“他跌倒了，而且头重重地摔在了地板上，”西于聚尔·奥利说，“我撞倒了他，然后他摔到了头。一开始，我以为他会瘫痪。”

“你的良心肯定很过意不去。”

“我……我很难过，在那个时候，有各种各样的事情……”

“你从没有对我说起过。”

“他们离婚了，”西于聚尔·奥利说，“我的父母，在那个夏天。”

“哦。”埃伦迪尔说。

“我跟我妈妈搬了出去。我们只在这里待了两年。”

“父母分开的时候，孩子总是要遭罪的。”

“你跟那个木工课老师讨论过我吗？”西于聚尔·奥利问道。

“没有，他认出了你，”埃伦迪尔说，“记得那场暴动。”

“他提到过我父亲吗？”西于聚尔·奥利说。

“他可能说了点。”埃伦迪尔谨慎地说道。

“我父亲总是在工作。我觉得他没有意识到妈妈为什么要离开他。”

“这种事情不是一天两天的吧？都是要经历很长时间的。”

埃伦迪尔问，吃惊于西于聚尔·奥利愿意继续跟他讨论这些。

“我不知道原因，到现在都不清楚发生过什么。我妈妈很不喜欢说这些。”

“你是他们唯一的孩子，对吧？”

埃伦迪尔回想起西于聚尔·奥利曾经略微提及过这个事实。

“很多时候，我都是一个人待在家里，”西于聚尔·奥利接着说道，“特别是在他们离婚后，在我们搬了家那会儿。后来我们再次搬家。从那之后，我们一直在不停地搬家。”

两人都默不作声。

“真不可思议，过了这么久又回来这里。”西于聚尔·奥利说。

“世界不大，这个城市又小。”

“他怎么说的我爸爸？”

“没说什么。”

“我爸爸是个管子工。他是出了名的 Permaflush。”

“真的吗？”埃伦迪尔假装一无所知。

“埃吉尔清楚地记得我。我可以告诉你，我也记得他。我们都有一点害怕他。”

“嗯，他确实不是一个好好先生。”埃伦迪尔说。

“我知道，人们过去经常这样子叫我爸爸，他就是那样的人。你可以取笑他。有些人就喜欢这样子，他不介意，而我却不能忍受。”

西于聚尔·奥利看着埃伦迪尔说道：“我尽了最大努力去做一个和他完全不同的人。”

*

她面带微笑地站在门口迎接埃伦迪尔。这是一个六十多岁的矮小女人，留着一头浓密的棕色齐肩长发，眼神和蔼明亮，对于他到访的目的一无所知。埃伦迪尔是一个人来的。他在午餐时间到访这里，没指望能在家里找到她。这个女人住在科帕沃于尔，叫艾玛，这是他知道的所有信息。

他介绍了一下自己，当她听到他是一名警探的时候，她把他请进了暖和的客厅里。他急忙脱掉自己的外套，解开夹克衫的扣子。外面的温度是零下九度。他们坐了下来。这里的每处迹象都显示她是一个人居住。她透露出一种超凡的平静，这种平静反衬出一种独居生活。

“你一直都是一个人住吗？”他通过发问来打破僵局，并帮助自己放松下来，当他意识到这是一个私人问题的时候为时已晚。她似乎也是这样觉得的。

“这是警察需要知道的事吗？”她问道。她的举止如此不动声色，以至于他不能断定她是否在取笑他。

“不，”埃伦迪尔不好意思地说道，“当然不是。”

“警察找我干什么？”女人问道。

“我们在找一个男人，”他说，“他曾经是你的邻居。你住在他对面的公寓里。这是很久之前的事了，所以我不知道你是否还记得他，但是我想试一试。”

“这是不是跟新闻里那起糟糕的案子有什么关系，跟那个男孩有关？”

“不是的。”埃伦迪尔说，在心里告诉自己，这在严格意义上来说并不是一个谎言。他不确定自己在寻找什么，或者说打扰这个女人的原因是什么。

“得知发生了这样的事情让人十分痛心，”女人说道，“一个孩子会那样被杀害，这是一个相当难以理解的暴行。”

“是的，是这样的，的确！”埃伦迪尔说。

“我一生只在三个地方住过，”女人继续说道，“我出生的地方，你口中的那间公寓，还有科帕沃于尔的此处。就这些。那是哪一年的事？”

“我不能断定，但是我们谈论的事情可能发生在二十世纪六十年代末或者七十年代初。那是一个小家庭，一位妈妈和儿子。当时她有可能跟一个男人住在一起。他就是我要找的人。他不是那个男孩的亲生父亲。”

“你为什么要找他？”

“这是警方的事，”埃伦迪尔笑着说道，“不是什么严重的事。我们只是需要跟他谈一谈。那位母亲名叫西格薇。那个男孩名叫安德瑞斯。”

艾玛有些吞吞吐吐。

“什么？”埃伦迪尔问道。

“对于他们，我记得很清楚，”她缓缓地说道，“我记得那个男人，还有那个男孩。孩子的妈妈西格薇是个酒鬼。我过去经常看到她晚上很晚才回家，喝得酩酊大醉。我不觉得她能把那个男孩照顾好。我觉得他很不快乐。”

“你能告诉我关于跟她住在一起的那个男人的事吗？”

“他叫罗格万杜。我不知道他姓什么，从没听说过。我感觉他不喝酒，至少不像她一样是个酒鬼。我真的不明白，他们喜欢对方什么，他们完全是两类人。”

“你是说，他们看起来并不喜欢对方，还是……”

“我从来都不懂他们之间的关系。过去，我经常听到他们争吵，如果我站在楼梯口，就可以听到他们家里的声音——”

她突然停了下来，好像意识到有必要为自己澄清一下。

“我不是偷听，”她带着一丝微笑说道，“他们过去经常很大声地吵架。洗衣房在地下室，我下去或者回家都要经过那里……”

“我明白。”埃伦迪尔说着，脑海中勾勒出一幅她站在楼梯口，在她邻居门外竖起耳朵的情景。

“他跟她说话，好像她一文不值似的。他总是诋毁她、嘲笑她、羞辱她。从我跟他打过的一点点交道来说，我不喜欢他，没有太多交往。但是，我听说他是那种人，下流胚，一个令人讨厌的家伙。”

“那个男孩是什么情况？”埃伦迪尔问道。

“跟小老鼠似的，可怜的小东西。他完全在躲避那个男人。在我的印象中，他总是一脸很忧郁的样子。我不知道真相是什么，有时他十分绝望。哦，那些可怜的孩子们，他们有一些是那么容易受到伤害……”

“你可以跟我描述一下罗格万杜的样子吗？”趁着她的声音有所降低，埃伦迪尔赶紧问道。

“有比那更好的方法，”艾玛说，“我想，我还有他的照片。”

“你确定？”

“他当时正步行经过公寓。我的朋友给我照了一张我站在前门外面的照片，结果把他也照了进去。”

她站起来朝一个柜子走去。柜子里面有许多相册，她拿出其中一本。埃伦迪尔四处打量着这间公寓。所有东西都一尘不染、井井有条。他猜想她一把自己的照片冲洗出来就放进相册里了，可能还给照片编上了号，贴上了日期标签，并附有简单的说明。在这样一个漫长、黑暗的冬天夜晚，一个独居的人还有什么其他的事情可做呢?

“他断了一根食指，”艾玛拿着相册走过来的时候说，“我有一次发现的。他肯定发生过什么意外。”

“哦，这样啊。”埃伦迪尔说。

“也许他做一些木匠活。那里只剩一段残根。在他的左手上。”

艾玛拿着相册坐了下来,然后开始翻页,直到她找到那张照片。埃伦迪尔猜对了，这些照片是按照时间顺序被精心地排列开来的，并且附有标签。他猜想每个人都在她的记忆中占有一席之地。

“我只是喜欢看看这些相册。”艾玛说道，无意间证实了埃伦迪尔的猜测。

“这些照片很珍贵，”他说，“满满的回忆。”

“找到了，”她说，“老实说，这张照片把他照得挺好的。”

她把相册递给埃伦迪尔，指着其中一张照片，照片上的艾玛大概比现在年轻三十多岁，微笑着看着相机的镜头。她戴着头巾，穿着一件漂亮的羊毛背心和紧身裤，身材很苗条。那是张黑白照，艾玛后面站的是罗格万杜，他也看着镜头，举着一只手似乎要遮住自己的脸，可能是突然反应过来他也入镜了。他瘦瘦的，发际线有些靠后，象征智慧的高额头下面眉毛稀疏，眼睛大大的，有点突。

埃伦迪尔盯着男人的脸，感到脊背一阵发凉。他意识到他最近见过这个人，就在前不久。尽管过去这么多年了，可他的容貌却出奇的没怎么改变。

“怎么了？”艾玛问。

“……是他！”埃伦迪尔咕哝着。

“他？”艾玛说，“谁？”

“是他！这怎么可能？你说他叫什么？”

“罗格万杜。”

“不，他不叫罗格万杜。”

“是吗，那我肯定是弄错了。你认识他吗？”

埃伦迪尔的视线离开相册，抬起了头。

“真的……有这种可能吗？”他轻声说道。

他又看了一眼照片中的男人。他对这个男人一无所知，但他却进过这个人的家，知道他是谁。

“他说他叫罗格万杜？”

“没错，他就叫这个名字，”艾玛说，“这可不是我随口编的。”

“我无法相信。”埃伦迪尔说。

“为什么？有什么问题吗？”

“我见到他的时候他不叫这个名字。”埃伦迪尔说。

“你见过他？”

“对，见过。”

“有这事？如果他不叫罗格万杜，那叫什么？”

埃伦迪尔不说话。

“那叫什么？”艾玛又问了一遍。

“格斯特。”埃伦迪尔有些茫然地说。他看着照片中的男人，这个和苏妮家隔着一个楼道的邻居。这个曾邀请他进门，认识埃利亚斯和尼冉的男人。

22

警方穿过苏妮家门前的楼道,来到楼上的邻居格斯特家。此时,埃伦迪尔和埃琳博格正在那里,雷克雅未克市级法院授权他们当天下午搜查。自从发现男孩的尸体以来,警察局就派专门人员看守整幢楼。据他们说,住在苏妮家对门那间公寓的人从未露过面,碰到过他、还跟他说过话的人只有埃伦迪尔。

想进入他家不是什么难事,格斯特是租户,和这幢楼里的其他租户一样。埃伦迪尔想办法弄到了一把备用钥匙。一行人拿着所有搜查所需的文件,摁了门铃,又敲了很久的门,都没人回应。于是,埃伦迪尔将备用钥匙插进了锁孔,开了门。他知道,他的手中仅有的线索是安德瑞斯的暗示——这一带住着一个恋童癖者。尽管知道安德瑞斯是一个谎话连篇的混蛋,但埃伦迪尔这次还是决定相信他的话。谈起这个人,安德瑞斯的举止有些反常,仍没有摆脱过去的恐惧。

公寓里的摆设和埃伦迪尔上次来时差不多,唯一不同的是,整个公寓看起来没有任何痕迹，好像被人用抹布和消毒液仔细地擦除了。空气中仍然能闻到一丝消毒液的气味。厨房里光洁发亮，简直像镜子一样。浴室里也是。客厅的地毯很明显是不久之前才用吸尘器清理过的。再看看格斯特的卧室，完全没有人躺过的痕迹。埃伦迪尔这次更清楚地意识到，这间公寓里的家具实在太少了。第一次走进这间公寓的时候，他就有一种感觉，这间公寓似乎比苏妮家的要大。但事实上，它们一样大。埃伦迪尔站在客厅正中央时一下子明白了，因为房子里几乎没什么家具，自然看起来大一些。他上次来的时候是一个黑暗的冬夜，只有一盏灯亮着。就算这样，他当时也感觉到这房子很空。墙上没有挂任何照片，屋内一端有一张小餐桌，旁边有三把椅子和一个书架，书架上放着国外的平装书；另一端的客厅里只有两把扶手椅和一张茶几。卧室里摆放着一张床，床头柜空空如也。走进厨房，只见三个盘子、三只杯子和三套刀叉、一个小平底锅和两个尺寸不同的炖锅。屋内仅有的物品都被彻彻底底地擦拭过了，妥妥当当地摆放着。埃伦迪尔环视着格斯特所居住的这间公寓，没有什么东西是新购置的。桌子和椅子很可能是二手货，床头柜也是。卧室里的单人床上放着的是一个老旧的弹簧床垫。他不禁想，来找过格斯特后，他是不是在谈话一结束就马上开始收拾东西，“毁尸灭迹”了。浴室里既没有刮胡刀，也没有牙刷的影子。整个屋子里完全没有私人物品，甚至连一台电脑都没有，抽屉里也没有任何票据、信件一类的东西，没有任何纸张或杂志，仿佛这里无人居住。

调查取证组组长向埃伦迪尔走过来，两个助手跟在他身后。

“你刚才说我们要找的是个什么案犯？”他问。

“虐童癖者。”埃伦迪尔说。

“实在没留下什么可查的。”调查取证组组长指出这一点。

“可能他早就做好了准备，随时走人。”埃伦迪尔说。

“恐怕我们连一个指印都找不到。”

“很可能，但还是尽力找找吧，拜托了。”

此时，埃琳博格正在外面绕着公寓一圈一圈地走。手机突然响了。她对着手机讲了好一会儿，然后将其放回口袋，走向埃伦迪尔。

*

“我倒希望我家什么时候能像这里这么干净，”她说，“你觉得是格斯特袭击了埃利亚斯？”

“这只是我的猜测。”

“他看起来像是逃跑了啊。”

“很可能我前脚刚离开，他后脚就开始收拾东西走人了。”埃伦迪尔说。

“是不是他家里有事回家几天？”

“不知道。”埃伦迪尔说。

“西于聚尔没找到关于这个男人的任何线索，”埃琳博格说，“你说的那两个名字在有恋童癖前科记录的犯人档案里找不到，翻了几十年前的记录也没有找到，但是和我们可视化数据库里的一个照片吻合了。西于聚尔祝我们好运。”

“可视化数据库，”埃伦迪尔说，“我讨厌这些沉闷的术语。不就是‘我的图片’吗？这么说有什么错？”

“哦……随便怎么说吧。”

“我想我可能是在同假想敌战斗吧。”埃伦迪尔说。

“他不太可能会把孩子带到这里来。”埃琳博格评论道。

这话不带讽刺意味。埃伦迪尔明白她想说什么。他们去过很多恋童癖者的家，那里看起来就像孩子们的童话王国，而这儿一点也不像，连一片糖纸、一个电脑游戏都没有。

“格斯特说他认识埃利亚斯。假设他说的是实话，”埃伦迪尔说，“我们应该把这一点作为调查的重点。但正如你所说，如果埃利亚斯确实来过这里，格斯特肯定也已经消除了痕迹。”

“他可能把巧克力和蛋糕藏到别的地方了。”

“在这方面，他肯定是个老手。”

“我们还要和安德瑞斯好好谈谈吗？”埃琳博格问道。

“对，还得这么做。”埃伦迪尔答道，语气冷冷的。

之前，等待搜查令下来期间，他们努力搜集了更多关于格斯特的信息。楼里的大多数房子都是一个房东的，埃伦迪尔和埃琳博格开车去了这一房东在市中心的办公室。房东是个十分狂躁的年轻人，三十多岁，卖了他继承的在冰岛北部的捕鱼配额，投资了雷克雅未克的房地产，显然取得了一些成功。他说，他计划把楼里的公寓卖掉。房屋租赁市场吸引了各种人大量涌入，如今做这行压力太大，不好做。他还出租着雷克雅未克市另一块地方的公寓，结果就是成天被无休无止的法律纠纷、驱逐租户和讨债风波所烦扰。

“那个叫格斯特的家伙一直有交租吗？”

“有。他租这房子一年半了，没给我找过任何麻烦。”

“他交租是把钱打到你的账户里吗？”

房东犹豫了一下。

“是当面交现金？”埃伦迪尔问道，“他到这里来当面给房租？”

房东点点头。

“这是他要求的，”他说，“他坚持一定要这么做，还把这个当作承租条件。”

“你们签约的时候，你是不是没有检查他的身份证？”埃琳博格问道。

“我……一定是忘了。”

“那这是逃税了？”埃伦迪尔问道，“他付给你的那些钱。”房东默不作声。他清了清嗓子。

“呃，这要进一步查下去吗？”他犹犹豫豫地说道。他还不知道这些警探为什么要向他专门询问这个租户的情况。“会被税务人员查到吗？”

“除非你是一个骗人的无赖。”埃伦迪尔说。

“这……”房东有些局促不安，“我是什么生意都做。我承认了吧。当时这个人来我这儿，问我能不能和他做个交易。他不介意一次性付清全款，但要求不留任何字据。我告诉他必须要填一个租赁合同，但是那个老家伙怎么说都不肯。他说会预付六个月的租金，其中三个月的可以作为保证金。他用现金付的钱，说他年纪大了，不想整那些电子玩意儿。我相信了他。事实上，他是我遇见的最好的一个租户，从没欠过一笔租金。”

“在那之后，你还见过他吗？”埃琳博格问道。

“之后见过他几次。就这些了。你们要去税务局揭发我吗？”

“这么说，他的那间公寓没登记在任何人的名下？”

“是的。”房东耸了耸肩，好像在坦白一个小疏漏。

“我再问你，住在他家对面的苏妮每次都按时交租吗？”埃伦迪尔又问道。

“你说那个泰国人？”房东问，“也都是按时交的。”

“当面交的现金？”埃琳博格问道。

“不不不，”房东说道，“是账户汇款。他们是走正规流程的，除了那个老家伙。”

他停顿了一下。

“好吧，可能还有其他两三个人。但是，再没有了。我还告诉过她，如果她不按时交租，我就会把她赶出去。我不喜欢租给她那样的人，但是这市场简直是个噩梦，你租给的什么人都有。我打算不干了。卖掉公寓。这行我实在干不下去了。”

例行调查结束。他们回到苏妮家所在的那幢公寓，站在这个不知道叫格斯特还是罗格万杜的人的客厅里，有些不知所措。他们不知道上哪儿去找他，连他的真实身份都不知道。事实上，除了一个惯犯的几句话，他们根本没有任何线索。

“太奇怪了，这案子牵涉的人竟会一个个消失，”埃琳博格说，“开始是尼冉，现在是这个家伙。”

“我想，找到这个人要比找到尼冉难得多，”埃伦迪尔说，“看起来，他之前肯定也这么做过。似乎是被迫的，一有风吹草动就立即躲起来。”

“你是说，他就是安德瑞斯说的那个人？”

“一切都像是准备好了一样，”埃伦迪尔说，“似乎事先预谋好了。他可能还有其他的藏身地，以防有什么事情突然牵连到他。”

“他甚至都没在这儿放什么私人物品，”埃琳博格说，“什么都没留下，好像他根本不存在——从没存在过。”

房东把备用钥匙给他们的时候说，那个公寓里的有些家什物件是他的，不是租户的。客厅里那台旧电视机和厨房里那台老式录音机都是房东的，连书架上的平装书都是房东的。电视机也是注册在房东的名下。

“我们得和住在这个单元楼的邻居们谈谈，”埃伦迪尔叹了口气，说道，“问问这家伙平时的动向，有没有对这个街区或是附近街区的孩子有什么不正常的兴趣，诸如此类的事情。交给你了，好吗？”

埃琳博格点了点头。

“你觉得苏妮把尼冉藏起来，是因为这个老家伙吗？”她问道。

“我不知道”，埃伦迪尔说，“目前什么都不清楚。”

“为什么她就不能直接说出来她究竟害怕什么，这样我们也能帮她啊。”

“我怎么知道！”

古蕾刚到苏妮家门前，埃伦迪尔马上穿过楼道，走了过去。是他打电话叫古蕾来帮忙的。他想向苏妮了解情况，却不知怎么表述才能不唤起她的悲痛。他、苏妮，还有古蕾一起坐在黄龙下方，跟苏妮说着她对门的邻居，他们怀疑他很可能是个犯了某种罪的不法分子。苏妮聚精会神地听着，或提问，或毫不犹豫地回答着问题。直到他们结束谈话再次站起来的时候，埃伦迪尔确信那个人并没有对她的儿子们有什么不正常的举动。

“我肯定，”苏妮肯定地说，“你的猜测是不可能的。”

“可他好像认识尼冉和埃利亚斯。”

“孩子们认识这个人是因为他住在我家对门”，古蕾翻译道，

“他们没可能进去他的公寓。埃利亚斯帮他去楼下的小卖部跑了几次腿，这倒是真的，但也就只有这些往来了。”

这一楼道里的其他住户都和这个人没什么交集；没人留意他的进出。他的公寓里甚至没有任何动静。“他像只耗子一样来无影去无踪。”范内伊说。

埃伦迪尔从苏妮的公寓里走出来，埃琳博格发现他一副心事重重的样子。

“西于聚尔和你说过他爸爸的事吗？”当他们走下楼的时候，埃伦迪尔问道。

“你了解他的事吗？”

“西于聚尔·奥利？不。我记得没有。他从不说自己的事。怎么了？他爸爸怎么了？”

“哦，没事。我今天和西于聚尔·奥利聊天，突然发现我对他一无所知。”

“对他有所了解的人，我还没见过。”埃琳博格说。

埃琳博格本来是开玩笑的，却感觉到埃伦迪尔有些严肃，有点后悔不该那么说话。她总是不惜以伤害西于聚尔·奥利为代价说一些俏皮话，然后西于聚尔·奥利依旧坚持自己的观点，显得既迂腐又缺乏同情心，活该成为笑柄。不管发生什么，他从不会让工作影响自己，似乎完全麻木不仁；而埃伦迪尔则完全不同。埃琳博格知道这就是埃伦迪尔和西于聚尔·奥利的区别，也是他们发生摩擦的根源；小冲突越积越多，快积聚成憎恶了。

“哦，我不清楚，”埃伦迪尔说，“他不是个坏警察。不像你想的那么坏。”

“我可没说他坏，”埃琳博格辩解道，“我只是不喜欢和他在一起工作。”

“今天和他聊天的时候，我突然发现自己竟然根本不了解他，够古怪的了。真是一无所知——就像我对马里昂·布里姆一样。你知道他去世了吧？”

埃琳博格点了点头。这个消息已经传遍了警察局。除了几个老成员，几乎没人还记得马里昂。只有埃伦迪尔和他一直有联系，自从马里昂死后，他一直在想，他俩的合作关系和朋友关系究竟是建立在什么基础上的。之后他的思绪又回到了西于聚尔·奥利和埃琳博格的身上，这两个他最亲近的同事。他几乎不了解他们，而现在突然意识到这还得怪他自己。他是个不善交际的人——他很清楚这一点。

“你想念马里昂吗？”埃琳博格问道。

他们出了居民楼，进入了刺骨的寒冷中。埃伦迪尔停下来，把他的大衣拉紧了些。如果不是她突然问起，他从没花时间想过这个问题。他想念马里昂吗？

“想啊，”他说，“我很想念马里昂。我会想——”

“什么？”埃伦迪尔的话只说了一半，埃琳博格追问道。

“这个话题只会给你增加负担，干吗要跟你说这个呀。”他说着，走向他的车。

“你没有给我添负担啊！”埃琳博格说。“从来没有！”她觉得埃伦迪尔没听见，又补充道。

“埃琳博格。”埃伦迪尔回过头来，说道。

“嗯？”

“你女儿情况怎么样？胃肠型感冒好些了吗？”

“正在恢复呢，”埃琳博格说，“多谢关心。”

*

吃完晚饭没多久，他们已经到达安德瑞斯的住处了。他没出门，不过一副迷迷糊糊、东倒西歪的样子，好在还没完全醉倒，还能跟人谈话。上回警方带他去警局问话，由于没有充足的证据拘留他，就把他给放了。现在，他一边咧嘴笑着，一边让他们进来，这笑容马上让埃伦迪尔觉得很烦躁。两人进来后，西于聚尔·奥利转身关上门。他花了大半天时间查阅警方的案犯记录，想找到有助于他们追查格斯特的任何线索，可是却一无所获，感觉疲惫不堪。埃琳博格已经回家了。安德瑞斯的屋内一片昏暗，空气里弥漫着一股令人窒息的食物的味道，可以说是恶臭味，仿佛他吃的是腐烂的滴着臭水的鳐鱼。他们站在客厅里，安德瑞斯背对着他们坐在电视机前，眼睛死死地盯着电视，好像他们不存在似的。他身边的桌子上乱七八糟地摆放着一些啤酒罐，地板上到处躺着空酒瓶子。屋内唯一的灯光便是电视机闪烁的屏幕。至于他本人，只从高高的椅子背上露出一个后脑勺。

“怎么样了？”安德瑞斯问道。他抓起一个啤酒罐，大喝一口，然后打了个嗝。

“我们找到他了，”埃伦迪尔说，“你的老继父。”安德瑞斯把啤酒罐慢慢地放回到桌上。

“胡说！”

“他给自己起的名字叫格斯特，跟那个被袭击的男孩住在同一个单元楼。”

"那又怎么样？"

"这要问你了。"

"什么意思啊？"

"他在哪儿？"

"等等，你们没找到他人？"

"我们找到了他的公寓。"埃伦迪尔说道。

安德瑞斯又伸手去拿啤酒罐。

"那就是说没找到人？"

"是的。"埃伦迪尔说。

一阵沉默。

"你们找不到他的。"安德瑞斯说。

"你知道他在哪儿吗？"埃伦迪尔问。

"知道的话又怎样？"

"那就告诉我们。"西于聚尔·奥利生气地说。

"你们进他公寓了吗？"安德瑞斯问道。

"别扯淡！"埃伦迪尔说。

"他公寓什么样？和我的像吗？"他问道，举着啤酒罐的手摊开来，好像在欢迎他们进屋——一个垃圾堆。

"你再不说，我们可以以妨碍公务罪把你抓起来，"西于聚尔·奥利说，"可以说了吧？"

"哦，对，还有知情不报罪。"西于聚尔·奥利补充道。

"哦，我好怕怕哟。"安德瑞斯说。

"你知道他的真实身份吗？"西于聚尔·奥利问道。

"你们一无所获，就指望小安迪来救你们的命了吗？"他说，

“是不是这样？你们就是这么想的吧？蠢条子！你们什么时候又帮过谁了？”

埃伦迪尔看着西于聚尔·奥利。他喃喃了一句“小安迪”，摇了摇头，一脸的困惑。

“你认识他的时候，他叫什么？”埃伦迪尔问道。

“他管自己叫罗格万杜，”安德瑞斯说，“那时候大家都叫他罗格万杜。你肯定去过他的公寓了吧？你什么都不会找到的。任何东西。你不会找到关于他的任何东西。你也不知道那个男人是谁。只有小安迪可以帮你呦。小安迪是不会袖手旁观的……你知道为什么吗？”

“为什么？”埃伦迪尔问道。

“这个‘小安迪’究竟是什么鬼？！”西于聚尔·奥利抓住安德瑞斯的椅子，一把将他从电视机那面转了过来。埃伦迪尔拽住西于聚尔·奥利，想阻止他却没来得及。椅子缓缓转了个圈，安德瑞斯面对面盯着他们。

“你个大笨蛋！”埃伦迪尔朝西于聚尔·奥利大喊。

“就是，好好教教他，大兄弟！”安德瑞斯喋喋不休。

“到外面等吧。”埃伦迪尔下令。

“什么？”西于聚尔·奥利刚想反驳，却马上住口了。他瞥了一眼埃伦迪尔，又斜了一眼安德瑞斯，什么也没说就走出去了。安德瑞斯开始冷嘲热讽。

“是啊，滚出去！”他冲着西于聚尔·奥利的背影喊道。

“你为什么不肯帮我们？”西于聚尔·奥利出去后，埃伦迪尔问道。

“我做什么不关你们的事。”安德瑞斯说着，转动椅子，扭向电视机刺眼的光亮。

“你在骗我们，对吗，安德瑞斯？”

电视机屏幕发出的光亮在小小的公寓里闪烁，也照清了房间里的肮脏与凌乱。埃伦迪尔感到很难受。整个房间里只有自我毁灭的气息。

“我没骗你们。”安德瑞斯说。

“他究竟是个什么样的人，那个自称罗格万杜的家伙？”埃伦迪尔问道，“他的真实身份究竟是什么？”

安德瑞斯并不回答。

“你说你最近见过他。你知道他在哪儿吗？”

“我不太清楚，”安德瑞斯说，“我不会说的。明白吗？”

“你第一次在附近注意到他的时候是什么时候？”

“一年前。”

“从那之后你就一直监视他？”

“这我不会告诉你的。”

“你知道他在哪儿工作吗？他每天都干些什么？他做什么养活自己？他工作吗？”

安德瑞斯仍不说话。

埃伦迪尔把手伸进口袋，从里面掏出一张这个男人还叫罗格万杜的时候的照片，那时他还和安德瑞斯的妈妈住在一起。他飞快地扫了一眼男人的脸，把照片从椅背那里递给安德瑞斯。安德瑞斯接过了照片。

“是他吗？”埃伦迪尔问道。

安德瑞斯不回答。

“你认识照片里的这个男人吗？”

“是他。”安德瑞斯终于说话了。

“像不像你认识他时的样子？”

“像，就是他。”

“他是个什么样的人？”埃伦迪尔又问了一遍，“你能告诉我一些关于他的事吗？”

安德瑞斯并不回答。埃伦迪尔看不到安德瑞斯的正脸，只能看见椅背上方露出的他的头顶，猜他此刻正把照片举到面前。

“他能下手去杀一个孩子吗？”埃伦迪尔问道。

又过了一阵子，椅子开始从电视机前转过来，安德瑞斯又露面了。他不再咧嘴笑了。当四目相对时，他的脸上有一种既愁苦又冷峻的神情。他把照片递还给了埃伦迪尔。

“我认为他很有可能，”安德瑞斯说道，“也许他做过。很多年以前。”

“什么意思，他做过什么事？”

“滚！你休想从我这里问到什么。快离开我家！这是我自己的事，我会处理的。”

“他做了什么？”

“滚蛋，别烦我了！”安德瑞斯吼道。

“你说他是一个杀人犯？”

安德瑞斯转头对着电视机，不管埃伦迪尔再怎么问，他也不透露半个字。他拒谈这个和苏妮住在同一个楼道的男人。

23

在垃圾回收站工作的一个年轻雇员十分满意他今天的收成。他已经找到了两张值得收藏的黑胶唱片。当然，按规定，从回收站收上来的有用物件都得上交，而不能带回家去。但是，没人给从垃圾堆挽救出来的东西做记录。事实上，在回收站附近转悠的任何人都可能冲进垃圾堆一顿乱翻。有时，还有唱片收藏者在垃圾压碎机下找到宝贝。旧书爱好者也是。各种各样的人都有。之后，他会把这两张唱片带去旧货铺子卖个好价钱。他对唱片和音乐并不怎么感兴趣，但是在回收站工作了两年的他多少知道哪些东西值钱。有一天，他在一个废金属箱旁边发现了一整套高尔夫球杆，是哪个司机丢了垃圾后忘记放回车上了。虽然袋子很破旧，但里面的球杆却完好无损。他卖了个好价钱，相当于从那个粗心的司机那里捞到了一大笔。过了两天，失主过来找，轻易就相信了他随口搪塞的话——球杆很可能已经被当作垃圾填埋了。

在垃圾回收站工作的这段时间，他学会了要时时刻刻关注有用的东西或物件，好拿去变卖或留给自己。他知道有些收藏者抱怨说，不是什么都会按惯例进入二手市场里，但是他才不在乎那些怪胎呢。他有了一个有油水的副业——查看别人扔了什么东西。毕竟，公司发薪水并不大方——这就是份低级的工作，配下等的薪水。

人们扔的东西总让他出乎意料。他们真的是什么都扔。他不那么喜欢读书，但他看见货车运来一车车的书简直可以装满好几个图书馆，都是些人们想要清理掉的书。还有些完好无损的家具、几乎没穿过的衣服、厨具，甚至七八成新的音响。

那天，寒气和肆虐的北风不断地撕扯着他的蓝色工作服，他都没法躲进室内，因为实在是太忙了。人们一年到头且从早到晚都在扔垃圾，不管阴晴雨雪，雷雨暴风。卡车带来的有已故者的私人物品、有人扔掉的浴盆、有人换掉的厨房用具，等等。还有些拾荒者来卖瓶瓶罐罐。收瓶罐是他最没兴趣干的工作，人们总是想方设法谎报数目。有时，当他终于耐着性子把袋子里的瓶罐数完了（那真是一份要人命的体面活），会发现那些人估计的数和他数出来的相差十万八千里，而那些人竟然也不脸红，就咧嘴笑笑，装出一副很惊讶的样子。

一辆车朝着大门开来，停在了巨大的指示牌前。那个指示牌提示车辆在指定地点停车，等候指示。当他看见没人去接待司机时，他就懒懒散散地走过去了。

“我这儿有个旧床。”那个人边说边把车窗摇下来。

他开着一辆大吉普，为了塞进后备厢，那床已经被弄裂开了，对谁都没用处了。

“是和床垫什么的一起运来的吗？”他问道。

“是的，一套齐全。”男人说道。

“往前开，床垫右边放，床板左边放，OK？”

那人摇起车窗，把车朝前开去，年轻雇员看着车子开走，然后探头向值班室的门里瞅去。七点新闻刚刚开始，他想着要不要进屋暖暖。他听不见电视的声音，但可以看见屏幕：一会儿是中东的人在互相攻击，扔石头，一会儿是美国总统做演讲，一会儿是冰岛的羊群，接着是桌上放了一把刀，一会儿又是冰岛内阁部长剪彩，冰岛总统接待宾客……

又有一辆车在大门处停了下来。车窗摇下，“我有一个冰箱。”一个男人说。

“还能用吗？”他问道。对冰箱他会特别留意，因为如果碰上能用的，他就挑个好的留着自己用。

“恐怕这就是一堆废铁了。”男人笑着说。

他用眼角的余光看到电视屏幕上那把刀又出现了，一瞬间他忽然感觉自己曾经见过这把刀。

“我要把冰箱丢在哪儿？”司机问道。

“在那儿，右边。”他说着，手指向放着厨房用具的那边，那些物件凄凉地被人遗弃在呼啸的大风中。

他赶紧冲进小屋，坐在小电视机前。新闻播音员正在说着杀人凶器可能是学校木工课用的雕刻刀。他看过这新闻，知道是什么案子：住在那片公寓区的亚洲裔男孩被杀的案件。

他从刀鞘中拔出刀仔细地检查起来。手里这把刀跟电视上的一模一样。他是从装废弃金属的垃圾箱里找到的，还为它制作了一个刀鞘。他找了一根皮带系在工装裤上，再把刀装进刀鞘挂在皮带上。这是个好宝贝，可以砍断绳子，划开装饮料瓶的袋子，或者在工作清闲的时候蹲在值班室里做点木工。他盯着手中的刀，慢慢明白过来，他手里握着的可能是一把凶器。

又一辆车开到大门前停了下来。

这把刀可能得交给警察了。或者留着不交？这和他有什么关系呢？话说这真是一把好刀啊！司机发现他在值班室里发呆，于是开始大声鸣笛。

但他完全没听见。他在想，如果他把这把刀留在身边，警方可能直接下结论说是他杀了那男孩。他们会相信他是从装废金属的垃圾箱里翻找到的吗？当时之所以会去翻那箱子，是因为他瞥见了一个小小的木头把手，而他又是如此眼尖，擅长发现好东西。他们每过几天就会清理一次垃圾箱。他发现木工刀时垃圾箱里只装了一半。肯定是有人来过回收站，把刀扔进了垃圾箱。

难道是凶手？

播音员说了，凶器极有可能是这种类型的。如果是这样，凶手可能和学校有一定关联。

越来越不耐烦的司机又鸣起了笛，这次鸣得更久。

他突然反应过来，看向外面。

也许他们不会相信他的话。那些亚洲人送来空饮料瓶总是谎报数目，他这么说那些人，别人还说他是个“种族偏见分子”。

但他又转念一想，他可能会出名的。

他可能会出名的。

他朝怒视着他的司机望去，示意他进来，然后走过去。

他笑了。

当看到这个愚蠢的笑容时，司机开始愤怒地吼叫起来。当着司机的面，他拿起了电话。

112，他拨打了应急电话，这下他可要出名了。

*

西于聚尔·奥利正在安德瑞斯公寓外等着埃伦迪尔。

“怎么样了？”当他们走下楼梯时，他问道。

“我不知道，”埃伦迪尔心事重重地说，“我估计安德瑞斯这次也真的毫无头绪了。”

“你从他那里问出什么了没？他松口了吗？”

“没有埃利亚斯的消息。”

“那他说了一些什么？”

“首先，他认识照片里的这个男人，”埃伦迪尔说，“这个男人确实是他的继父。他暗示这个人很久以前杀过人。”

“什么？”

“我不知道，”埃伦迪尔说，“我不知道什么该信。”

“杀了什么人？”

“不知道。”

“是不是那只是他的胡扯？”

“可能吧，”埃伦迪尔说，“但他已经说的那点倒是准确的，确认属实。”

“是啊，但那也说明不了什么。”

“他还说他会自己处理的，我都不知道那是什么意思。接下来的几天，我们应该派人监视他。”

“嗯。哦，对了，他们说凶器可能找到了。”西于聚尔·奥利说。

“真的？”

“刚接到电话。有人说它被扔进了废金属箱。我们还得检查它是不是同一把刀，但是看起来很像。我听他们说是完全相同。因为这把刀在新闻中播出了，某个年轻清洁工碰巧在翻垃圾的时候把它找出来了。虽然他已经用这把刀干活了，也就是说，他可能已经将它好好地清理了一番，但我们或许还能找到一些线索，取证小组用他们的尖端仪器总能找出一些什么。”

他们开车去了回收站。调查取证组已经封锁了此处的交通，一条黄色的警戒线随风摆动。技术员们正在寻找弃刀人的蛛丝马迹，但也只是做做样子罢了。从清洁工找到木工刀到现在已经过去两天了。凶案发生后的这几天里，数不清的人和车进进出出回收站，而没有一个清洁工发现那些人有什么异样。没人在垃圾箱边鬼鬼祟祟。大门处也没有监控。警方的调查无从着手。

他们已经把找到这把刀的消息通知了木工课老师埃吉尔。他看过了刀，判断这把刀很可能来自木工课教室里。他还说，类似的木工刀在全国各个学校的木工教室里都可能见到。

埃伦迪尔询问了找到木工刀的年轻清洁工，很快确定他说的是真话。他问埃伦迪尔自己是否可以将这则消息卖给报社；还问埃伦迪尔是否知道会不会有小报出钱来买，如果买的话大概值多少钱，等等。自从找到这把刀，他就一直随身携带着它。

真是个烂胚子，埃伦迪尔心想。

没过多久，他就回家了。天很晚了，他在 24 小时便利店门口停车，买了一盒冷冻快餐——冰岛炖菜。回家后，他把菜放进微波炉，定时3分钟加热。瓦格迪尔打来电话，于是他们聊了一会儿；他告诉她一些调查的最新进展，但是没泄露什么关键信息。瓦格迪尔问他是否联系过埃娃。她说自己得额外多倒一个夜班，所以今晚没法来见他，他们约定在她值班后休息的那个晚上见面。

“到我家来吧。”她坚持。

“好的，”他说，“我会来的，不过会晚点儿。”

“没关系。”她说。

他们挂了电话。

他把炖菜从微波炉里拿出来，取出勺子，安详地坐在餐桌边，慢慢地吃着塑料餐盒里的饭菜，尽力让自己不去想正在调查的案子。可他的思绪却飘回到了埃利亚斯死时躺在公寓后面花园里的情景。他不明白，那些男人一而再，再而三地带苏妮这样的女人来到冰岛，和她们结婚，最后到底是因为玩够了而抛弃她们，还是那些女人们的问题。她们会不会只是为了获得居住权和工作许可证才和他们走到一起的呢？这类事情是怎么发生的？他想起了苏妮，多年后她把尼冉叫来冰岛，可尼冉却在这个新国家里根本找不到立足之地，结果成了一个局外人，寻找着自己的同类——和他有着同样家庭背景和经历的孩子，他们无法对命运妥协，不了解这个国家，不懂它的语言，也不了解它的历史，无论如何也没有兴趣去了解这一切。他同情这些孩子们。

他又想到了苏妮和她的悲痛。

他的手机响了。他想，这么晚了一定是西于聚尔·奥利，但声音却是一个女人的，她轻声说着话，怕被人听见似的，而埃伦迪尔根本听不清她在说什么。

“什么？”他说，“……什么抱歉？”

“……后来带走……但是他不，他完全拒绝了。我尽力和他谈了，无望了。”

“我已经受够了。”意识到电话那头是谁时，埃伦迪尔说道。他从圣诞节前就开始搜寻这个女子，现在他打算换个办法了。“要么来见我，要么就别废话了。我不能总在这里听你这些废话！”

“我想告诉你，是他不肯——”

“我说……”埃伦迪尔说。

“再给我点时间。”

“我说你别再这样糊弄我了。”

“很抱歉，”那声音说，“只是，太难了。我也不想这样。”

“那这一切又有什么意义呢？”埃伦迪尔问道，“你们俩究竟想干什么？说这些废话是想干什么？”

那女人并不接话。

“来找我，和我谈谈。”

“我一直想让他来。他就是不来。”

“别傻了，”埃伦迪尔说，“你应该回家找他，而不是来烦我。简直莫名其妙！”

那边一片沉默。

“我去见过你丈夫。”埃伦迪尔说，但那女人还是不说话。

“是的，我见过他了。我不知道你们俩在密谋什么，但这都与我无关。别打这些电话了。别用这些愚蠢的废话来烦我。”

那边是长时间的沉默。

女人挂断了电话。

埃伦迪尔直直地盯着手中的电话，不知道自己刚才都干了些什么。他还是很希望那个女人能马上打回来，但电话并未响起。于是，他把电话放回到餐桌上，站了起来。拿起那本他曾在医院里大声读给马里昂·布里姆听的书，躺进扶手椅里。这本书里汇集了旅客在东部峡湾区的悲惨遭遇和重大事故。他像往常一样，掂了掂手中的书，然后打开，翻到他熟悉得不能再熟悉的那一页，这是一则真实故事的片段。

埃斯基菲约泽荒野上的悲剧

他开始第无数次地读这篇文章，却突然被一声叩门声打断。放下书，他站起来去开门。埃娃站在门前的过道里，旁边站着辛德理。

“你们俩是不是总不睡觉啊？”他问着，让他们进来。

“和你差不多，”埃娃说着，从他旁边溜过去。“你刚才在吃炖菜？”她闻了闻，问道。

“微波炉炖菜，”埃伦迪尔说，“只是填饱肚子罢了。”

“如果你心里这么想，我肯定你有时间给自己做一顿像样的饭菜。”埃娃说道，一屁股坐在客厅的沙发上，“你在看什么？”她看见了他椅子旁边的桌子上放着一本打开的书。辛德理在她旁边坐下。上次他们一起来埃伦迪尔这里已经是一年半前的事情了。

“看游记，”埃伦迪尔说，“你们俩在忙什么呢？”

“哦，是这样的，我们只是想过来看看你过得怎么样。”

“我过得怎么样？”

“这故事是关于在荒野上失踪的人吗？”辛德理问道。

“嗯。”

“你以前告诉过我有个故事很像发生在你弟弟身上的事。”埃娃说。

“没错！在那儿呢。”

“你不打算给我看？”

他不明白自己为什么没把书给埃娃。那本书就放在他们中间的桌子上面，打开放着，虽然不是全部真相，但完全足够让她和辛德理了解当时的情形了。埃伦迪尔以前只是简单地告诉过他们那次痛苦的经历。书里讲述的也没有加其他细节。他也不再知道自己固执地想要抓住的是什么，要是知道就好了！辛德理住在东部的时候听过这些事情；这些好像也不是什么秘密。“我梦见他了，”埃娃说，“我告诉过你，我确定那人就是你的弟弟。”

“你不会又要说那些了吧？辛德理，不知道你给她脑子里灌了什么奇怪的故事。”

“我什么也没跟她说。”辛德理说着，拿出一包香烟。

“那只是个梦。你为何会怕一个梦？无法理解。”

“不，我只是无法再重提那些旧事。”

“说的一点没错！”埃娃说着，朝桌上的书点着头，“你总是读着这个故事或相似的故事，看起来根本不像是已经忘了！”

“我是不想对别人旧事重提。”埃伦迪尔纠正道。

“好，”埃娃说，“所以你想一个人扛着。是这样吗？”

“我不知道你说的‘这样’是怎样。”

“你不想任何人把这段记忆从你那里夺走？”

“我觉得你都不知道自己在说什么。”埃伦迪尔说。

“我只想跟你说我做过的一个梦。我从来没做过这样的梦。我不知道你为什么不愿听。而且，这甚至不像是个梦，更像是一个突然在我脑海中浮现的画面。”

“你怎么知道那人是我弟弟？”

“我想不出其他人了。”埃娃说。

“梦没有任何意义，你知道的。”辛德理说道。

“我正想这么说。”埃娃说。

一阵沉默。

“他是怎么死的？”埃娃问道。

“我告诉过你。贝古尔是冻死的。他那时才八岁。我们被暴风雪分开了。人们及时找到了我，却一直没有找到他。也许你真的梦见他了，但没关系，别太激动。还是跟我说说你们吧，最近都在干什么？”

“他有没有可能是淹死了？”埃娃问道。

埃伦迪尔盯着女儿。她知道他不想再继续讨论这些了，但她却没有退却的意思，毫不示弱地盯回去。辛德理低下头，看着他俩之间放着的桌子。

“辛德理告诉我这只是推测之一，”她补充道，“都是他在东部的时候听到的。”

辛德理抬起头。“太多人知道这个故事了，”他说，“还有人记得整个故事。”

埃伦迪尔默不作声。

“你认为发生了什么？”埃娃问道。

埃伦迪尔仍默不作声。

“夜很黑，”埃娃说，“我在水里。一开始，我以为我在游泳，但这感觉完全不同。从上学那时起，我就不游泳了。但是，突然一下子我就在水里了……刺骨的冰冷……”

“埃娃……”埃伦迪尔有些哀求地看着他的女儿。

“你说过下次我们可以讨论的，不记得了？”

埃伦迪尔慢慢地摇了摇头。

“然后一个男孩朝着我的方向游来，他看着我笑，而他的样子突然让我想起了你。我刚开始还以为是你。你们长得像吗？”

“大家确实是这么说的。”

“不管怎样，我们既没游泳也不在游泳池里，”埃娃说，“我们只是在某种水里，而那水变成了烂泥，然后那个男孩收起了笑容，所有的一切都变成了黑色。我无法呼吸，就像是溺水了或是窒息了……我喘着气醒了过来。我从没做过像这样逼真的梦。我永远不会忘记的。他的脸。”

“他的脸？”

“当所有一切都变成黑色的瞬间……”

“什么？”

“是你。”埃娃说道。

“我？”

“是的。突然，那人是你。”

无人说话。

“是不是因为辛德理和你说过那里有沼泽？”埃伦迪尔边说边看了一眼辛德理。

“是的，”埃娃说道，“你弟弟究竟是怎么死的？是不是死在沼泽里了？”

“他是淹死的吗？”辛德理问道。

“有可能是淹死了。”埃伦迪尔声音低沉。

“有河流流向峡湾，是吗？”辛德理说道。

“嗯。”

“有人说他肯定是落进了其中的某一条河流。”

“那也可能只是一种推测，说他掉进了埃斯基菲约泽河。”

“但还有另一种更糟糕的说法，是吗？”埃娃问道。

埃伦迪尔痛苦地皱着脸。记忆里一段往事浮现，那是人们试图救一匹迷路掉到沼泽里的马。这匹马属于村里的一个人。马儿慌乱地挣扎着，泥浆飞溅；然而，它越猛力扑打，却陷得越深，直到只剩它的头露出平面。它那翕张的鼻孔和狂怒的眼睛缓缓地、不可阻挡地在泥沼中消失不见。那是一种令人毛骨悚然的景象，令人毛骨悚然的死亡。每次他想起贝古尔，马儿在泥沼中越陷越深直至完全消失的画面就浮现在他的脑海里。

“那片荒野上确实有沼泽地，”埃伦迪尔终于说话了，“沼泽地非常危险。它们冬天结冰，但时不时地会融化一部分。也许冰正好裂开了，贝古尔就此掉进去困在里面了。就是这种推测，因为我们从未找到他的尸体。”

“那么说，大地把他吞噬了？”

“我们找了好几周，好几个月，”埃伦迪尔说，“当地的农民、我们的朋友和亲戚都在找。但是，没用。我们一无所获。连一点点线索都没找到。毫不夸张，真的是大地把他吞噬了。”

辛德理注视着他的父亲。

“人们是这么说的。”

大家都沉默了很久。

“这么多年了，为什么你还这么痛苦？没法再提起它。”埃娃问道。

“不知道，”埃伦迪尔说，“因为我知道他还在那里的某个地方，迷失着，孤独着，除了等待死亡，没有任何希望。”

他们在寂静中坐了很久，只有北风怒吼的声音。埃娃站起来，朝客厅的窗户走去。

“可怜的孩子。”她对着这刮着冷风的夜轻声说道，对着这冬天的寒夜轻声叹息。

*

孩子们走后，埃伦迪尔再次坐进了他的椅子里。他突然想起埃利亚斯练习本里的一句话；那是埃利亚斯写在页脚的一句短短的感想或思绪，仿佛是他灵感乍现时记下的，也许他打算问问他妈妈的。

“要有多少棵树才能组成一片森林？”

24

埃伦迪尔醒来，一夜无梦。一本关于冰岛雪崩的书摊开着放在他的床头柜上。旁边还堆放着更多书：冰岛小说、山道探险、民间传说、鬼怪故事和旅行者见闻，还有极端天气导致的死亡和惨剧。瓦格迪尔问过他，他反复阅读的这些故事是否都只有不幸。埃伦迪尔回答说，恰恰相反，这些故事谈到了很多奇迹般的成功营救，谈到了人类无限的潜能，谈到了幸存者战胜极端痛苦环境的惊人毅力。他说，这些才是这类书的主旨，也是它们如此有意义的原因。

他承认，这些书里几乎没有太多使人发笑的地方，尽管他的确从人们的艰难经历中偶然发现一些使人愉悦的闪光点。昨晚睡前，他读了一八四七年教区记事录里的一个故事，讲的是一名农场工人不顾雪崩警告，独自深入大山寻找羊群。到了应该返回的时间但他却没有回来，村民们就派两个壮丁去找他。找了好一会儿也没有收获，只看见一个大沟，他们意识到工人可能是从被雪覆盖的悬崖滑落进了那条深沟，而那大沟已经快被大雪掩盖了。于是他们用双手挖开雪层，大约挖了四英寸，他们就发现了那个工人的脚板儿。想着他肯定已经死了，两个壮丁就放弃了挖掘，回到了农场，向人们汇报，人群中一阵骚动。农民们都觉得这个工人是死是活还不一定呢，就叫这两个人再回到大山里去，但这次要全副武装，带上铁铲、霍夫曼滴剂和樟脑油。当他们再次回到大山把那个农场工人从雪里挖出来时，才发现他之前是头朝下被困在雪里的，尽管历经劫难，但还是很有精神头儿，“出来的时候还在怒冲冲地大骂”。

埃伦迪尔笑了笑,下了床,煮上咖啡。西于聚尔·奥利打来电话，他俩简单地交流了一下从回收站找到的刀。假设刀确实是从木工课教室里拿出来的，那么学校的任何人都可能将刀带出，毕竟学生、老师和其他教工整天都在学校来来往往。埃吉尔说对了，冰岛学校基本都用这种木工刀，而且他们也不确定是否能找到木工刀与埃利亚斯被袭之间的相关证据。回收站的清洁工已经多次使用了这把刀，还坚称找到它时刀是锃光瓦亮的，那么它极有可能在丢弃之前就已经被仔细地清理过了。

电话又响了。这次是埃琳博格。

“找到她了，”她开门见山地说，“那个失踪的女人。”

“谁？你再说一遍？”

“那个失踪的女人。就在我之前猜测的那个地方。雷恰角。铝厂南边的熔岩荒野。”

此刻,取证小组成员正围在尸体边,一个个裹着厚厚的羽绒服。旁边的地上躺着一个三脚架，架子是被风吹倒的，上面的两个弧光灯灯泡已经摔得粉碎。埃伦迪尔开着那辆福特车沿着老路小心翼翼地行驶着，直到实在不敢继续前行了，才停车步行最后一段路。这个地方叫赫伦，离斯特拉姆维克铝厂很近。熔岩堆积成的海岸线随着小峡湾的陡峭礁石曲曲折折，高低不平。雪时断时续，海浪愤怒地扑打着海边的岩石。埃伦迪尔知道这一带曾用来停靠划艇。他隐约看到些废弃墙体的影子，应该是过去渔夫住的棚屋。

尸体是在一个峡湾里被发现的，已经饱受海水的冲刷。虽然警方已经停止搜寻这名女子有一段时间了，却有一支来自哈夫纳夫约杜尔附近的志愿救援队伍在此处晨练，他们对铝厂南面的海滩进行地毯式搜寻，偶然发现了这具尸体。巡逻警车也一路开到了海边，埃琳博格正在车里向搜查人员了解情况。一辆救护车和另外两辆警车停在离尸体不远的地方，闪烁的车灯光照亮了这个窄小的峡湾，照亮了这群海滩的闯入者和伏在尸体身边的人。

看见埃伦迪尔朝这边走来，埃琳博格马上从警车上下来。

“通知她丈夫了吗？”他停下了脚步，问道。

“据说已经在路上了。”

“确定是那个失踪的女人？”

“确定。我们找到了她的身份证。你要去看看她吗？”

“好，这就去。”埃伦迪尔说着，拿出一包烟来，点了一支。他深深恐惧着的时刻来了。这将是他第一次见到这个女人，他真不希望以这样的方式见到这个女人——她躺在雷恰角的海滩上，毫无生气。他还记得他们最近一次通话，他表现得十分粗鲁，现在的他是多么后悔啊。

哈夫纳夫约杜尔的卫生部官员已受派前来开死亡证明了。他做完了尸检，向埃伦迪尔和埃琳博格走来。

“请问您检查出伤痕了吗？”埃伦迪尔问道。

“没有，乍看上去没有。”卫生部官员答道。

他们的通话太短了，仿佛被删节了，很多该说的都没有仔细说。埃伦迪尔想着，如果他用不同的态度去回应她会怎样，是不是就能帮到她了？他难道不该更耐心点听她说吗？

“我只是来开死亡证明的，”卫生部官员说道，“法医会来确定死因的。”

他们看见一辆吉普车开了过来。埃伦迪尔掸掉手中的烟蒂。吉普车停在了警车旁，女子的丈夫从车上跳下来，跑向他们。

“找到她了吗？”他大叫道。

埃伦迪尔和埃琳博格对视了一眼。男人被警察们拦了下来。

“是她吗？”男人大叫着，朝尸体望去，“天啊！她都干了些什么？”

他奋力地想把警察们推开，但还是被警察们挡住了。

“你都干了些什么？！”他朝着尸体的方向大喊道。

埃伦迪尔和埃琳博格在寒冷的海风中一动不动地站着，对视着。男人转向了埃伦迪尔。

“看看她都干了些什么！”他绝望至极地大叫着，“她为什么要这样做？为什么？”

警察把男人拉到一边，试图让他冷静下来。

埃伦迪尔、埃琳博格和卫生部官员一同站在一辆大型警车的背面。埃伦迪尔的思绪飘到这个女人的孩子和前夫身上。他清楚地知道，女子失踪越久，他们的恐惧就会越强烈。如今，噩梦变成了现实。

埃伦迪尔跟女人丈夫说过那些电话，他也不知道如何应对，但现在她死了。埃伦迪尔觉得现在能做的最好的事情就是保持沉默。他听到过她的声音，她的绝望和恐惧。她那异乎寻常的犹豫踌躇和始终没有说完的话使他最终无法知道她究竟需要他做什么。他重重地叹了口气，又点了一支烟。

“想什么呢？”埃琳博格问道。

“那些讨厌的电话。”埃伦迪尔说。

“她打来的？”埃琳博格问道。

“我实在无法释怀。上次她打给我时，我……我对她太凶了。”

“你一贯如此。”埃琳博格说。

“我能感觉到她的煎熬，但我总感觉她是在和我玩什么把戏。我没给她足够多的时间。我真是一个蠢到家的白痴。”

“你改变不了什么的。”

“不好意思，打断一下，”卫生部官员说道，“你什么时候和她通话的？”

埃伦迪尔认识这位年长的官员。

“昨天晚上。”埃伦迪尔说道。

“你昨天晚上和这个女人说话了？”

“是的。”

“那就奇怪了。”

“怎么了？”

“最近一段时间，她都不可能给谁打电话。”

“为什么？”

“当然，昨天也不可能。”

“过去这几天她给我打了好几次电话。”

“当然了，我只是个普通医生，”卫生部官员说道，“我不是什么专家，但这太不合常理了。不可能的。她已经面目全非了。”

埃伦迪尔把烟头踩灭，眼睛盯着卫生部官员。

“你说什么？”

“她已经在海里泡了至少两个礼拜了，”卫生部官员说道，“说她几天前还活生生的那是绝对不可能的，完全不可能。要不然，怎么会不放她丈夫过去看她呢？”

埃伦迪尔凝视着他，无话可说。

“到底怎么回事？”他叹了口气，走向那个女人的尸体。

“这就是说，打电话的那个女人不是她？”埃琳博格说着，跟着他走过去。

“这究竟……”

“还有没有可能是其他人？”

“不知道。”

“如果不是她打的电话，那会是谁呢？”

埃伦迪尔低头看向尸体，彻底糊涂了。那尸体已经被海浪拍打得面目全非了。

“那会是谁呢？”他叹息道，“一直给我打电话还跟我说话的女人究竟是谁呢？她说着……说了什么来着？‘我不能这么做’是什么意思呢？”

*

那个向警察抱怨车上划痕的男人正喋喋不休，他指责着警察对他如此冷漠，他第一次过来报案财产受损时也是这样。警方对于这类案件实在没什么兴趣，就只给保险公司写了一份报告。而在那之后他再也没收到任何消息，他打电话来询问有没有什么进展，好抓到把他车子损坏的那个混蛋，但警方也没有任何线索。

男人一直抱怨着同样的话，而西于聚尔·奥利却懒得打断他。他并没在仔细地听，脑海里全是他妻子和领养孩子的事。经过全面检查后，发现问题出在他妻子贝格索拉身上——她无法生育，尽管她极度渴望有一个孩子。发现贝格索拉无法生育之前，他们经历了痛苦的折磨和无数寻医问药却毫无结果，整个过程使他们的关系变得紧张起来，倒不是因为发现她不能生孩子。西于聚尔·奥利很确定贝格索拉并没有从痛苦中走出来。他已经有了结论，正如他说给贝格索拉听的一样："事已至此！"也许他们应该接受现状，顺其自然。昨晚回家，贝格索拉却又重提此事，她说冰岛的父母们主要收养那些来自东南亚、印度等的孩子……而西于聚尔·奥利对这些再清楚不过。

"我不像你花这么多时间想这事。"他尽量小心地说道。

"所以你不在乎？"贝格索拉问道。

"我当然在乎，"西于聚尔·奥利说，"我在乎你的感受，在乎我们的感受。我只是……"

"只是什么？"

"我不知道你是在什么情形下做出这个决定的，太突然了。领养这一决定实在是太重大了。"

贝格索拉深深地吸了一口气。"我们还是无法在这件事上达成共识。"她说。

“我只是觉得我们需要更多的时间来平复心情，来讨论，来商量。”

“那当然啦，你想要孩子的话随时都可以。”贝格索拉冷笑道。

“你说什么？”

“只要你对我有一点点关心，你就不会这样想——当然，你从不关心。”

“贝格索拉……”

“自始至终，你根本不想为这件事情费心，不是吗？”

西于聚尔·奥利沉默不语。

“你可以找其他女人，”贝格索拉说，“然后和她生孩子。”

“你现在不……你无法理性地看待这些问题。我们先过一段时间再看吧。这样没有任何坏处。这才是我想说的。”

“别再跟我说我现在状况不好什么的了，”贝格索拉说，“你为什么总是用居高临下的态度对待我？”

“我没有。”

“你总是觉得你比我优越。”

“事实是，我没做好领养的准备。”他说。

贝格索拉凝视着他，好一会儿一言不发，然后无力地笑了笑。

“是不是因为那些孩子是外国人？”她问道，“有色人种？是这个原因吗？”

西于聚尔·奥利站了起来。

“咱俩现在没法好好地说话。”他说。

“是这个原因吗？你想要你的孩子是冰岛血统，是吗？”

“贝格索拉。你为什么要这么说呢？你难道不觉得我……”

“你什么？”

“你不觉得我也很难受吗？事与愿违，难道我不沮丧吗？当知道我们没法拥有孩——”他停住了。

“可你什么都没说过。”贝格索拉说。

“我该说什么呢？”西于聚尔·奥利说，“你说说看，我应该说些什么？”

男人提高了嗓门，西于聚尔·奥利从刚刚的沉思中回过神来。

“是的，嗯……什么？”西于聚尔·奥利说着，思绪仍在自己的世界里。

男人怒视着他。

“你根本没在听我说，”他厌恶地说，“你们这些警察都一个样。”

“不好意思，我只是在想你有没有看见是谁划了你的车子。”

“我没看见谁，”男人说，“我只是发现车子被划成了那个样子。”

“你觉得可能是谁干的呢？有没有个大概的范围？比如，当地的小孩？”

“我不知道。那不是你们的工作吗？不该由你们来找出那个混蛋吗？”

西于聚尔·奥利于是着手询问这个男人的邻居。她是一个在医学院读书的年轻女人，租住在隔壁的小公寓。她坐下来和西于聚尔·奥利聊了一会儿，这一次，西于聚尔·奥利努力地集中自己的注意力，不像先前那样把人弄得气冲冲地走了。

这个女人大概二十五岁的样子，相当胖。西于聚尔·奥利扫了一眼她家的厨房，看见快餐食品袋丢得到处都是。

她告诉西于聚尔·奥利，虽然她的车不是什么好车，但是被划成那样还是很心疼的。

“为什么突然对这件事有兴趣了？”她问道，“当初我去报案时你们都不愿意来一趟。”

“还有其他几辆车也被划了，”西于聚尔·奥利说，“你隔壁的车也被划了。我们必须制止这一行为。”

“我想我看见他们了。”女人边说边掏出一包烟。房子里顿时弥漫着一股烟味。

“真的？”西于聚尔·奥利看着她点燃烟，又想起她厨房里的那些快餐包装袋，不得不提醒一下自己，这还是个学医的女人。

“当时有两个男孩在外面晃悠，”她吐了一口烟，说道，“要知道，车子被划的时候，我就在家。那天真够巧的，当时我忘了带准备好的午饭，所以飞奔进屋，都没来得及锁车，钥匙还插在点火开关里——你可别这么干啊。”

她看了西于聚尔·奥利一眼，好像在给他一个十分重要的忠告。

“只过了几分钟，我就出来了，发现我的车上出现了那些糟糕的划痕。”

“是早上发生的事吗？”西于聚尔·奥利问道。

“对，当时我正准备去听讲座。”

“这事有多久了？”

“大概一周前吧。”

“你看到是谁划的了吗？”

“我肯定就是他们。”女人说着，踩灭了烟头。桌子上有一大碗太妃糖，她拿了一颗塞进嘴里，又把碗递给西于聚尔·奥利，但西于聚尔·奥利谢绝了。

“你看见什么了？”

“我上周都跟警察说了，但他们当时对这事儿似乎没什么兴趣。”

“还有一些其他的案件，”西于聚尔·奥利说道，“他们不只划了你的车。我们想要抓住他们。”

“当时大概是八点钟吧，”她说，“外面还是漆黑一片，不过，楼房的入口处有光照过来。我正在上楼，看见两个男孩走过。他们应该还没十四岁，都背着书包。这些我都告诉过你们了。”

“你注意到他们往哪个方向去了吗？”

“往药店的方向。”

“药店？”

“还有学校，”女人嚼着太妃糖说道，“那个男孩被杀的地方。”

“你凭什么认定是这些男孩划了你的车？”

“因为当我跑上楼的时候车子还是好的，再跑下来的时候就发现车被划了。他们是我在那个早晨唯一见到的人。我肯定他们当时躲在哪儿笑我呢。什么样的人会跑去划人家的车啊？你倒说说看！真是一群坏家伙！”

“如果你见到他们能不能认出来？”西于聚尔·奥利说。

“我不能百分百确定。”

“这我知道。”

“一个留着金色长发，另一个戴了一顶羊毛帽子，他们都穿着厚夹克，两个人都是瘦长个子。”

“你能从照片上认出他们吗？”

“应该可以吧。你们那天都懒得让我去认人。”

*

埃伦迪尔回到在海维费斯格塔的办公室，关上门，坐在桌前，手搭在膝盖上，眼睛直直地盯着空中发呆。他犯了一个错误，他打破了他一直努力遵守的铁律。马里昂·布里姆教给他的第一条就是：任何事情都不是你“想”的那样。他太刚愎自用，太自大了。这条铁律如同警示板一样，提醒他不要浮躁，要摸清“地形”再前进。而他却把这块“警示板”忘记了，他的自大使他误入歧途：一些明显的可能性被他忽视掉了；这是绝不应该发生在他身上的。

他努力想要记起那些电话，那个女人说了什么，从她的声音中可以推断到什么，她在一天的哪个时刻打的电话，等等。他误解了那个女人说的一切。“我不能这么做！”他突然想起了她在第一通电话里说的话。在最近的那通电话里，他却拒绝听她讲话。

他知道那个女人需要他的帮助。她在隐藏一些事情，那些事情折磨着她，所以她只能向他求助。这是唯一合理的解释了。既然她不是那个失踪的女人，那她肯定同某个案子有牵连。而他正在进行的是埃利亚斯案的调查。那些电话可能与此有关。只能与此有关。这个女人手上有帮助破案的线索——他却叫她滚蛋。

埃伦迪尔紧握着拳头，用最大的力气向桌子砸去，桌子上的纸张都飞了起来。

他反复琢磨着那个女人可能想要告诉他的事，却怎么也想不出来。他只希望还能再接到她的电话，可鉴于他上次的表现，希望估计不大了。

他听到有人敲门，接着看见埃琳博格从门口探进头来。她见纸张散落在地上，又看了看埃伦迪尔。

“你还好吧？”

“有事吗？”

“每个人都会犯错的。”埃琳博格说着，关上身后的门。

“有什么新消息吗？”

“西于聚尔·奥利正在和某个车主核对学校里高年级学生的照片——她的车被划时，碰巧有两个学生在她的公寓外面晃悠。”

埃琳博格俯身去捡地上的纸。

“你别弄。”埃伦迪尔说着，也开始帮着捡。

“法医正在验尸，”她说，“那个女人应该是溺水身亡，初步检查没有其他可疑迹象，她在海里泡了至少两三周。”

“我早该知道的。”埃伦迪尔说。

“怎么这样说？”

“是我判断失误了。”

“别这样，你也不知道的。”

“我应该好好跟她说，不该那么不友好，我根据她之前的行为来判断她的为人，但那甚至都不是同一个人。”

埃琳博格摇头表示不解。

“那个女人给我打电话时，我本可以打消她的疑虑，说服她来帮助我们的，因为她明白这才是正确的。但是，我打断了她，没让她把话说完。她知道一些埃利亚斯被杀的事。这个女人年龄不明，声音有点沙哑，也许是因为吸烟。现在我才意识到当时她是多么焦急、恐惧和忧虑不安。我当时无法理解，以为是那个失踪女子和她丈夫在耍什么阴谋，也不知道他们想从我这得到些什么，后来才发现是我完全理解错了。”

“她在想什么？为什么要投海？”

“我想……”埃伦迪尔的声音减弱了。

“什么？”

“我想她在爱情里陷得太深了。她为爱情牺牲了一切：家庭、孩子、朋友……一切的一切。有人告诉我那段时间的她简直脱胎换骨，仿佛找到了新生活，发现了真我。”

埃伦迪尔又停了下来，陷入了沉思。

“然后呢？又发生了什么？”

“她发现她被骗了。她的丈夫开始背着她偷腥。她感觉自己被羞辱了。她所有的……她所做的一切，她所牺牲的一切，换来的只是彻底的背叛。”

“我听说过那样的男人，”埃琳博格说，“他们沉迷于一时的激情，而当激情退去之时，他们便转身去寻找新的激情。”

“但她的爱是纯粹的，”埃伦迪尔说，“当她发现这份爱得不到回应时，她的世界便崩塌了。”

25

西于聚尔·奥利按响了学校附近一栋四层楼的大门门铃。他站在那儿等了一会儿，又按了一次。他站在前门狭窄的门廊上，一阵冷风吹得他的大腿直哆嗦，于是他跺了跺脚。似乎没人在家。这栋楼和苏妮带着儿子住的那栋也没什么不同，都是一副年久失修的样子。外墙很久没有粉刷了，入口处的墙上留有垃圾焚烧产生的烟熏痕迹。夜幕降临。早晨的片片飘雪已经变成了暴风雪，车子都陷在雪里，气象局发布了当晚的极端天气预警。西于聚尔·奥利想到了妻子贝格索拉。今天一天都没有接到她的电话。他醒来时天已经亮了，发现贝格索拉已经上班去了，只留他独自带着愁思躺在床上。

门口的对讲机突然发出声响。

“谁呀？”他听见一个声音问道。

西于聚尔·奥利做了自我介绍，解释说自己是警察。

对讲机里一阵沉默。

“你想干什么？”那人终于说话了。

“我想要你开门。”西于聚尔·奥利说，跺着脚。

很长一段时间过后，锁咔嗒一声弹开了，西于聚尔·奥利进入了大厅。他爬上楼梯平台去到那声音的主人家，敲响了门。门开了，一个大概十五岁的男孩躲躲闪闪地打量着门外的走廊。

“你是安东吗？”西于聚尔·奥利问道。

“嗯。”男孩答道。

他看起来非常健康；全身上下都包裹得严严实实，脸上甚至有些红润。西于聚尔·奥利注意到房间内有一股比萨饼的气味，而当他往里看的时候，发现一件厚夹克搭在椅子上，比萨饼盒子打开着，里面的比萨饼已经缺了一块。来之前他听说安东最近几天因生病缺课，在家休养。

“好些了吗？”西于聚尔·奥利问道，径直地走进里面。

男孩退步，西于聚尔·奥利将门关上。他发现男孩在这之前肯定是舒舒服服地坐在电视机前，吃着比萨饼、喝着汽水，看两三张电影碟片消磨时间。一部动作片正在电视上播放。

“你有什么事？”男孩有些惊讶地问道。

“一件事是有几辆车被划了，安东。另一件是杀人。”西于聚尔·奥利说着，也拿起一片比萨饼，“你妈妈和爸爸都不在家？”

男孩摇了摇头。

“有人几天前看到你在这附近划了别人的车。”西于聚尔·奥利边说边咬了一口比萨饼，一边嚼一边看着男孩。

“我可没有划车。”安东说。

“你从哪里搞到的刀？”西于聚尔·奥利问道，“不要对我说谎。”

“我……”安东犹豫了。

“嗯？”

“你为什么说杀人？”

“那个被刺的亚洲小男孩，我猜那也是你干的。”

“不是我……”

“肯定是你干的。”

“我什么都没干。”安东说。

“我怎么联系到你妈妈？”西于聚尔·奥利问道，“她得和我们去警局一趟。”

安东慌张地看着西于聚尔·奥利平静地吃完了那片比萨饼，开始调查公寓，仿佛他不存在似的。那个女医学生从最近的一张班级照片中认出了这个男孩，她相信安东就是划车那天她看到的两个男孩之一。她不太确定照片里安东的同学索瓦迪尔的长相，虽然她觉得那很可能就是另外一个男孩。虽然都不明确，但西于聚尔·奥利也没什么其他线索可以调查了，就跑来按安东家的门铃。他决定装成案子已经水落石出的样子，剩下的就是把两个小朋友都带回警局。一切都只是走程序罢了，但这个策略似乎在安东身上起了作用。

西于聚尔·奥利其实不太了解安东和索瓦迪尔。他们两个是同班，常在一起玩，有时给老师和学校找找麻烦，扰乱学校秩序。他们曾经袭击过一个看门人，接受了两天停学处罚。他们是典型的学渣和捣蛋分子，去学校只是为了寻衅滋事。

“我没有拿刀刺谁。”安东在西于聚尔·奥利提到他妈妈和警察局时开口说道。

“打给你妈妈，”西于聚尔·奥利说，“告诉她到警察局来见我们。”

安东看见西于聚尔·奥利说这话的时候斩钉截铁，十分认真。警察真的相信他刺伤了那个亚洲男孩。他努力想要掌控这个他无法理解的突发场景。他们确实划了几辆车子，但他只划了其中一辆，其他都是索瓦迪尔划的，而现在他们被抓住了。但是，警察还认为他们袭击并杀害了那个小男孩。安东站在西于聚尔·奥利面前发抖，思考着他面临的选择。他妈妈肯定会进精神病院——第二次。她经常威胁说要赶他走。他看着他租来的电影碟片和已经放冷了的比萨饼，脑子里有了奇怪的念头——他最难过的是一个安安静静地坐在电视机前的日子给剥夺了。

“我什么都没干。”他又说了一遍。

“你可以这样跟你妈妈讲，”西于聚尔·奥利说，“可是你的同伴索瓦迪尔马上就把你出卖了，一直在那儿又哭又闹的，他说是你划的车，还说他当时只是在你旁边看着而已。”

“索瓦迪尔？他真是那么说的？”

“他是我见过的最大的软蛋。”西于聚尔·奥利说着，虽然事实上他还没去找索瓦迪尔。

安东踌躇不定。

“他骗人，他不可能那么说。”

“是是是，没说没说，”西于聚尔·奥利说道，“你们两个到警察局慢慢争吧。”

他伸手抓住安东的胳膊想要拉他出去，但是男孩一把挣脱开了。

“我只划了一辆车，”他说，“其他车都是索瓦迪尔划的。他骗人！”

西于聚尔·奥利深深地吸了一口气。

“我们没有对那个小男孩做任何事。”安东补充道，表明自己的清白。

“你是说你和你的同伴？”西于聚尔·奥利说。

“嗯，索瓦迪尔。他骗人！是他划的车。”

西于聚尔·奥利觉得可以不用给他那么多压力了，于是往后退了一步。

“划了几辆？”

“不知道。有几辆吧。”

“你认识冰岛语老师贾斯坦的车吗？”

“认识。”

“在学校外面，你们有没有划他的车？”

安东犹豫了好一会儿才回答。

“那是索瓦迪尔干的。我都不知道这事儿。他只是跟我说了他受不了贾斯坦。这些也要告诉我妈妈吗？”

“你们用什么划的车？”西于聚尔·奥利忽略掉他的问题，继续问道。

“一把刀。”安东说。

“什么样的刀？”

“那是索瓦迪尔的。”

“他说那是你的。”西于聚尔·奥利骗他说。

“刀长什么样子？”

“跟电视上的那把一样。”安东说道。

“电视上？”

"电视上那把很像我们的刀。"

西于聚尔·奥利沉默了。他盯着男孩，这孩子慢慢反应过来自己说出了重要的信息。当突然想明白的时候，就像是脸上被人打了一拳，他在想事情怎么可能变成这样，而在这之前他从未想过。是的！那的确是同一把刀！他看过电视上的那把刀，却从未和他们在上学路上划车的事情联系起来。他发现他被牵扯进更大和更严重的事情里去了。

西于聚尔·奥利拿出他的手机。

"我没有杀人，"安东说，"我发誓！"

"你知道刀子现在在哪儿吗？"

"索瓦迪尔拿着。一直是他拿着。"

西于聚尔·奥利一边等埃伦迪尔接电话，一边看着这个男孩，然后环视了一眼这个小公寓，想着在他闯入之前安东逍遥自在的样子。

"打电话给你妈妈，"他说，"你先跟我走。告诉你妈妈到警察局来见你。"

"什么事？"埃伦迪尔接了电话。

"我猜我查到了一些什么，"西于聚尔·奥利说，"你在警局吗？"

"查到什么了？"埃伦迪尔问道。

"那把刀在你那里？"

"对，你打算做什么？"

"我这就过去。"西于聚尔·奥利说。

*

大约一小时后，警察来到索瓦迪尔的家里。索瓦迪尔不在家。

一个四十岁出头的男人为两个警官开了门，然后上上下下地打量他们，索瓦迪尔的妈妈也出现在门口。他们不知道男孩去了哪儿，两人强烈要求知道孩子做错了什么。警察说他们不知道，上级只是派他们来带索瓦迪尔和他的监护人去海维费斯格塔警察局。

“因为他还未成年。”其中一个警官详细地说明。

两名警察都穿着制服，开了一辆警车。其用意是先吓唬住索瓦迪尔。他们站在索瓦迪尔家门口说明着情况，交谈中得知，这个男人是索瓦迪尔的继父。突然，他喊起来，他在那儿！索瓦迪尔就在那儿！

“过来！”他叫道，“索瓦迪尔，快过来！”

男孩正从附近一栋房子的拐角处走过来，踏上一条径直通向家里的人行道。当他听见继父的呼喊时，突然停下了脚步。然后他又发现了警车，两名警察看向他的方向。之后他又发现他妈妈正从门口向他这边张望。他花了好一会儿才弄清目前的情况。他有点想跑，但觉得跑也没什么用。

*

经历了将近三小时的审讯之后，索瓦迪尔终于向西于聚尔·奥利坦白，是他偷了学校的木工刀，并和安东在上学路上用它去划车子。然而，两个男孩都断然否认和埃利亚斯有过接触，声称他们甚至都不认识他，也不知道是谁杀了他。一周前，他们划那个女医学生车的时候只看见她着急冲上楼，发动机都没有关。他们根本没意识到她已经发现了他们。因为车子的发动机没关，他们觉得这就像煮熟的鸭子摆在面前，所以一开始他们想直接偷车的，后来又觉得是在自找麻烦，最后索瓦迪尔走到车旁边，用刀尖沿着车的外壁划过去，然后赶紧跑到某个地方躲起来了。这是他们第一次亲眼看到所划车子的车主，这让他们的肾上腺素激增，兴奋得不得了。他们等着那个女人出来，好看她发现划痕时的反应。而她马上就从家里冲了出来，打开车门，又马上停下了。她发现了车身的划痕。她弯下腰仔细地看了看，然后盯着看了会儿，走出停车坪，环视着周围，接着气愤地看了一眼手表，又回到车上，开车走了。

在回收站找到的那把刀放在审讯室的一个盒子里，索瓦迪尔一眼就认出来了。法医坚称这很可能就是凶器。

埃琳博格和安东在另一间审讯室里。两个男孩的陈述和所有已知的主要细节都吻合，索瓦迪尔偷了刀，主要就是为了满足他的破坏欲。

“这把刀最后怎么会进了垃圾桶呢？”埃琳博格问安东。安东自从进了警察局就十分配合。

“我不知道。”安东回答道。

“你们用这刀去袭击埃利亚斯了吗？”

“没有，”安东说，“我碰都没碰他。”

“你们为什么要把刀扔了呢？”

“我没扔啊。”

“你的同伴索瓦迪尔呢？”

“我不知道。刀最后在他手里。”

“他说你拿着了。”

“他在说谎。”

“你知道用来杀埃利亚斯的就是那把刀吗？”

“不知道。”

“你认识埃利亚斯的哥哥尼冉吗？”

“根本不认识，我只知道他和我一个学校，但我根本不认识他。”

在另一间审讯室里，相似的问题丢给了声称刀最后在安东手上的索瓦迪尔。

“你把刀从木工课教室里偷出来多久了？”西于聚尔·奥利问道。

“十天吧，还是……”索瓦迪尔想着，“嗯，差不多就十天左右，圣诞节假期刚放完偷的。”

“最后一次见到那把刀是什么时候？”

“安东把它带回家了。”

“他说在你那儿。”

“他在说谎。”

“你知道埃利亚斯是谁吗？”

“知道。”

“你认识他吗？”

“不，完全不认识。”

“是你用刀刺死他的吗？”

“不是。”

“是你用从木工课教室里偷来的刀刺死他的吗？”

“不是，我什么也没干。”

“你为什么要划那些车？”

“不知道。”

“你不知道？”

“我们当时只是很无聊。”

在另一间审讯室里，埃琳博格久久凝视着安东，一个字也不说，然后迅速站了起来。由于直直地坐了太久，她全身都痛。她靠着墙，双手交叉。

“埃利亚斯遇刺时你们在哪里？”她问道。

安东无法说出一个明确的地点。开始他说他在家，因为他放了学就直接回家了。后来他又突然想起那天他和索瓦迪尔一起去了一家电脑游戏店。

“你们都会被起诉，罪名是谋杀埃利亚斯，”埃琳博格说，“刀在你手上，你杀了他。”

“我没有。”安东还是这么说。

“那你的朋友呢？”

“他也不可能。”

“你们对于移民、外国人、有色人种有什么看法？”

“不知道。”

索瓦迪尔被问到这个相似的问题时犹豫了一下。西于聚尔·奥利又把问题重复了一遍，但是索瓦迪尔只是一言不发地凝视着他。西于聚尔·奥利又问了第三遍。

“我对他们没有任何看法，”索瓦迪尔终于说道，“我都不会怎么留意他们。”

“你有没有袭击过什么移民的孩子？”

“没有，从来没有。”索瓦迪尔说。

他和安东都从未犯过法。安东的妈妈是个单亲母亲，养着两个孩子，艰难维生，靠微薄的薪水勉强糊口。安东有一个三岁的同母异父的弟弟。他一个月见一次生父。索瓦迪尔有两个同胞兄妹和一个同母异父的妹妹。他告诉他们，他爸爸是卡兰尤卡尔水利工程的工头，他和他爸爸没什么联系。

“你为什么要袭击埃利亚斯？”西于聚尔·奥利问道。

“我没有。”

“我们将以谋杀埃利亚斯的罪名起诉你，”西于聚尔·奥利说，“我们没有别的选择了。”

索瓦迪尔注视着他。他的眼神说明他已经完全明白了这句话的意思。他是个难啃的硬骨头。西于聚尔·奥利以前经常审问这样的青少年，问他们话时，他们半点信息也不会透露，还会回敬警察一阵嘲笑甚至是威胁。他感觉到，索瓦迪尔还有些脑子，不至于顽固不化。划车是愚蠢之举，但是不太可能再有更恶劣的行为了，至少暂时还没坏到那种程度。

“他把刀送人了。”索瓦迪尔说。

“送人了？”

“刀是我偷的，但是最后在安东手上，而他把刀送人了。我不知道它被用去杀人了。我敢肯定他也不知道。”

当西于聚尔·奥利进来的时候，埃琳博格还是靠着墙，双手交叉。西于聚尔·奥利在安东面前坐了下来，长久地沉默地注视着他。埃琳博格忍住没有问任何问题。安东变得焦躁不安，在他的椅子上扭来扭去，眼睛死死地盯着西于聚尔·奥利和埃琳博格。此刻他正处在极度的不安中。

“你认识一个叫哈鲁尔的小孩吗？”西于聚尔·奥利问道。

埃琳博格的电话突然响了，她暂时离开了审讯室。她花了好一阵才弄明白给她打电话的人是谁，脑海中最终浮现出一条火红领带的画面，戴这种领带的是保险公司公关部的人，就目前来看，正是这家公司里的人给苏妮打过电话。

“我为你发起了一次大范围的调查。”公关人员严肃地说。

“是吗？”埃琳博格说道。

“嗯，我已经和公司里的很多人谈过话，当然，都是秘而不宣的。据我所知，没有一个人与那个女人有什么关系。”

“没有吗？”

“对，至少找不到什么依据。”

“那就说说没依据的事。”

“好吧，有些传闻提到一个男人。”

“谁？”

“我不认识他。他四十多岁了，在理赔部工作了多年。女员工们说他在和一个亚洲女人约会。”

“哪儿的女员工说的？”

“客服部门的。一个月前，有人在夜店看见他了。他和那些女人中的一个在一起。”

“哪些女人中的一个？”

“泰国女人吧。”

“你和他谈过了吗？”

“没有。”

“好吧，那他的名字是？”

“客服部门的女员工想知道，他是不是和那个被杀男孩的妈妈有什么关系。”

“告诉她们别八卦！”

26

埃伦迪尔开车慢慢驶过那栋房屋，经过了好几户门廊才停下车，从车里走了出来。他不慌不忙地朝那房屋走去，警惕地观察着四周。他看见了与斯缇尔街的交叉路口，还看见一栋大的木制建筑，这栋楼曾是海员学院，这条路也以此命名。传闻和泰国女子苏妮交往的保险公司雇员就住在一栋罩着波纹铁皮的漂亮木屋里。埃伦迪尔站在寒风中打量着这栋房子——他站的地方可以清楚地看到这个木屋。两个窗户亮着灯，街道如此安静，埃伦迪尔害怕他走来走去太过显眼。他想要谨慎些。

天很晚了，雪簌簌地从天上落下，风将它们从地上吹起。一场大的暴风雪即将到来。广播里提醒人们，任何留在户外的物品务必包裹严实；除非不得已，尽量避免外出。暴风雪一来，农村地区就封路了，而现在暴风雪正向城市袭来。

埃伦迪尔还在为打电话给他的那个女人的身份和意图郁郁沉思。他怎么也想不明白，只希望她能再次联系他。她应该再给他一次机会。虽然他心里清楚这个可能性很小，但如果再接到她电话，至少他知道如何妥善应对了。

他正要过马路向木屋走去的时候，地下室的门突然开了，一个人影出现在长方形的光影中。人影很小，埃伦迪尔觉得很可能是尼冉。他看不到脸，那脸好像被什么遮住了。人影穿着一件防风夹克，戴着一顶有长长帽舌的棒球帽。那人小心地关上了门，走上通往城中心的街道。埃伦迪尔尾随了一段路，不知道应该采取什么行动。他注意到人影围了一条围巾，围巾遮住了脸，只露出两只眼睛，手里似乎握着什么，但埃伦迪尔看不清。

人影低着头，确定是要去城中心。现在是周六晚上，俱乐部和餐馆都开着门，附近也有一些人。他松开了握着的手，原来是攥着一个大塑料袋。他靠近了一个小垃圾桶往里看，围着垃圾桶转了转，然后继续往前走。长椅下的两个啤酒罐子被收进了塑料袋中，人影又向下一个垃圾桶走去。埃伦迪尔观察着他的一举一动。他是在收集人们丢弃的瓶瓶罐罐，安静且目标明确地走着，仿佛已经这样做过很多回了。他尽量不引人注意，看起来就只是个路人。

埃伦迪尔跟着人影的行动路线围着城中心转了好一阵。塑料袋慢慢地满了。埃伦迪尔走到一家拐角处的商店，买了两罐饮料，出来时他把罐里的饮料倒进排水沟，然后朝那个人影走去。他停在通往沃斯特佛勒广场的一条走道上的小垃圾桶前。

“这有两个。”埃伦迪尔说着，递出了罐子。

人影惊讶地看着他，围巾完全遮住了他的脸，棒球帽拉低到了眼睛下面。人影犹豫地接过了罐子，装进塑料袋，一言不发立马往前走。

“我叫埃伦迪尔，”他说，“我可以和你聊会儿吗？”

人影停下了脚步，用疑惑的眼神望着埃伦迪尔。

“可以的话，我只想和你随便聊几句。”埃伦迪尔说。人影没有回答，而是往后退。

“别担心。”埃伦迪尔说着，靠近了些。

人影紧张起来，随时准备要跑，但显然不愿放弃装着瓶瓶罐罐而且已经半满的袋子，埃伦迪尔瞅准机会，一把抓住他的夹克。人影想用袋子砸埃伦迪尔，好让他松开，但埃伦迪尔用两只手死死地抓着。人影拼命地挣扎着，但无法挣脱。埃伦迪尔宽慰道：

“我是想帮你，”他说，“我需要和你谈谈，明白吗？”

没有任何回答。人影用尽所有力气挣脱，但埃伦迪尔力气很大，人影还是无法逃脱。

“你听得懂冰岛语吗？”

人影仍旧不回答。

“我不想要你做傻事，”他说，“我想帮你。”

依旧无回应。

“我这就松手，”埃伦迪尔说，“别跑，我需要和你谈谈。”

他慢慢地松开了他的手，最终放开了那个人影。人影拔腿就跑，他追了几步，看着人影穿过了广场。他看着人影越跑越远，想着自己是否有机会追上这轻快的脚步，随后他的“猎物”开始放慢脚步，最终停在了独立英雄乔恩·西古尔德逊[1]的雕像下面。

1 乔恩·西古尔德逊：19 世纪冰岛独立运动的领导者，其生日为冰岛国庆节。

人影转过来，看着一动不动的埃伦迪尔，想要看看埃伦迪尔有什么动静。过了很长一段时间，人影终于开始慢慢地朝他走过来。

人影边走边摘下了棒球帽，露出了他乌黑浓密的头发，他走到埃伦迪尔身边，摘下围巾，对埃伦迪尔露出了真面目。

*

哈鲁尔坐在父母中间，声称他完全不知道安东说的送给他的什么木工刀。警方很快从学校的注册学生名单中找到了他的全名以及家庭住址。他认识索瓦迪尔和安东，同龄但不同班。然而，他其实并不怎么了解他俩，因为他刚来这里不久。大概在六个月前，他家才搬来了这里。哈鲁尔是独生子，个子很矮，桀骜不驯的深色头发十分浓密，遮住了他的眼睛。一绺额前的头发垂下来挡住了他的视线，他不停地轻轻甩头。他非常冷静，睁大眼睛依次看了看西于聚尔·奥利和埃琳博格。

他的父母竭力讨好西于聚尔·奥利和埃琳博格。即使深夜被西于聚尔·奥利和埃琳博格打扰，他们也完全没有生气。他们聊着这个早就预报过的糟糕天气，哈鲁尔的母亲给警探们倒了咖啡。他们住在一栋两层的独立住宅里。

“我猜你们和学校里的不少孩子都在谈话吧？”哈鲁尔的母亲说道，“那案件实在是太可怕了。你们的调查进展到什么程度了？”哈鲁尔的父亲则看着他们，沉默不语。

“有些眉目了。”埃琳博格说着，看着哈鲁尔。

“我们能想到你们会来。”这个女人说，“你们是不是要和学校里所有的孩子谈话？亲爱的哈鲁尔宝贝，你知道有关这把刀的事情吗？”

“不知道。”哈鲁尔又说了一遍。

“我从没见过他拿着什么刀，”他的母亲说，“我无法想象有人居然跟你们说刀在我家哈鲁尔的手上。我……我一想到这事，就觉得很过分。我的意思是，人们真会胡乱指控，不是吗？”

她看着埃琳博格，仿佛妇女应该站在同一阵线。

“可是，再过分，也比把你的孩子刺死强多了吧？”埃琳博格说道。

“我们没理由怀疑那些男孩提供给我们的证词。”西于聚尔·奥利说。

“你认识那些男孩吗？索瓦迪尔和安东？”女人问她的丈夫，“我可从来没听说过。哈鲁尔的朋友我们应该都认识。”

“他们不是哈鲁尔的朋友，”西于聚尔·奥利说，“不过，其中一个叫安东，想要和他做朋友。因为这点，他把刀送给了哈鲁尔，并且一直拖着不肯告诉我们。是这么回事吧？”他看向哈鲁尔。

“我真的不怎么认识安东，”哈鲁尔说，“学校的很多人我都不认识。”

“我们搬来后，直到今年秋天他才来这个学校上学。”他的母亲说。

“你们什么时候搬来的，今年夏天？”

“对。”这位母亲回答。

“新学校还适应吗？”埃琳博格问道。

“怎么说呢，”哈鲁尔说，“还行吧。”

“但是你在这儿没什么朋友。”

哈鲁尔没说话。

“他适应得非常好。”这位母亲说，看着一句话都没说的丈夫。

“你经常转学吗？”西于聚尔·奥利问道。哈鲁尔则看着他的母亲。

“三次了吧。”他说。

“但我们这次不会再换地方了。”这位母亲补充道，又给她丈夫使了一个眼色。

“安东说，他遇到你并把刀给你的时候，你和另一个男孩在一起，”西于聚尔·奥利说，“安东不认识他，说他不是这个学校的学生。那个男孩是谁？”

“他没给过我什么刀，”哈鲁尔说，“他在撒谎。”

“你确定？”埃琳博格问道。

在两个警探的轮流盘问下，安东终于坦白把刀送给了哈鲁尔。当时有一个他从未见过的男孩和哈鲁尔在一起。尽管安东说他曾有一次去过哈鲁尔家的大房子，但哈鲁尔是新生，一直相当低调，两人不是很熟。据安东说，哈鲁尔谈论他的父母很直率，说他母亲太过分，一天到晚管他的事，简直就是个控制狂。他的父母永远处在财务危机之中；曾经有一次他家甚至被没收了房子，即使这样也似乎不能让他们放弃过奢华的生活。哈鲁尔收藏了超级多的安东从未见过的电脑游戏。

他不知道哈鲁尔为什么想要那把刀，可能因为它是偷来的。哈鲁尔曾看见他拿着那把刀，当他告诉哈鲁尔这刀是索瓦迪尔从木工课教室里偷来的时候，哈鲁尔突然非常渴望得到这把刀。于是，他们便在安东家碰面。哈鲁尔带来另一个同龄男生，但安东不知道他的名字。

“你去了安东家，”西于聚尔·奥利说，“你给了他一个电脑游戏盘，他给了你那把刀。”

“假的。”哈鲁尔说。

“当时有一个男孩和你一起去的安东家，”埃琳博格说，“他是谁？”

“我表弟和我在一起。”

“他叫什么？”

“阿古斯特。”

“这是什么时候的事？”

“不记得了，几天前吧。”

“阿古斯特是我弟弟的儿子，”哈鲁尔的母亲说，“他经常和哈鲁尔一起玩。”

西于聚尔·奥利记下了这个名字。

“我不知道安东为什么说他把那刀给了我，”哈鲁尔说，“他在说谎。那是他的刀。他只是想要嫁祸给我。”

“为什么？”

“我不知道。”

“你可以说一下上周四的下午，也就是埃利亚斯遇刺的时候，你在哪里吗？”埃琳博格问道。

“一定要这样问吗？”哈鲁尔的父亲开口说道，“你这话说得好像是他干的一样。”

“我们只是在核查得到的证词是否可靠，没有别的意思，”埃琳博格说着，眼睛依然在哈鲁尔身上，“当时你在哪儿？”

“他在家，”他的母亲说，“他在房间里睡觉。下午一点的时候他就放学了，回来一直睡到了四点钟。我当时在家。”

“是这样的吗？”埃琳博格问男孩。

“是的。”他说。

“喜欢白天睡觉吗？”

“有时吧。”

“晚上怎么叫他也不上床睡觉，”他母亲说，“他整夜整夜的不睡觉，白天睡也就不奇怪了。”

“您不出去工作吗？”埃琳博格问这位母亲。

“我只工作半天，”她说，“上午。”

*

当那人影褪去包裹着的围巾时，埃伦迪尔发现站在自己面前的是苏妮的弟弟威罗特。他还抓着装饮料瓶的袋子。

“是你？”埃伦迪尔说。

“你怎么找到我的？”威罗特问道。

“我……你在这种天气里出来干什么？”

“你跟踪我？”

“是的，”埃伦迪尔说，“你在收集瓶罐？”

“弄点钱。”

“尼冉在哪儿？”埃伦迪尔问道，“你知道吗？”

“尼冉挺好的。”威罗特说。

“你知道他在哪儿吗？”

威罗特沉默了。

“你知道尼冉的住处吗？”

威罗特看了埃伦迪尔很长一段时间，然后点了点头。

“为什么要把他藏起来？”埃伦迪尔问道，“你们这样做只会把事情弄得更糟。我们一开始猜测可能是他袭击了他弟弟，而你们的行为只会加重我们的怀疑。你们想就这样把他带走，把他藏起来。”

“不，”威罗特说，“他没伤害埃利亚斯。没有。”

“我们必须和他谈谈，”埃伦迪尔说，“我知道你努力想要保护他，但是这么做实在太过了。把他藏起来一点用都没有。”

“他没有伤害埃利亚斯。他没有。”

“那为什么把他藏起来？”

威罗特不说话。

“回答我，”埃伦迪尔命令道，“你在你姐姐朋友的家里干什么？”

“来看他。”

“尼冉和他在一起吗？”埃伦迪尔问道。

威罗特不回答。埃伦迪尔又问了一遍。一阵刺骨的寒风如鞭子般抽打着站在小巷里的两人。埃伦迪尔突然意识到，威罗特肯定要冻坏了。他那轻薄的运动鞋已经湿透了，而且他只穿了一条牛仔裤、一件很薄的防风夹克，再就只是一条围巾，戴了一顶棒球帽。感觉到威罗特的动摇，埃伦迪尔问了第三遍。

“你必须相信我们，”埃伦迪尔说，“我们保证不让尼冉受到任何伤害。”

威罗特又看了埃伦迪尔很长一段时间，仿佛在思考到底应该怎么做，要不要相信他。最后，他下定了决心。

“那好。你跟我来。”

27

埃伦迪尔口袋里的手机响了，埃琳博格要向他汇报他们和哈鲁尔及其父母的会面。埃伦迪尔叫她待会儿打来。埃琳博格说接下来她和西于聚尔·奥利要去拜访哈鲁尔的表弟阿古斯特，他很可能会给出一些关于这把刀的真相。说完，她就挂了电话。

埃伦迪尔将手机重新放回大衣口袋里。

“尼冉现在在哪儿？”他问道。

“他和约翰在一起。”威罗特说。

“在约翰家？”

“嗯。”

“约翰陪着他吗？”

“嗯。”

回去的路上，威罗特和他说了约翰的事情。约翰和苏妮是去年春天认识的，自那以后他们就常常见面，但是约翰很犹豫，想慢慢来。他离过婚，没有孩子。

“他们计划住在一起吗？苏妮和约翰？”埃伦迪尔问道。

“也许。我觉得他们会结婚。”

“那尼冉呢？”

“约翰帮助尼冉。苏妮把尼冉送去让他照看的。”

“为什么？”

“约翰帮助尼冉。尼冉非常愤怒。不好看管。这件事就发生了。”

*

埃琳博格盘问着哈鲁尔的表弟阿古斯特，他的父母在一旁看着。当埃琳博格单刀直入地问这个男孩是否杀了埃利亚斯的时候，他的母亲喘着气，他的父亲则激动地跳了起来。阿古斯特对每个问题的回答都和哈鲁尔差不多，他们讲述的主要细节都相互印证。不管是他还是哈鲁尔都声称没有从安东那里收到过刀。阿古斯特说他只在安东的家里见过安东，实在不知道为什么那个男孩要说哈鲁尔想拿电脑游戏换木工刀。他压根儿就不认识他。

阿古斯特和他表哥哈鲁尔在不同的学校上学，但生长环境十分相似。阿古斯特的父母似乎很富有；他们住在一栋非常漂亮的独栋别墅里，车库外面还停着两辆车。

“你认识你表哥学校里一个叫尼冉的男孩吗？”西于聚尔·奥利问道。

阿古斯特摇了摇头。和哈鲁尔一样，他对警方的来访看起来十分镇定，给人一种彬彬有礼、教养良好的印象。他是独生子，看起来和哈鲁尔就像亲兄弟一样，所以总在一起玩。查阅警方的档案得知，他们俩都没有犯案记录。

“那你认识尼冉的弟弟埃利亚斯吗？”

阿古斯特还是摇头。

“谋杀案发生时，你在哪儿？”

“他和他爸爸一起在哈夫拉湖，”孩子母亲说道，“我们在湖边有一栋小别墅。”

“不是周末，你们也去那里？中午就动身去了？”埃琳博格看着孩子父亲问道。

“我们什么时候想去就会去。”他回答。

“你们俩整天都在那边吗？”

“到了晚上才回来，”孩子父亲说道，“在那边我们也就做一些以往常做的事。你不会是想要和我说，听了两个半大小子的一堆谎话，你们就不顾深夜，不顾暴风雪来这里问一串荒谬的问题吧？”

“这就奇怪了，”西于聚尔·奥利说，“为什么他们一定要撒谎说是哈鲁尔和阿古斯特，两个他们都不怎么认识的人？”

“那不是你们应该调查的吗？真是太可恶了，大半夜的跑这里来，用这些荒谬的问题来骚扰一个孩子，就因为听了几个小子的话？他们很可能只是想给自己开脱！”

“这也有可能，”埃琳博格说，“我们只是在做本职工作，有意见你可以向我们的上级投诉。”

“没准儿我真会。”

“需要我帮你拨通电话吗？”

“别说了，欧塔尔！”女人说道。

“不，我是认真的，”男人说，“他们这样做实在是太离谱了。”

埃琳博格已经拿出了手机。今天特别辛苦，她本可以找个理由待在家里的。现在她也本可以和西于聚尔·奥利说一声，然后明天早上再来，为夜晚突然到访感到道歉，但这个男人实在是激怒她了。他说的本来没错，但他似乎在故意气人，这让她非常心烦。她还没意识到下一步该怎么办就拨通了埃伦迪尔的电话，然后把电话递给男人。

“你可以跟他说。”她说。

*

埃伦迪尔和威罗特一起来到了木屋。从城中心走过来花了十分钟。威罗特按了门铃，门开了，一个男人出现在门口，埃伦迪尔猜这个男人就是约翰。他看起来很沮丧，一看见威罗特就赶紧开口了。他一开始都没注意到埃伦迪尔，但是当埃伦迪尔走近时，这个男人开始后退，盯着他和威罗特。

“你是警察？”他问道，疑心重重地看着埃伦迪尔。

埃伦迪尔点了点头。

“你是约翰，对吗？”

“嗯。”

“这是怎么回事？”

“是苏妮要这么做的，我是在努力帮她。”

“尼冉在哪儿？”威罗特问道。

“尼冉不见了。”约翰说。

“你知道他去哪儿了吗？”埃伦迪尔问道。

“不知道。”

“回家了？”埃伦迪尔提议道。

“不，我给苏妮打了个电话，”约翰说，“她现在也是急得不得了。”

“他可能去哪儿了？”

“很难说，今天他比平时更焦虑。他的状态很不好。他觉得自己没照看好埃利亚斯。”

“他是什么时候出去的？”

“我都没听见他出去的声音。”

约翰带着埃伦迪尔进了厨房。

“就在不到二十分钟之前，当时我要去趟商店，一回来就发现他不见了。”

约翰的焦虑不安绝无异样。他不高也不矮，浅色头发，瘦瘦的，穿着蓝色牛仔衬衫和黑色裤子，下巴上的胡子刮得很整洁，看样子他一直都有刮。

“我工作的时候听说警察已经在问有关我的问题了。”他说。

“你和苏妮肯定认识很久了，不然她也不会在尼冉的事情上如此信任你。”

“嗯，九个月，差不多。”

“但你对外一直保密。”

“呃，我也不知道。这事确实是在保密中，我们想要谨慎些。四年前我离婚了，自那之后一直一个人。苏妮是我在离婚后第一个真正喜欢的女人，她很特别。”

“你们打算住在一起吗？”

“我们商量着今年夏天我就搬去她那里。”

“你去过她家？”

“嗯，去过几次。我简直无法相信会在可怜的埃利亚斯身上发生这种事。我是在事后第二天才听到这个消息的，因为当时我在西部峡湾出差，没看新闻。当人们开始讨论谋杀案的时候，我突然想起了苏妮。后来她的弟弟，也就是威罗特，用手机给我打电话，苏妮接过电话后告诉我发生了什么。她跟我说了尼冉的事，说他极度惊恐，状态很不好，问可否过来我这儿待几天。这孩子被这件事吓坏了，你也能想到，他被吓傻了。苏妮很担心他，害怕有什么事情也会发生在他身上，或者他会做什么傻事。我当天中午就回来了，看到他们等在我家门外。尼冉的样子很糟糕，完全崩溃了。苏妮让我照看他，我没有任何理由拒绝，也无法和她理论。这是我必须得做的事情。”

约翰看着埃伦迪尔。

“出乎苏妮意料的是，尼冉对我并没有敌意，”他解释道，“我和埃利亚斯一拍即合，但苏妮担心如果我们住到一块的话，尼冉可能不适应。不过尼冉并没有不喜欢我。他可能不会张开双手欢迎我进入他的生活，但他并不反感我。我去他家的几次他都对我不怎么在意，不过我还是努力想要和他聊点足球什么的。我说我会弄台新电脑给他们玩，这样他们就可以上网了。他对这件事特别上心。”

“你和他还聊了足球？”

“对，我们是同一支英国球队的球迷。”约翰耸了耸肩说道。

“你没想过和警方联系？”

“没有。我做这一切都是为了苏妮，为了她，也为了我自己和尼冉。”

“你难道没想过他们可能有什么事情瞒着你吗？”

“尼冉绝不会伤害埃利亚斯的，哪怕一根头发丝儿。当然，这听起来很荒唐、很可笑。可就算你只见过他们几次，你也能明白，他们之间的关系很特殊。我想，这也是现在尼冉状态如此糟糕的原因。他们过去常常一起玩，晚上尼冉会读泰语漫画啊、书啊什么的给埃利亚斯听。我对苏妮说，我多希望我小时候也能有一个这样的哥哥。”

“你和苏妮是怎么认识的？”

“在一个夜店。当时她和她在巧克力工厂的朋友在一起。我是去参加公司年会的。我根本不认识她。她邀请我跳舞，我们跳着舞，聊着天。她跟我聊着泰国的一切。在那之后几天我联系上了她，问她还记不记得我。于是，我们又见面了。她对任何事情都看得很开，关于欧丁，关于两个儿子，还有她在巧克力工厂的工作。”

“然后呢？”

“我们开始定期碰面。怎么说呢……苏妮……她很积极、快乐、真诚、有趣，总是能看到每件事情好的一面，也许这就是泰国人特有的心态吧。再然后，这个可怕的罪行就发生了。”

“但是你有些羞于公开这段关系？”

“事实上，我们都有点儿害羞。我们不想太急，我承认我还得多想想。这是一种全新的关系，完全在我意料之外。”

“你没跟单位的任何人说？”

“只告诉了我最亲密的朋友，最近还告知了我的家人，因为我们决定要住在一起了。不过，小道消息肯定已经传得很凶了，因为你们没用多久就找到我了。我已经向苏妮求婚了。我们也讨论过最快今年夏天就结婚，但我还是有些不确定……然后这个噩梦就发生了。”

“你有没有想过尼冉可能去了哪儿？”

“我也不知道，就像我刚才说的，他今天一整天都很焦躁不安。”

“他有没有特别提过谁的名字？比如，他认为可能是罪犯的人？”

约翰看着埃伦迪尔。

“他说过要报仇。他曾在学校里和一个威胁过他的老师争斗过。尼冉不想说是谁，但那肯定是苏妮想要把他藏起来的原因之一。她很担心他。他现在是她唯一的孩子了。”

这时，威罗特走进厨房，手里拿着一张被撕烂的纸，递给了埃伦迪尔。

“我在尼冉房间里找到的。”威罗特说。

是从电话簿上撕下来的，上面正是贾斯坦的名字。

埃伦迪尔口袋里的手机突然响了。

他拿出手机，接通。

“你好。”他说。

“……我很抱歉！他并不想的。他不需要投诉……”他听到一个熟悉的声音，然后电话那头就挂断了。

埃伦迪尔难以置信地抬起头。他看着手中的电话。没错，他马上就认出了那个声音，他听过这个声音。

就是那个他听不出年龄的女人的声音，可能是抽烟抽多了，带着一点沙哑。

他知道自己绝对不会忘了这个声音。这个无论是白天还是黑夜都在他耳边萦绕、纠缠着他的声音，只因为他没有好好地去听。他一直以为这个声音来自那个满怀内疚、从丈夫身边逃离的女人，结果她早就死在雷克雅未克的海滩上了。

28

埃琳博格把电话递给阿古斯特的父亲，好让他向埃伦迪尔投诉她，孩子母亲看不下去了，突然冲过来把电话抢了过去。

她把电话递回去，请求埃琳博格原谅她丈夫的暴脾气。他没有理由指责警察的工作，尤其事关这个敏感的案件。

“没事，”她说，“我很抱歉！他并不想的。他不需要投诉。”

埃琳博格拿回电话挂掉，看了这位父亲，又看了看这位母亲，然后将电话放回了包里。不一会儿，它响了。她看着来电显示，是埃伦迪尔打来的。

*

贾斯坦正搭乘的士回家，没开自己的车。他刚刚在市中心的一家酒吧里和几个老友一起喝酒。三个人拼车回家，他最后一个下车。到了夜晚，天气急剧恶化，能见度几乎为零。出租车的雨刮努力对抗着大雪，车子勉强前行，差点打滑陷入泥沼中。

贾斯坦走下出租车，车子很快启动缓缓离开了。他径直向前走，脚步有些蹒跚，今晚他喝了不少。要不是坏天气，他们没这么早散伙。

*

暴风雪刮了起来。在这种恶劣的天气，埃伦迪尔不敢把他的福特车开得太快。威罗特和约翰同他一起。电台里播报说，由于大暴风雪，雷克雅未克的整个郊区都与外界隔绝了。埃伦迪尔还叫了两辆警车赶去贾斯坦家。他只希望他们能及时赶到。

“和你在一起的那个女人就是埃利亚斯遇害后一直给我打电话的人，”他第一时间告知了埃琳博格，“我把她错当成自杀的那个女人了。”

“真的吗？”埃琳博格说。

“她是你正在调查的那个男孩的母亲，是吗？”

“是的。”

“再和她谈会儿。我马上过来找你。”

“好，”埃琳博格说，“你现在在哪儿？”

“我在路上。”埃伦迪尔说着，挂掉了电话。

*

贾斯坦在他的口袋里摸索着钥匙；他的妻子总是一天到晚地锁着门，但他根本不怕那些午夜贼。很快，他找到了钥匙，准备往外掏。就在这个时候，他注意到一个人影从房子的阴影里走出来，挡住了他的去路。

“谁？”贾斯坦问道。

他听见远处传来警笛声。

透过暴风雪，埃伦迪尔看见警车的蓝色车灯在不停地闪烁着。

他们正开往贾斯坦家。他看了一眼坐在他旁边的威罗特，透过后视镜又看到了约翰焦急的脸。

“你是谁？”贾斯坦又问了一遍。

人影不说话。他看不清人影的脸。警笛声越来越响，贾斯坦转头看向警车的方向。就在这时，人影突然朝贾斯坦扑过来，贾斯坦马上回过头来看攻击者，并感到一阵刺痛。在闪烁的街灯下，他看见人影戴着一顶篮球帽，并用一条围巾蒙住了脸。

他不自主地跪了下去，感觉有什么热热的东西从肚子里流出来了，然后看见脚下的雪被染得一片暗红。

他举起手伸向那个攻击者，一把抓住他脸上的围巾，将围巾扯了下来。

警车在雪中刹车，停在贾斯坦的房子前。四名警察快速下车跑向贾斯坦所在的位置，贾斯坦正慢慢地倒进雪里，拳头仍然紧抓着围巾。埃伦迪尔停下车，和威罗特、约翰冲了出去。警察小心地选择着线路，朝阴影里的人影跑过去，不过威罗特超过了他们。

“尼冉！”威罗特大叫道。

听见自己的名字，尼冉抬起了头。

威罗特看见贾斯坦躺在一片血泊中。

他用泰语朝着尼冉喊了些什么，然后尼冉站在贾斯坦的身体旁边如石头一般一动不动，手里的刀掉进了雪地。

*

半小时后，阿古斯特家的门铃响了。西于聚尔·奥利、埃琳博格正同阿古斯特，还有他的父母坐着。房子里，大家都沉默了好一会儿，气氛很尴尬。埃琳博格和西于聚尔·奥利努力地提问和谈话，以拖延时间，等着埃伦迪尔过来。但是，可说的话慢慢都说完了。当再没什么可说的时候，他们只得说他们其实一直在等另一名警探，这名警探想要和他们谈谈，但他们不能透露他究竟想要谈什么。客厅里的气氛变得越来越紧张。门铃终于响起，一屋子的人都吓得一哆嗦。

孩子父亲让埃伦迪尔进来，一起走到客厅里。挨着孩子坐在沙发上的母亲变得十分不安，一看见埃伦迪尔就站了起来。带有歉意地微笑着，她说她可以再煮一些咖啡。当她正准备走向厨房时，埃伦迪尔叫住了她。

他走向她，她退后了两步。

“没事的，快要结束了。”埃伦迪尔说。

“什么？结束了？”女人说着，用求助的眼神望向丈夫。她的丈夫却站着不动，一言不发。

阿古斯特站了起来。

“我立马就听出了你的声音，”埃伦迪尔说，“最近几天，你一直在给我打电话，我明白是怎么回事了。你这样的情况的确不是闹着玩的。”

“我这样的情况？”女人支支吾吾地说，“我不知道你在说什么。”

西于聚尔·奥利和埃琳博格交换了一下眼神。

“我一开始把你错认成其他人了，”埃伦迪尔说，“找到你，我很欣慰。”

“妈妈？”阿古斯特看着他的母亲。

“我想我明白你说的‘我不能这么做’的意思了。”埃伦迪尔说，“我不明白的是你竟然觉得你可以逃脱，假装什么事也没发生过！”

女人死死地盯着埃伦迪尔。

“你需要帮助，”他说，“所以你打了电话。好吧，我来帮你。这样你就可以像个真正的人了，就可以做你一直都想做的事了。”女人看着仍然一动不动的丈夫，又看了看不明所以的埃琳博格和西于聚尔·奥利，最后她看了看自己已经哭起来的儿子，双眼立刻噙满了泪花。

“这从来就不是个好主意。”埃伦迪尔说。

泪珠从女人的脸颊上滚落下来。

“妈妈！”她的儿子小声叫了一句。

“我们这么做都是为了他们，”她小声地说，“为了这两个孩子。他们的所作所为是那么可怕，永远不能弥补。但是，我们得替他们想想以后，想想他们的将来啊！”

“他们没有以后了，你知道吗？”埃伦迪尔说，“只有一桩罪孽。”

女人又看向她的儿子。

“他们不是有意的，”她说，“他们只是瞎闹。”

“我要和我的律师谈谈，”她丈夫说，“别再说了。”

“他们简直像两个可恨的大笨蛋。”女人呻吟着，痛苦地把脸埋进手心。

一瞬间，她崩溃了，仿佛自埃利亚斯遇害以来，多日郁积于心的一切再也无法控制，终于爆发了。

“为什么你要这样啊？”她喊叫着，走向她的儿子，“为什么你总像个笨蛋一样？看看你都做了什么！”

她的丈夫跑向她，努力想让她平静下来。

“你都干了些什么！”她朝儿子大吼。

她倒在丈夫的臂弯里。

“上帝啊，救救我们吧！”她痛苦地呻吟着，瘫软着倒在地上。

29

哈鲁尔和阿古斯特被直接带去审问了，然后转交给雷克雅未克儿童权益保护局。警方也传讯了两个孩子的父母，将他们拘留。对于包庇孩子杀人的行为，他们互相指责；对于究竟是谁挥刀刺向埃利亚斯，双方的父母和两个孩子更是起了激烈的冲突和争吵。持续了三天的刑讯之后，哈鲁尔终于坦白了，警探们也慢慢能够把埃利亚斯死亡的真相一点点拼凑出来。

两个男孩都说了谎。哈鲁尔看见安东拿着索瓦迪尔偷来的刀，主动提出用最新的电脑游戏来交换。四个人在安东家里碰的面，在那儿安东试玩了哈鲁尔带来的电脑游戏。他们讨论着交换的事，但没有结果。索瓦迪尔和安东承认在埃利亚斯遇刺的那天早上他们划了贾斯坦的车，之后就想要把刀处理掉。之后他们在学校操场上遇见了哈鲁尔，当即决定把刀给他。

哈鲁尔早和阿古斯特约好了放学后见。他们烦躁不安，只想寻衅滋事，就进了一家超市，偷了一些碟片和糖果。他们时不时会干点这类偷鸡摸狗的事，尽管父母给的零用钱不少。但这不一样。“为了寻求刺激。”阿古斯特说，他再给不出其他更好的理由了。他们从超市出来的时候，尤其兴奋，肾上腺素冲昏了头脑，突然看见走在他们前面、背着大书包的埃利亚斯，厚厚的滑雪衫歪斜地穿在他的小小肩膀上。

可能因为是有色人种，埃利亚斯引起了他们两人的注意。又或许与肤色没什么关系。阿古斯特在审讯时说道，如果前面是个白人，他们也会这么做；哈鲁尔则耸了耸肩，对于这样的问题，他无法回答。他都无法解释他们当时的心态。他们当时窃窃私语，躁动不已，他说。那是一种在超市偷东西得逞后的兴奋，并不是有什么目的。他们都不认识这个闯入他们视线的小男孩，也不知道他叫埃利亚斯。哈鲁尔想不起自己有没有见过他，虽然他们在同一个学校上学。他们之间从未有过什么摩擦，甚至从没在路上遇到过。埃利亚斯和他们没有任何交集。

他们躁动不已。

在道路最窄、灌木丛高得可以遮挡人的地方，他们追上了埃利亚斯。夜幕降临，寒气袭人，但他们因为兴奋而狂躁无比。他们问了他叫什么名字，有没有带钱，来冰岛做什么，等等。

埃利亚斯说他没有钱。他撕扯着想要挣脱，但阿古斯特紧紧地抓着他。哈鲁尔拿出刀吓唬他。他们并没有想要伤害他，只是在瞎闹。哈鲁尔用刀威胁他，在他面前挥舞着。

埃利亚斯看到刀后更加拼命地挣扎。他开始大声呼救，但阿古斯特用手捂住了他的嘴巴。埃利亚斯用尽全身的力气挣扎。阿古斯特朝着哈鲁尔大叫，说自己要松开他，因为埃利亚斯咬住了他的手——他痛得大叫。

哈鲁尔抓住了埃利亚斯的厚滑雪衫，还没反应过来就用刀捅了他。埃利亚斯不再挣扎，也不再喊叫，手捂着肚子瘫倒在地。

哈鲁尔和阿古斯特面面相觑，反应过来之后拔腿就跑，沿着小路朝他们来的方向跑去。

他们坐了一辆公交车回到阿古斯特的家。处于极度惊吓中的两人见阿古斯特的父亲在家，马上将整件事和盘托出。哈鲁尔的手上全是血，他把刀丢在了回来的路上。他们说自己在从学校回来的路上拿刀捅了一个小男孩。他们不是故意要去伤害那个小男孩的，只是突然就那样了。阿古斯特的父亲惊愕地看着他们，不知所措。

这时，阿古斯特的母亲回来了，见此情景便知道有什么事发生了。当她听到两个男孩的所作所为时马上提出报警。可她的丈夫却犹豫了。

“有人看到你们吗？”他问两个孩子。

“没，没有人。”哈鲁尔说。

“你确定？”

“嗯。”

“刀呢？”

哈鲁尔描述了那个丢刀的地方。

“在这儿等着，”阿古斯特的父亲说道，“在我回来之前，不要轻举妄动！”

“你要干什么？”他的妻子问道。

他把她拉到一边，不想让男孩们听到他们说话。

“你好好想想。”他说，“我要出去一趟。你想想两个孩子的未来。给我姐姐打电话，把她叫来，把多利姐夫也叫来。”

他出去了，四十五分钟后拿着一把刀回来了。他说那男孩不在路上，他们松了口气。也许他没什么事了。

那时，哈鲁尔的父母也赶到了，了解了刚刚发生的事。起初他们都不敢相信自己的耳朵，直到看到两个男孩的表情，并看到阿古斯特父母脸上不可思议的无助感。他们看着自己的儿子，突然明白这一切都是真的。就在刚才发生了一件令人毛骨悚然、不可思议的事，他们的命运将从此改变，一切将不复从前。

“我们不是故意的。”哈鲁尔说。

“就变成那样了。”阿古斯特补充道。

两个孩子说不出其他话了。

“所以不是阿古斯特刺伤那男孩的？”阿古斯特的母亲问道。

“他们两个人都有份，”哈鲁尔的父亲斩钉截铁地说，“你的儿子当时抓着他！”

“你的儿子捅了他！”

一场激烈的争吵爆发。孩子们在旁边看着。姐弟两人，哈鲁尔的母亲和阿古斯特的父亲，努力使他们各自的那位平静下来。阿古斯特的父亲提议他们此时还不能报警。

他们又吵了起来。最后，两个父亲出去找埃利亚斯。如果他已经不在小道上，就意味着他可能没事。当他们开车经过附近一带，注意到有警车停在一幢公寓楼前。他们慢慢地开过去，看见公寓后的花园里站满了穿着制服的警察，附近停着很多警车，蓝色警灯闪烁个不停，照亮了寒冷的冬夜和周围的建筑。

他们开车离开了。

他们在阿古斯特家里等新闻，在希望和恐惧中挣扎。新闻说，埃利亚斯已确认死亡。警方拒绝透露任何细节，但表示死者似乎是不明缘由受到攻击的，不排除带有种族主义的动机，目前还不知道凶手是谁，也没有找到案件的目击者。

最终，他们决定先等待。哈鲁尔的父亲会把刀处理掉。表兄弟二人最近不要再碰面。他们要表现出什么都没有发生的样子。伤害已经造成，两个男孩已经杀掉了另一个男孩，但这肯定是由恶作剧引起的意外，不是蓄意的谋杀，他们并非有意去伤害那男孩。孩子的父母们当然永远无法忘记发生的惨祸，但认为得替孩子们的未来着想，至少目前只能这么办，其他的看看情况再说。

埃伦迪尔参与了对阿古斯特母亲的交叉审讯。被拘留后，她一直在接受精神方面的治疗，服用镇定药。

“确实，我们不该那么做，”她说，“但我们考虑的不是自己，而是孩子们。”

“你们当然是为自己着想。”埃伦迪尔说。

“不，”她说，“不是你想的那样。”

“你们真的觉得你们可以背负着这件事过下去吗？你们对得起自己的良心吗？”埃伦迪尔问道。

“不，”她说，“我不是。我……”

“你给我打电话了，”埃伦迪尔说，“你就是那薄弱的一环。”

“我也说不清，”她说，在椅子上颤抖着，“我真是自取灭亡。我们错了。不该那么做。自出事以来，我无时无刻不在想着那个可怜的小男孩和他的家庭。当然，是我们没能好好判断，是我们道德丢失，但是——”她停顿了。

“我知道我们不该那么做，我知道那样做是不对的，我努力想要告诉你，但是你……你表现得太奇怪了。”

“我知道，”埃伦迪尔说，“我把你错当成了别人。”

“孩子说这是个意外，我们相信他们。这种事情不是不可能。当时我们也别无选择。如果真是谋杀，我们绝不会有所掩盖。我丈夫说，每个父母都会理解我们的所作所为，理解我们当时的反应。”

“我不信这话，”埃伦迪尔说，“你们想要让这件事就这样过去，就这样消失，仿佛和你们没有关系。孩子们的罪过已经这么残忍，而你们这些成年人的所作所为更加无法容忍。”

*

所有审讯都结束时，警方也做了他们所有人的笔录，案子也要正式了结了。埃伦迪尔和哈鲁尔一起坐在审讯室里，过一会儿，儿童权益保护局的工作人员会将他带走。他们详细聊了这个意外事件。埃伦迪尔问他为什么要去袭击埃利亚斯，是什么促使他们那样做的。

“没什么原因，你懂的。”哈鲁尔说。

“懂什么？”

“因为他碰巧在那里。”

“就只因为他碰巧在那儿？”

“当时我们很无聊。”

30

埃伦迪尔手中捧着骨灰瓮——一个朴素的青瓷罐，只有盖子有些装饰花纹，里面装着马里昂·布里姆的骨灰。骨灰盒交到他手上时是放在一个褐色的纸袋里的。他看着那小小的墓坑，弯下腰把骨灰瓮放进去。牧师在旁边看着，并在胸口划着十字。在这个阴冷的一月下午，他们是这片墓地里仅有的两个人。

尼冉袭击贾斯坦那晚之后下了两天雨，雪大部分都化了。之后温度骤然下降，地面结着厚厚的冰，寒冷的北风呼呼地吹着。

埃伦迪尔在这刺骨的寒风中俯视着墓碑，努力找寻着生与死的目的和意义。和往常一样，他找不到答案，也没有答案能够解释：骨灰瓮里的灵魂为何孤独一生；多年前他的弟弟为何离去，而埃伦迪尔为何这样活着；埃利亚斯为何会那样被刺死。人生充满巧合，掌控命运的因素难以预料，如同人在这突然袭来的暴风雪中或死或伤，无从幸免。

埃伦迪尔想着马里昂·布里姆，想着他们共同出演的这场人生故事。如今，这段故事戛然而止，让他感到一阵失落和惋惜。直到手捧着骨灰瓮独自站在这里，他才突然意识到：这故事已然结束。他想着他们之间的关系，他们共有的那些经历，组成他生命历程的这段人生故事，没有这部分或离开了这部分，便没有他。这故事就是他，他就是这故事。

来公墓之前，埃伦迪尔去见了安德瑞斯，再次想要说服他多说些关于他继父的情况。安德瑞斯依然十分顽固。

“接下来你打算做什么？”埃伦迪尔问道。

“我也不知道我打算做什么。”安德瑞斯说。

他站在公寓门口，用阴郁的双眼看着埃伦迪尔。

“你们这些人又要去做什么？”他问道。

“我们没理由做什么，除非你愿意。”埃伦迪尔说，“我们对他一无所知。关于那个男人，我们什么都不了解。如果你知道他住在哪儿，为什么不告诉我们呢？”

“为什么要告诉你们？”安德瑞斯说。

埃伦迪尔用沉默来回应。

“你说他曾经杀过人，”他问道，“你说的是你自己吧？”

安德瑞斯没有回答。

“他杀的人是你吧？”

终于，安德瑞斯点头了。

“那你要怎么办？”埃伦迪尔问他。

安德瑞斯久久地注视着埃伦迪尔，一言不发，然后转身关上了门。

*

贾斯坦失血过多，在死亡线上挣扎了好一会儿，但终究还是活下来了。刀刺进去的位置离心脏只有几毫米，但是多亏警方反应及时，找到了一位医生。尼冉被转交至儿童权益保护局。他之前确信是贾斯坦杀了他弟弟，时间一分一秒地过去，他的脑袋里只剩下报仇的执念。他和约翰说过要报仇的事，约翰也极力劝说他不要那么做，但都没用。尼冉告诉苏妮他曾受到别人的威胁，却不说是谁。贾斯坦曾愤怒地走向尼冉，深信是他划坏了自己的车子，还威胁说要杀了他。苏妮特别担心尼冉，出于安全考虑就请求约翰帮她照看尼冉几天。

埃利亚斯的葬礼过后几天，埃伦迪尔去看望苏妮。他们坐在男孩们的房间里，陪伴姐姐的威罗特在泡茶。埃琳博格在厨房坐下，和他说着茶的事。欧丁及其家人以及从泰国赶过来的苏妮的家人一起去为埃利亚斯送了葬。他被火葬了，骨灰放在骨灰瓮里交给了苏妮。

“你刚才没有哭。”埃伦迪尔说。和他们坐在一起的古蕾将这话译员给了苏妮。

“我哭得够多了。”她说。

古蕾翻译着苏妮的话，眼睛盯着埃伦迪尔。

“我不想让他太难过，”苏妮说，“这样他上天堂就难了。他得从我的眼泪中游过去升入天堂，多不容易啊！”

他们谈到了未来。尼冉表示刑满之后想要回泰国老家，但是苏妮不确定他说的是否当真。她自己想要留在冰岛，她弟弟也是。当然，这边还有约翰在。苏妮说他是个好男人。他一开始对于公开关系这事很犹豫，因为考虑到她是一个泰国人，而且他对这样的异国恋没有经验，也不确定他的家人会如何反应，所以想要慢慢来，但是现在这一切都过去了。

埃伦迪尔和苏妮说了那两个在放学后拿着刀瞎闹的男孩，还有埃利亚斯是怎样偶然地经过他们身边，无缘无故被他们袭击的。他们一开始是想和他闹着玩，吓唬他。“你永远也不知道那些脑残的混球能干出些什么事来，”他说，“埃利亚斯撞上他们真是不幸。”

苏妮的表情让人无法捉摸。她听着埃伦迪尔解释完她失去儿子的原因，脸上出现了一种茫然的困惑。

“为什么是埃利亚斯？”她说。

“因为他碰巧在那儿，”埃伦迪尔说，“没有其他原因了。”

他们在沉默中坐了很久，最后埃伦迪尔提到他在埃利亚斯的练习本里找到的关于树和森林的句子。他问苏妮，埃利亚斯写这话时在想什么呢。

苏妮完全不明白他说的什么。练习本就放在书桌上，他给她看埃利亚斯写下的话。他问：“要有多少棵树才能组成一片森林呢？”

苏妮这么久以来第一次脸上露出了笑容。

“他的泰国名字是阿冉。”她说。

“我知道，古蕾跟我说过。阿冉是什么意思呢？”

“森林，”苏妮说，“阿冉的意思是森林。”

*

埃伦迪尔站在马里昂·布里姆的墓前，在胸前划了一个十字，然后转身走进冷风中。风冷得刺骨，好像在撕咬他的脸，撕扯他的头发，撕破他的衣服。他的思绪飘飞起来，飞到他那些书中所描写的故事里。在冬季无情的暴风雪中，人们饱受折磨，痛苦死去。对于那些故事，他都能理解，它们不断点燃他心中旧日痛楚的余火，唤起他的惋惜、悔恨、悲痛和失落。他朝着这寒风垂下头来。像从前一样，在这一年中最黑暗的寒冷日子里，他再次好奇地想，在这样一个天气恶劣的国度里，人们到底是怎么存活下来，世代繁衍，度过好几百年的。

一阵阵寒冷的北极风从海上袭来，为霜冻助威添力；夜幕降临，寒霜的势头更猛，入侵范围不断扩大，罩住了南方荒芜的冬季荒野。从斯卡德谢蒂山一路向下，经过了埃夏山，毫不留情地蹂躏着低处的土地，这里分布着住宅区，这就是世界最北部无比耀眼的海滨冬之都城。寒风在一幢幢楼之间尖叫，在空荡荡的街道上怒吼。整个城市死气沉沉，仿佛被瘟疫攫住了一般。人们躲在室内，锁上房门，关上窗户，放下窗帘，只能满心希望这冬日魔咒能早日解除。